소원이 성취되는 정원

지은이 | 오동명
발행일 | 2021년 7월 17일
발행처 | 멘토프레스
발행인 | 이경숙
교정 | 유인경
등록번호 | 201-12-80347 / 등록일 2006년 5월 2일
주소 | 서울시 중구 충무로 2가 49 - 30 태광빌딩 302호
전화 | (02)2272-0907   팩스 | (02)2272-0974
E-mail | mentorpress@gmail.com
홈피 | www.mentorpress.co.kr
ISBN 978-89-93442-62-5 (03810)

※ 주석에 들어간 그림과 사진에 관하여 문의사항이 있으면 연락바랍니다.

소원이 성취되는 정원

오동명 소설

나는
정신과병원의
사진사

멘토프레스

기적은 말야, 기회와 같아.
기회가 자기 몸에 찰싹찰떡 달라붙으면 기적이고
스쳐 지나가버리면 '기회를 놓쳤네'하지.
실은, '기적을 놓친 거'야.
기회만큼 기적은 흔한데 어떻게든 다 놓치고 말지.

CONTENTS

| 머리말 … 8

제1부 죽음과 별

흰개와 함께 있는 여인 … 014

정류장 … 035

엘레노어 … 056

제2부 심상사진

빛에 '마사지' 하기 … 076

마음의 화상 … 083

소포모어 … 095

갈대숲 바람소리 … 106

부재의 존재 … 123

느그시봄 … 140

일기일회 … 153

흑인병사의 사진 … 165

제3부 따뜻한 손

원숭이, 달 잡기 … 180

두문불출 … 187

고소장 … 192

아이와 침팬지 … 197

가족 모작 … 207

환희의 울먹임 … 218

덤덤끈끈 담담깐깐 … 229

피리 부는 소년 … 244

불법의료행위 … 249

제4부 삶이 다하는 날까지

괴테의 뒷모습 … 258

동행 … 294

상상대로 하는 자 … 299

본문관련 주석 즐기기 … 304

어쩌다가 기자가 되었는지,

어쩌다가 사진기자가 되었는지…….

독자(국민)를 대신하여 현장을 찾아 그 진실을 알려주는 국민의 '정보대리기사'라고 여기며 내 이름 뒤에 기자를 붙이고 살겠거니 했건만, 아니다. 국민의 정보대리기사가 아닌 국민에 대한 정보왜곡 거짓선동자가 기자임을 알고서도 십여 년을 버텼다. 그런 국민기만자인 기자의 직장을 그만두고 글이란 걸 붙들고 국외자로 살면서 다수 현직 기자들의 행태를 보니 가관도 아니다. 가당치도 않고 가소롭기까지 한데 이들이 나라를 온통 혼란, 쓰레기통으로 만들어가고 있다. 그들이 여론의 중심이 돼 있는 세상, 문득 이솝우화 하나가 떠오른다.

궁궐에 간 돼지는 궁궐의 쓰레기통만 뒤지고 와서는 하는 말, "궁궐은 정말 보잘것없어." 이 말을 듣고 다른 돼지들이 궁궐여행은 절대 사양. 돼지가 된 기자에 돼지 말(글)을 무조건 믿는 다른 돼지가 되어야 하는 국민…….

불현듯 떠오르는 것들이 연속해서 드라마처럼 흘러간다. 사건현장만이 아니라 교수, 의사 등 전문가를 취재하는 기자와 동행한 사진기자. 그 뒤

이 기사를 읽어야 했던 사진기자. 진실이 왜곡되거나 사실과 전혀 다른, 거짓으로 치장, 포장된 현장의 중간에 있었던 한 사진기자. 이 중간은 그저 위치에 불과할 뿐 절대 중심이 되지 못한다. 증거 첫 발견자는 자의든 타의든 침묵으로 역시 첫 증거인멸자가 되고 만다.

　그것이다, 이 소설은, 뒤늦은 뉘우침이라 할까.

　예술치유사를 만난 적이 있다. 화가다. 역시 취재기자와의 동행. 취재 전 이미 기사 방향은 결정돼 있는 듯했다. 예술치유효과 무조건 홍보. 취재기자가 그렇게 찍어달란다. 예술치유의 긍정적인 면을 잘 알고 있긴 하지만 하라는 대로 어찌하겠는가. 한 할머니에게 물었다. "그림 그리면서 기분이 좋아지셨지요?" 그랬을 것이라고 내 질문마저 단정하고 있다. 그럴 거라고 믿고 대답할 때 웃는 모습, 그 순간을 카메라에 잡아내고 싶었다. 하지만, 웃음은커녕 짜증을 내신다. 시간에 쫓기는 사진기자는 바로 옆 다른 분을 찾았다. 마찬가지였다. 무언에 무표정. 한 할아버지를 카메라 앞에 모셨다.

　"왜 이렇게 귀찮게 구는 거여? 누가 그림 그리고 싶다 했나? 그런데 사진까지 찍겠다니…… 당신들 뭐하는 작자들이야? 우린 이런 거 싫어. 지들이 좋아하는 걸 왜 우리보고 하라는 거여? 참말로."

　신문에 게재된 기사는 이런 분위기와는 전혀 다르게, 한 시간의 그림 그리기가 노인들의 표정은물론 가슴을 녹여줬다. 심신치유에 예술, 그림이 얼마나 큰 힘을 발휘하고 있는지 현장을 직접 목격한 기자는 두 분을 인터뷰해 기사를 실었지만 현장에 함께 있던 난 보도 듣도 못한, 그 반대였다.

"웃는 사진은 없어?"

후배 취재기자가 노인이 밝게 웃는 사진을 달란다. 거짓 기사에 맞추려니……

"봤잖아?"

"아는데, 없는 것도 만들어내는 게 프로 아냐?"

신문사로 돌아오는 취재 차량에서 그 후배가 하던 말이 또 떠올랐다.

"그 예술치유사는 우리 부장 대학 때……."

새끼손가락을 치켜세워 내 얼굴 앞에 내민다.

"깔치?"

예술치유의 장점이야 많을 터이다. 그러나, 예술을 앞세운 치유마저도 프로그래밍돼 결과를 이미 도출해놓고는 소위 환자들을 그 프로그램에 꿰맞춰 결과를 일치시키려는 억지를 현장에서 많이 보아왔다.

지금 읽고 있는 미국에서 낸 책도 그렇다. 저자는 치유사요 특수교육 박사다. 그 대상인 어린 환자는 이 전문가를 잘 따르지만 이 전문가는 오로지 프로그램에만 천착하고 그 결과에만 집착한다. 그러니 성과도 없는데 성과물로 보고한다. 이 14살 학생의 말을 들어보자.

"당신들은 똥 같은 인간들이에요. 선생님과 선생님 족속요."

이렇게 말하던 아이는 그 선생을 또 찾아간다.

"갑자기 찾아온 건 선생님하고 뭔가 이야기할 수 있을 것 같아서요."

하지만 아이는 선생의 데이트 방해자일 뿐, 충분히 뒤로 미뤄도 될 그들의 데이트로 수차례 쫓겨나고 만다. 아이는 울며 돌아선다.

"선생님이 날 사랑한다고 믿게 해놓고 그리곤 날 버리고 갔잖아요. 난 선생님을 끔찍이 사랑했어요. 정말 끔찍이. 그런데 선생님은 어떻게 했죠? 선생님은 의도적이었어요. 모든 걸 선생님에 맞추라고 조정했어요 나를. 나를 똥덩어리로 만들어놓고는 내가 꽃처럼 풍긴다고 생각하게 만들었어요. 이 짓을 지금 또 그 아이에게 하고 있잖아요. 남미에서 데려왔다는……."

– 토리 헤이든 《한 아이》 중

그릇된 것에 세뇌되어 그것이 옳다고 믿고 살고 있는 건 아닌지, 이 소설은 그에 대해 의문을 한 번 가져보라고 넌지시 말을 걸 뿐이다.

사욕이 될 목표에만 붙들리지 않고 자신에게 솔직하고 그렇게 살아가다 보면 부수적으로 얻는 게 있다. 그 중 하나가 '사랑'이라 생각한다. 짝사랑이어도 좋고 외사랑이어도 좋다. 사랑은 아프다고만 말할 수 없는 이유…… 아름다우니까. 너무나 아름다워서 아프더라도, 이 소설을 해피엔딩으로 끝마치고 싶었다.

눈물을 쏟아내면서도 가슴에 흐뭇함을 채워본 적 있는가? 아마도 소설의 사진사가 나라면…… 이스탄불 탁심에서 이녀에게 〈You raise me up〉을 불러주고 있지 않았을까. 그래서 내 노래를 불러줄, 들어줄 어느 이녀 한 명 떠오르진 않지만, 그 노래를 지금 연습 중이다.

2021년 6월
지리산(남원) <또바기학당>에서 학당文知己 오동명

제1부
죽음과 별

흰개와 함께 있는 여인
정류장
엘레노어

흰 개와 함께 있는 여인

'인생이란, 다른 계획을 세우느라 바쁠 때 당신에게 일어나는 일이다.'

노래를 듣고 있을 때 전화벨이 울린다.

"병원에 흑백사진 암실을 마련하려는데 선생님이 도와주셔야겠어요."

특별한 인연은 이렇게 시작됐다.

처음 만난 건 2년 전이다. 백화점의 문화센터에서 나는 사진을 가르쳤고 이녀는 내게 사진을 배웠다. 수업 첫날, 자기소개를 하던 이녀가 생생하게 기억난다.

"미친 사람만 만나다 보니 내가 미치겠어요. 돌아버리기 일보직전에 뭐라도 배워보자 해서 여기 나왔습니다. 사진이 특별히

하고 싶다거나 더욱이 사진 같은 건 추호도 관심없습니다만, 아무튼 뭐라도 배우는 게 나를 구해줄 것 같아서요."

하지만 수업에 자주 빠졌고 몇 주 만에 나와서 한다는 말은 언제나 같았다.

"바빠서요."

보면, 스스로 자신을 진단할 줄은 아는 듯한데 그 소굴에서 빠져나오지 못하고 그 동굴에 갇혀 있다. 스스로 자신을 가둔다는 말이 더 적확할 것 같다. 마지막 수업 때도 빠졌으니 이것 조금 저것 기웃, 문화센터 수강생들에게 흔히 있는 일이고 해서 이녀를 잊었다. 마지막 모습만 남겨두고. 이랬던 여자가 흑백사진 암실을 병원에 설치해놓겠다는 건, 돈놀이 사치로 받아들여졌고 '또 얼마나 하겠냐'는 생각에 별 기대 없이 병원을 찾았다.

주택가 안에 자리한 병원은 그저 평범한 개인주택과 다르지 않았다. 큰길 안쪽 축대 위 아담한 2층집에 '김현숙 의원/정신과'란 문패보다는 조금 크지만 간판이랄 수 없는 팻말이 그래서 더 앙증맞았다. 김 박사는 나를 2층으로 안내했다.

"이 방을 암실로 쓰려고요."

꽤 큰 통유리 창문이 양쪽에 있고 그 창을 통해 바깥 전경이 내다보이는 전망 좋은 방이다. 암실로는 전혀 어울리지 않을 뿐더러 바깥 세계와 단절해야 하는 암실로 쓰기에도 너무나 아까운 방이다. 고개를 저으려다가 그 반대로 끄덕인다. 곧 또 다른 방으로 개조하겠거니, 잠시 사용할 암실임을 이녀의 그간 행동으로 미루어봤기 때문이다.

"암막 커튼으로 가려야 할 곳이 많은 뎁니다."

이때 간호사가 와서 환자가 왔다고 전한다.

"여기 잠깐 계시겠어요, 선생님?"

예, 라는 대답도 하기 전에 말을 바꾼다.

"아니다. 저랑 함께 가보시겠어요? 내가 왜 미쳐 돌아버리겠는지 아실 거예요."

예약제를 철저히 지키는 정신과의원이니 환자가 누구일 거라는 것쯤은 의사가 아닌 나도 짐작할 수 있다.

"저분 누구세요?"

입은 옷은 품위가 있고 고상한 데다 무엇보다 값져 보였고 얼굴은 오십대 여성으로 보이지만 고생은 전혀 해본 적이 없는 듯 하얗고 뽀얗다. 교수이거나 교수 부인, 또는 의사 부인형의 중년여성이 나를 지목한다.

"사모님을 도와주실 분입니다."

"그럼 의사신가요?"

김 박사가 환자의 말을 끊는다.

"한 달 사이 어떠셨어요?"

"나는 아무 이상이 없다니까요. 그러니 당연히 똑같지요."

"약은 정해진 시간에 맞춰 꼭 드셨겠지요?"

"괜찮은데 왜 약을 자꾸 먹으라는 거지요?"

"병원에 스스로 오시지 않았나요? 첫날 목사님과 같이 오시긴
했지만……. 목사님께서 말씀하신 증상과 정밀검사가 상당히
일치하는 점이 있어 치료를 받기로 했었습니다. 그렇지요?"

환자는 의사보다 나를 더 의식하는 눈치다. 목사? 남편? 그래
서 사모님? 내가 왜 여기 있어야 하지 싶어 끼어든다.

"말씀 중에 죄송합니다만, 김 박사님. 나는 그만 나가서 기다
리고 있겠습니다."

"계셔주세요."

김 박사가 아니라 사모님이다.

"제가 이상한 건지 제삼자 입장에서 공정히 봐주세요."

내가 말을 하려는데 김 박사가 고개를 끄덕인다. 분간하기
힘들어 헷갈린다. 나가도 된다는 건지 환자 말대로 있어도 된다
는 건지 알 수가 없다. 의사가 내 반응을 고려치 않고 환자에게
묻는다.

"사모님도 동의하신 일이잖습니까? 그럼 의사인 저를 믿고 따라주심이 환자, 아니 사모님을 위해 유익하고 필요하다고 봅니다. 저기 편히 누워보시겠습니까? 이번엔 신발을 그대로 신고 계셔도 좋습니다."

나 때문이란 생각을 한다. 전엔 더 편한 마음을 갖게 하고자 신발도 벗으라 했을 것이다. 사모님은 나를 흘끗 보고 주춤은 했지만 이내 가서 눕는다. 그리곤 다시 나를 보고는 눈을 감다가 다시 뜬다. 내가 있는지 확인하듯 고개를 돌려 나를 보고는 눈을 또 감는다. 있어도 되겠단 생각이 든다. 동시에 음악이 흘러나온다.

When I am down and oh my soul, so weary

앞의 가사가 웅얼웅얼 저절로 나올 정도로 자주 듣던 노래다. 유럽의 어느 거리 한복판에서 한 노인의 버스킹하는 장면이 더 익숙한 그 노래다. 그곳에 멈춰 서서 듣던 행인들의 표정이 더 인상적이던 그 노래다.

You raise me up
So I am stand on mountains

나도 저 노인처럼 해보고 싶었던, 나의 버킷리스트 안의 그 버스킹.

You raise me up

to walk on stormy seas

멋지지 않은가, 가사까지. 나도 모르게 눈을 감고 만다. 그 you가 누군지는 중요하지 않다. 이 노래를 거리에서 부른 마틴 허킨스나 듣던 행인들, 그 장면이 나에겐 바로 그 'you'였다.

I am strong

when I am on your shoulders

나를 일으켜주는, 그래서 이 노래구나. 나를 강하게 해주는, 그래서 이 노래구나. 환자보다 내가 더 음악에 빠진 것처럼 지그시 눈을 감는다.

You raise me up

to more than I can be

환자도 아닌데 염치없단 생각에 눈을 떠보니 김 박사가 나를 보고 웃는다. 한 음이 올라가며 노래는 더 고조되고 더 고취된다. raise me up.

노래에 홀려 있는 그 순간, 정적을 깨는 소리에 깜짝 놀란다. 나와 같을 줄 알고 김 박사를 보니 이녀는 별 반응이 없다. 이런 중에 환자가 코를 골다니.

찜질방에서 나대는 퉁퉁한 중년남들이나 뽑아낸 듯한 폭음 같은 소리다. 웃지 않을 수 없어, 아니 어찌 참을 수 있단 말인가, 해서 방을 빠져나와 크게 웃어넘겨 보려 했지만 코웃음조차 나오질 않는다. 그 사이 멈춘 건가. 황당해서일까. 곱게 차려 입은 곱상한 피부의 여자가 불과 2~3분 만에 벌인 일, 웃을 일이 아니다. 그게 병이구나. 그게 정신병? 그녀는 이상없다며 처방 약조차도 거부했다.

모르는 게 약이 아니라 모르는 게 병이었다. 자기가 한 행동은 까맣게 잊고 그저 자기는 고상하다고 여기는……. 이것이 병이 라면 세상엔 다 정신병자들로 가득하게? 그 환자가 심하긴 할지 몰라도…… 들어가 볼까. 정말 궁금하다. 음악이 끝나고 난 뒤의 그녀를 보고 싶다. 짓궂은 걸까? 망설이는데 단지 그것만이 아닐 거란 생각이 문득 든다. 원인은 어디에 있을까? 방어기재로서? 숨기는 것? 의도적 다른 행위? 방문을 열고 들어가려는데 안에 서 나누는 대화 소리가 밖으로 새어 나온다.

"이 노래 '유 레이즈 미 업'이죠? 난 지금 다운돼 있거든요. 전혀 나를 업 시킨 노래가 아니라고요."

점잖게 항의하는 환자, 방금 전에 심하게 코를 골던 곱디고운 그 여자.

"맞아요. 아주 편히 주무시더라고요."

"내가요? 내가 잤다고요? 저 우아한 성가를 들으며 내가 잤다고요? 내가 아니라 의사 선생님이 도신 거 아니에요?"

"예, 나도 돌 것 같아요. 다시 말씀드릴게요. 의사인 나를 믿습니까? 아니, 의사라고 여기지 마시고 동생이라고 해둡시다. 이 동생을 믿습니까?"

"믿지요. 그래서 여기 왔지요. 근데 매번 딴소리를 하시니. 내가 알다가도 모를 말씀만 하시니 내가 믿을 수 있겠어요? 그럼, 선생님은 나를 믿고 계신가요?"

"앞으로 치료는 어떻게 하실까요? 전에 목사님께서 오셔서 일 년치 치료비를 선불로 다 내놓고 가셨습니다. 싫다면 지금이라도 돌려드릴 수 있습니다."

환자의 대답이 '예' 할 줄 알았는데 전혀 예상 밖이다. 그녀가 울먹인다.

"제발, 목사님께는…… 그냥 치료받겠어요. 그냥요, 그냥. 하라는 대로 하겠습니다. 다만…… 다만……. 목사님껜 치료 잘 받는다고만 해주세요. 치료하실 것은 없으니 나랑 얘기 나누는 것으로 한 시간 떼시면 의사선생님도 좋고 나도 좋고……."

"아뇨. 안 좋은데요. 나는 의사지 상담사나 대화상대 해주는

21

그런 사람이 아닙니다. 여길 나오시려면 제게 솔직해지셔야 합니다. 솔직요."

그때 환자가 나를 찾는다.

"여기 있던 그 남자분 어딨어요? 키 작고 머리 벗겨진⋯⋯."

마침 방으로 들어가려던 참이다. 내가 그녀에게 해주고 싶은 말이 생각나서다.

"예, 키 작고 머리 벗겨진 못생긴 남자, 여기 있습니다."

"못생겼다고 하진 않았는데요. 다 엿들으셨나 보다. 보기보다 나쁜 사람이네."

나는 상관 않으며 하고 싶은 말을 하기 위해 의사에게 양해를 구했다.

"나랑 사진을 배워보실래요?"

"내가요? 왜요? 나, 사진 잘 찍는데요. 교회행사 사진은 내가 다 찍거든요."

"그럼 더 잘됐네요."

"아, 영업사원이신가 보네. 사진 배우게? 카메라?"

"사모님, 나랑 한 달만 사진을 배워보시지요. 수업료는 따로 안 받겠습니다. 후에 고마우시면 촌지같이 작은 정성을 제게 보이시면 됩니다."

"촌지? 어머머, 꼬시는 건가? 영업을 정말 잘 하시네."

내 행동이 지나친 듯해서 김 박사를 다시 쳐다보았다. 이녀가 웃으며 고개를 끄덕인다.

"하셔야 할 것 같아요. 배우셔야 될 것 같습니다. 나는 일단 여기까지 말씀드릴 테니 의사 선생님과 상의해 보세요."

내가 김 박사에게 말을 건다.

"사모님을 뵙고 보니 전에 내게 사진을 배운 한 여성이 떠올랐습니다. 사진을 배웠지만 사진 외 다른 것을 더 배워간 분입니다. 화가였는데 지금은 소설가로 꽤 유명해졌답니다. 이름만 대면 알 정도로."

환자가 끼어든다.

"나한테 사진을 가르친다는 거야, 소설가가 되라는 거야? 도대체 알 수 없는 분이지만 참 재미나는 분이시네."

"예. 저는 이만 나가보겠습니다."

김 박사에게 암실로 가 있겠다고 말하고 나온다. 화장실을 먼저 들른다. 거울을 본다. 왜? 거울 앞에서 자주 그러하듯 묻는다. 왜?

전망 좋은 방에서 암실을 구상한다는 게 청바지에 구두를 신은 것같이 불편하다. 바깥 전망에 눈길을 돌린다. 들어서자 마자 간호사가 김이 모락모락 피어오르는 커피를 내려놓고 간다. 커피가 있으니 창밖 전망이 더 살아난다. 집 한쪽에 차 려놓고 싶었지만 여태 갖지 못한 암실. 내 집엔 마땅한 공간 이 없다.

그런데 여긴 암실로 마뜩한 공간이 아니다. 구석진 곳, 햇볕 이 덜 들어야 좋을 곳이 암실이다. 빛을 차단해야 하는 곳이어야 할 암실인데 이곳은 볕이 정말 잘 든다. 왜 막으려 할까. 이 좋은 빛에 전망을…… 90도로 꺾인 대형 유리창 양면으로 하루 종일 볕이 들 것이다.

아까워. 김 박사는 이 방을 무엇으로 썼을까? 휴게실, 응접실, 음악실……. 주위를 둘러보니 오디오가 있다. 긴 의자가 있다. 한 사람 누울 수 있을 만한 크기로 딱 맞춤인 야전침대 같다. 누우면 양쪽 큰 창으로 하늘이 우러러 보이겠다. 상담실? 정신과의원의 치료실? 대형 유리 맞은편의 한쪽 벽에 그림이 걸려 있다. 가까이 가서 보니 액자가 아니라 벽에 직접 그린 벽화다. 루치안 프로이트★

의 〈흰 개와 함께 있는 여인〉이다. 복사품이겠지.

누가 그렸을까? 베를린에서 진품을 본 기억이 난다. 정신과병원 안의 프로이트. 루치안은 유명한 정신분석학자 프로이트의 손자다. 가슴 한쪽을 드러낸 여인의 표정은 결코 온화하달 수 없다. 오히려 그 반대다. 여자가 걸친 가운은 노란색이지만 바랜 듯 보이고 소파나 벽면도 음침한 분위기에 가까워 정신과 병동을 떠올리게 한다. 완벽한 복제품이다. 왜 이런 음산한 그림을? 환자치유에 도움이 되기는커녕 역기능적인 그림이다.

벽화 아래 진달래인지 철쭉 화분이 놓여 있다. 다가가 보니 철쭉이다. 그런데 꽃보다 꽃말이 먼저 떠오른다. '사랑의 즐거움'. 그림과 옥색의 벽과는 다르다. 철쭉을 놓아둔 이유를 더듬어본다. 프로이트의 그림이나 옥빛 벽은 음울한 분위기를 자아낸다 해도 무생물일 뿐이다. 죽은 것이다. 살아있는 생물, 그것은 철쭉이다. 사랑하지 못하곤 즐거울 수 없는…… 벽화를 그려 넣고 화분을 놓아둔 사람, 이 정신과의사의 대치하면서도 공존하는 두 마음을 읽는다.

혼자 이곳에 머문 지 두 시간도 더 지났다. '내일 다시 오자……' 마침 이럴 즈음 말없이 커피를 두고 간 흰 가운의 간호사가 들어왔다. 가슴 한쪽을 내놓은 벽그림 속 그 여인의 빛바랜 누런 옷을 덧씌운 듯 간호사의 흰 가운도 벽화 때문인지 바래져 있다. 내 눈이 그리 물들어 있으리라. 문은 열려 있었다. 10분 후면 의사가 올라올 거라고 한다.

"미안해요."

정확히 10분 후에 김 박사가 왔다. 암실에 대해선 묻지 않고 한잔 하러 나가잔다.

"시간 되지요?"

언제나 자기중심적인 말에 익숙한 여자. 한잔 하고 싶던 참에 아무려면.

"시간을 만들어야지요. 술이라는데."

여기서 한잔 어떻겠냐고 내가 묻는다.

"음악도 좋은, 분위기 있는 데서 마셔요."

오디오를 눈짓해 보이며 나는 손으로 큰 유리창을 가리킨다. 더 운치가 있는 건 프로이트의 그림 때문이다.

"저 그림 아래서 마시지요. 안 될까요?"

박사가 고개를 젓는데, 술도 안주도 없다고 한다.

"뭘 드시고 싶으시죠? 내가 준비해 올게요. 마시면서 암실 얘길 하다보면 더 좋은 구상도 떠오를 거구요."

오는 길에 본 대형 할인점에 가서 광어회와 매실주를 사온다.

와서 보니 아까는 없던 낮은 책상이 놓여 있다. 김 박사의 옷차림도 바뀌었다. 프로이트의 그림 속 여인이 입은 노란색 원피스다. 그림보다 훨씬 밝고 맑은 옐로우, 파스텔 톤이다. 같은 노란색인데도 느낌이 사뭇 다르다. 밝은 노란색이 붉은 철쭉과 잘 어울린다.

"암실로 쓰기엔 너무나 아까운 공간입니다. 이곳은 어떤 방이었나요?"

내가 묻는다.

"선생님, 아까 그 얘기부터 해주세요. 선생님한테 사진을 배웠는데 소설가가 되었다는 그 여성? 여자 맞지요? 사진가가 안 되고 소설가가 되었어요? 맞죠? 난 아까 그 환자가 내 정신을 다 앗아가서 제대로 듣지 못해서요. 선생님은 그때 괜찮았어요? 그래서 그 환자를 함께 보자고 했던 거거든요. 내가 예민한 건가? 환자로 인해 내가 정신병에 걸린 건 아닐까? 이런 생각 많이 들게 해요. 두려울 정도로요."

김 박사의 얼굴이 어둡다. 벽 그림 속 여인의 표정 그대로다. 소설가가 된 제자? 내 잔에 술을 따르며 서로 주량껏 마시자고 내가 말한다. 남이 따라주는 술은 언제나 자유를 빼앗았다. 권하면서 강제한다. 제 주량을 남의 주량에 맞춰줘야 그게 예의란다. 주법이라나. 그게 배려고 소통이라나. 맞추다 보니 취하고 취하다

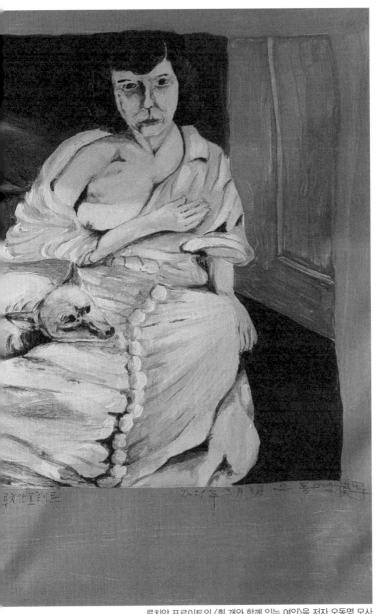

루치안 프로이트의 〈흰 개와 함께 있는 여인〉을 저자 오동명 모사

보니 추해진다. 나도 그 남도. 서로 따라주는 주거니 받거니 하는 재미. 이 재미가 억압이 될 수도 있다. 자유롭자고 마시는 술, 구속이 된다. 함께 마실 만한 사람이 아니라면 관계의 매개로 술은 피해왔다. 커피나 차면 된다. 함께 마실 만한 사람이라 해도 각자 따라 마시자고 내가 늘 제안한다.

함께 마실 만한 사람도 술이 그 사람을 지배할 때가 있다. 평소 괜찮은데 술만 마시면…… 굉장히 모순된 얘기가 아닐 수 없다. 술이 사람을 지배하고 그것을 용서해준다? 서예가 조맹부*가 그랬다던가. 취안간산 백자유(醉眼看山 百自由)*. 취한 눈으로 보면 모든 게 다 자유다. 평소 괜찮은데 술만 마시면…… 이 말과 같다.

"선생님하곤 첫 술자리인데 제가 한 잔 따라드릴게요."

"아뇨."

단호하게 거절하며 내 잔을 또 채운다.

"알아서 마시는 겁니다. 깜냥껏."

김 박사가 껄껄 웃는다.

"제정신이세요? 선생님, 술은 취하라고…… 알았어요. 마실 만큼 마시고 취할 만큼만 취하고……. 다 자신이 결정하라는 그 말씀!"

이러면서 잔을 쭈욱, 내게로 내민다. 건배.

"아까 그 얘기요. 그 환자한테 사진을 배워보라 한 얘기."

아까 그 얘기? 소설가가 된 제자.

소심한 여자였다. 그녀가 자신을 그렇게 얘기했다. 그래서 사진을 배우고 싶다고 했다. 사진을 찍다 보면 성격을 바꿔볼 수 있지 않을까, 해서다. 활달해지고 싶어한 여자가 내게서 사진을 배웠다. 카메라가 사람을 움직이게 만든다. 발로 움직여야 찍어야 할 대상을 찾을 수 있고, 그것을 손가락으로 눌러 잡아챈다. 다 두 눈이 이끌어준다. 찾고 찍고, 판단하고 결정하는 과정에서 몸을 많이 움직이게 된다. 매사 생각에만 머물러 있고 책을 좋아한 매우 똑똑한 그 여인은 한편 소심했다. 이런 여자를 카메라가 조금씩 바꿔갔다. 그녀의 독서는 카메라에도 주효했다. 찍고자 하는 대상을 찾아내는 데에 그녀가 읽은 책들은 매우 유효했다.

"이제 찍지 말고 써봐라."

내가 제자에게 권했다. 글을 쓰란 얘기가 아니다. 글을 쓰듯이 사진을 찍어보라 했다. 그녀는 이 한마디를 듣고 사진첩을 바로 준비했다. 사진첩 겉면에 제목도 달았다.

'신은 죽었다.'

제자의 사진첩엔 무수한 사진들이 스크랩됐지만 하나의 주제로

일관성을 띠었다. 그녀가 굳이 얘기하지 않아도 알 수 있었다. 신의 손이 미쳐야 할 곳에 신은 없다. 가여운 사람들, 억울한 사람들, 대개 거리를 찍은 사진들이었다. 식물도 있고 곤충도 찍었다. 차에 치인 동물도 찍었다. 지저분하고 흉해 보이는 사진에서 따뜻함이 느껴졌다. 가슴 뭉클한 공감으로 이어지는 그녀의 사진은 겉으론 비판이지만 속으론 사랑이었다. 신은 죽었다고 했지만 절실히 찾고 있었다. 그녀도 암실을 원했다.

"다 드러내 보이는 컬러보단 흑백사진이 더 나을 것 같아요."

그녀의 작은 아파트의 화장실을 암실로 쓸 수 있을 거라고 했고, 쓰지 않아 오래 처박아둔 내 확대기를 선물했다. 확대기 앞에서 시범을 보이고 있을 때 제자가 나를 뒤에서 안았다. 시범에 열중하는 척하며 그녀를 내 등이 그대로 받아들였다.

얼마나 지났을까. 암실에선 시간이 길다. 몇 초로도 세상이 만들어지는 세계다. 돌아서서 그녀를 안고 말았고……. 그날 이후, 난 제자를 더 볼 수 없었다. 암실에서 그래선 안 되는 거였다. 밝은 곳에서 여자를 안아야 했고 사랑이어야 했다. 자제하지 못했다는 자책에 몹시 않아야 했다. 그녀를 피하는 것만이 치유될 수 있으리라고, 그러나 더 심해졌다. 너무나 보고 싶었고 그래서 더 멀어져야만 했다.

몇 년 후, 내 사진책이 출간된 그날, 교보문고에서 내 책보다 먼저 익숙한 이름의 소설이 눈에 띄었다. 대충 훑어본 소설……. 나와 그녀의 이야기. 앞의 반쯤은 가슴 저리게 한 사실이었고 뒤의 반절은 마음 저리게, 너무나 아프게 한 가상의 소설. 그 첫 장에는 'Goo에게'라고 짤막한 필기체로 인쇄돼 있었다. 눈에 익은 그녀의 손글씨였다. 제자는 선생인 나에게 자주 만나면서도 집으로 우표 붙인 손편지를 보내곤 했다.

선생님,

오늘은 민들레만 찍었어요.

작아서 더 가깝게 다가가게 하는 풀.

낮아서 더 무릎 꿇게 하는 꽃.

민들레가 더 사랑스러운 하루였어요.

선생님이 찍으신 흑백의 민들레에선 전율하기까지 했답니다.

바람에 흔들리는 민들레여서였을까?

나도 흔들렸습니다.

선생님은 보이지 않는 바람도 사진에 담아내시는구나.

난 아직 멀었어요.

내가 선생님 곁에 있어야 하는 이유입니다.

내일 또 뵙겠습니다.

편지는 삼 일 후에나 도착했고 다시 만나려면 한 달이 걸렸지만, 제자는 언제나 '내일 또'라고 편지를 마무리했다. 소설의 제목도 '내일 또'였다.

정류장

암실을 만들어 달라더니 나를 병원에 고용하겠단다.

"나를 도와주셔야겠어요."

내 의사를 묻는 건지…… 확신이 물씬 풍기는 자신감은 어디서 비롯되는 걸까. 의사라서? 박사라서? 나를 무시해서? 또 무례가 느껴지지만 그 확신엔 상대에 대한 신뢰가 깔려 있으니, 생각해보겠다고 대답을 보낸다.

"생각요? 오래 걸려요? 오늘 술 마시는 동안에도 가능하지요?"

대답을 들을 때까지 마시겠다는 건 자신감일까? 상대방은 무시된다. 이녀가 제 잔에 매실주를 따른다.

"안에 양주도 있어요."

술은 사양한다. 오늘은…… 커피 있느냐고 묻는다.

"왜 겁나요? 그 제자에게 그랬듯이요?"

그러면서 하는 말,

"난 그런 쓸쓸하고 씁쓸한 소설가는 안 될 거니 걱정 마세요. 뒤에서 안을 일도 없고요. 왜 뒤에서 안는답니까? 걱정 마세요. 사랑을 기껏 글자로 하다니."

김 박사를 보니 얼추 나이 사십은 됐다. 처녀라고 했던 기억이 난다. 이 년 전이다.

"평생 처녀로 살 겁니다. 거룩하고 성스럽게. 이것이 나의 성 관념입니다."

성은 그런 거라고 덧붙였던가?

"무엇을 도와달라는 거지요?"

결국 술을 한 모금 마신다.

"사진 치유. 전에 그 환자에게 사진을 배워보라고, 사진을 가르쳐주겠다고 하셨잖아요. 그 여제자도 사진으로 치유했던 경험도 있으시고."

사진으로 치유했나? 자문하게 만든다. 복잡하다. 인생사를 어찌 하나로 콕 집어 얘기할 수 있겠나.

"소설가는 아니지만 나도 정신치료에 대한 글은 쓰고 싶거든요."

나는 분명히 해두자고 한다. 환자를 의학으로 치료하는 데 사진으로 치유하는 방법도 써보자는 건지, 글 선생으로 나를 고용하는 건지 묻는다.

"그 제자에게 글을 가르치신 건 아니잖아요. 무정이 그녀로 하여금 글을 쓰게 한 거 아닌가요? 선생님의 그 무정. 한 번 안았다고?"

깔깔 웃어대더니 말을 잇는다.

"냉정이 그 제자를 열정으로 끌어올릴 수 있었는지 모르지만 글을 가르치신 건 확실히 아니잖아요. 그건 내가 알아서 할 터이니…… 사진 치유……."

김 박사가 한 모금에 한 잔을 다 비운다.

"나도 치유해주세요. 나도 미쳐 있는 것 같아요. 아니 미칠 것 같아요."

이녀는 다른 방으로 나를 안내한다. 침대를 보고 주춤하며 안으로 들어가지 못하자 "그림만 보시면 돼요" 하며 턱을 들어 벽을 가리킨다. 벽면 하나를 다 채우고도 모자라 옆 벽면까지 다 메워버린 그림. 액자가 없는 것으로 보아 벽화다.

"아쉴 고르키★의?"

"예. 〈소원이 성취되는 정원〉이에요. 선생님은 그림에 대해서도 모르는 게 없나 봅니다."

"누가 그린 겁니까?"

"방금 얘기하셔놓고…… 아쉴 고르키."

"아뇨, 저 벽에 그린 사람요."

이녀는 들고 있는 술잔을 잡아끌듯 입에 대고 홀짝인다.

"내가요. 내가 그렸어요."

또 한 모금 홀짝거린다.

"그럼, 그 암실의 대형 그림도?"

"다 마셨네요. 다시 그 방으로 가요."

암실로 돌아왔다. 뒤따라온 이녀의 손에 양주병이 들려 있다.

"자기 깜냥껏 마시깁니다."

내 수고비랄까, 월 백만 원이라고 하니 월급이겠다. 거기에 플러스 알파란다. '백만 원+알파' 월급도 이녀의 일방적인 제안이자 결정이다.

"너무 적지요? 나, 의사지만 별로 못 벌어요. 하지만요, 하지만 말예요."

혀가 꼬부라진다.

"오늘은 여기까지 합시다. 하루 사이에 진도가 너무 나갔어요."

"진도라니요? 전라남도 끝 진도 섬요?"

깔깔깔 웃는다.

"선생님과 나와의 관계?"

또 깔깔깔 웃어대는데 함성 같다. 웃음을 질러댄다. 의식된 게 느껴지진 않는다. 그냥 터져나오는 소리다. 결국 나는 커피를 더 마시고 끝내 이녀는 양주를 마신다. 미대를 1년 하고도 한 학기쯤 다녔다고 한다. 바깥에서 본 예술과 안에 들어가서 본 예술은 뜻밖에도 엄청 달랐단다.

"예술이 아니라 예술가겠지요."

내가 토를 단다.

"그나저나, 아무튼요. 누가 그랬지요? 맞아. 프루동인가 뿌루퉁. 아름답든 추하든 어떤 얼굴이라도 예술의 대상이 될 수 있다고요. 내 눈엔 추하기만 했어요. 대상이 아닌 주체가 말이에요. 꼴값만 떨더라 이겁니다. 예술이란 가면을 쓰고요. 현재의 예술가 교수나 미래의 화가 학생이나……. 해서 때려치웠어요. 때려잡은 거지요."

이제는 헤헤헤 웃는다. 웃음소리가 슬프다.

"벗어나니 자유로워진 거지요. 아직은 남의 그림을 베껴 그려보는 거지만요."

김 박사는 내실의 모사벽화 〈소원이 성취되는 정원〉으로 이야기를 바꾼다. 그 화가 고르키와 다른 화가 클레*를 비교한다.

"클레는 정교한 낙서가이고 고르키는 엉성한 낙서가지요? 화가이자 연기자였다는 세네치오란 초상화를 처음 보고 난 거의 정신을 잃을 뻔했어요. 왜냐면요, 올빼미를 무지하게 좋아했던 중학생이었어요. 꼭 닮았잖아요. 똑같이 그려보고 또 그렸지만 클레의 느낌을 전혀 느낄 수가 없었어요. 미대를 가자, 가서 더 배우자. 그때부터 미대 지망생이 되었는데, 화가가 되고자 하는 꿈이 아니어선지 미대 들어가서 금세 시들해져 버리더라고요. 대학 이 학년 때 그 그림을 봤어요."

〈소원이 성취되는 정원〉, 이 그림에 대해 나는 기억을 더듬는다. 아르메니아, 서쪽으로는 터키, 남쪽으로는 이란, 북쪽으로는 러시아 영토였던 국가들에 둘러싸인 해발 평균 1,800미터의 고산지역에서 고르키는 어린 시절을 보냈다. 영화 〈글래디에이터〉의 무대. 어린 시절 뛰어놀던 곳을 먼 이국땅 미국에서 그린 그림이 〈소원이 성취되는 정원〉이다. 그가 죽기 4년 전에.

"그 엉성한 낙서에 또 흠씬 빠졌답니다. 그러나 그땐 따라 그리기는 하지 않았어요. 그래도 최고 좋다는 미대생이? 뭐, 이런 자존심이 작용했을지 모르나 아마도 세네치오에 대한 실제 경험이 더 큰 이유가 되었을 거예요. 하지만 또 보고 또 보고……. 그러다가 고르키의 삶을 읽게 됐어요. 착란이란 정신질환에 시달렸고 끝내 스스로 목숨을 끊은……. 나이 마흔넷에. 지금쯤의 내 나이네요. 그런 낙서를, 그런 동화를 그릴 수 있던 사람이 정신

착란이라니? 나는 그후 정말 많이 앓았어요. 몸살이고 편두통이고 위장장애…… 의도하지 않은 단식으로 몸이 점점 말라갔어요. 차마 눈 뜨고 볼 수 없게."

김 박사가 이 이야기를 할 때 나의 중학생 때가 떠올랐다. TV에서 〈정류장〉이란 영화를 봤다. 마릴린 먼로를 처음 봤다. 줄거리로나 그녀의 외모로나 별 감흥이 없던 영화였는데 뒤에 먼로가 자살했다는 신문기사를 읽고 다시 그 영화를 보았다. 그리고 나는 먼로와 사랑에 빠졌다. 나의 첫사랑이다.

왜 죽었을까? 다시 보니 꽤나 미녀였는데……. 그런 여자가 왜 스스로 목숨을 끊어야 했을까? 대통령 케네디가 연루됐다는 이야기도 들렸다. 배우로서 최고의 영광을 누리던 여자의 죽음이어서 내 첫사랑은 더 절절했을지도 모른다.

'왜 죽었을까'는 '왜 죽어야 했을까'로 질문이 바뀌었고 꿈에도 여러 번 〈정류장〉의 장면이 그대로 나타났다. 한 번은 먼로가 내게 말을 걸기도 했다. 정류장에서 버스를 기다리던 나를 뒤돌아보았다. 그녀는 내 앞에 서 있었는데 돌아보기 전까지 난 알지 못했다.

"나랑 하고 싶니?"

나는 이내 도망쳐야 했고 꿈에서 깨어났다. 이 장면은 그대로 또 다른 꿈에서 재현됐다. 먼로와 자는 꿈으로 진화해서. 몹시 우울했던 중학교 3학년 때였다. 나에게 첫 몽정을 하게 한 여자. 진화론을 배울 때…… 꿈도 진화했다, 나에겐. 사랑도 진화했다. 그때 꿈으로는. 대학에 들어가서도 이 꿈에서 벗어나지 못해 만나던 여자들이 다 시시했다.

다 심심했다. 꿈이 지배하던 시절……. 나에게 진화는 퇴화는 아니어도 정체였다. 고르키도 그러지 않았을까. 죽음으로까지 몰고 간 어릴 적 환상이지 않았을까. 세계의 무대였던 나라에서 지금은 초라해져버린 조국. 돌아가지 못할 조국과 그 어린 시절 이 고르키를 착란하게 만들었는지 모른다.

그러나 그게 착란일까? 매우 정상적인 대응이지 않은가. 착란을 일으키지 않는 게 비정상이지 않은가. 내가 일제식민지 때 살았다면 미치지 않고서는, 비정상적으로 살지 않고서는 살아낼 수 없었을 것처럼. 다행인지 불행인지 나는 중3 때의 꿈이 그저 환영으로 과거가 되었다. 공부가 싫어 시작한 사진이, 카메라가 어쩜 내 꿈의 진화를 정지시켰을 것이다. 사진은 나를 리얼리즘으로 데려갔다.

"세속적이지 못해서였을 거예요. 순수한, 지나치게 순수했던 거예요. 고르키는요. 하지만 그것도 그림으로는, 예술로는 채울 수 없었던 거예요. 예술까지 순수했으니…… 예술은 가장 세속적인 속물이어야 하니까요."

이녀가 정신과 의사로서 한 화가의 자살을 진단한다. 나도 다시 술잔을 채우려고 양주병을 든다.

"그럴 줄 알았어요. 내가 첫 잔은 따라드리고 싶어요. 첫 잔만. 전이라고나 할까. 소통이 아니라 전이말예요. 일방적인. 그리고 뭐, 내 잔에도 따라주세요. 이제 깨보세요. 아직까지 품고 계신 아집요. 고집요. 그런 것따위도 묶이는 거예요. 구속이지요. 자 발적 구속요. 나도 그래 보고 싶어요. 형식에 지배되는 인간이 문제지요, 문제라면요."

그러면서 "해주셔야 해요." 라고 말꼬리를 잇는다.

"내 환자에 대해 사진으로 치유해달라는 건 아니에요. 다른 방법을 찾아보는 거지만 접근법이랄까…… 다가가는 방법이겠 지요. 치유도, 더구나 치료라는 말은 쓰고 싶지 않아요. 좋아요. 소통이라고 해보지요. 뭐, 보고서? 달리 대신해 쓸 단어가 없으 니 보고서라고 할게요. 보고서를 제출해주세요. 형식 무, 선생 님 방식대로. 어때요? 해주셔야 해요. 아니, 해야 해요."

"보고서는 숙제입니까?"

"예. 숙제, 그거 좋네요. 우리가 함께 해결해보고 싶은 숙제요. 정신과 의사와 사진사가 같이……. 이건 남에게 절대 얘기해선 안 돼요. PP보고서가 세상에 나오기 전까진요."

〈소원이 성취되는 정원〉을 따라 그리게 된 시기는 정신과 전문의 자격을 따낼 쯤이었단다.

"안정되고 평안해졌어요. 그림이 다시 그리고 싶어지더라고요. 이 집 전센데, 이 집에서 나가면 저 그림도 지워져 사라지겠지요. 소원이 성취되는 정원을 그림이 아닌 진짜 정원으로 갖게 되는 날이 될 거예요. 그림이 없어지는 그날은, 내 그림을 삶으로 그릴 수 있게 되는 날이 되기도 할 거구요."

이녀는 상의를 벗었고 그 신호로 나는 그 집을 나왔다. PP 보고서? Psychiatrist와 Photographer? 정신과 의사와 사진사의 보고서라…… Person과 Person? 인간 대 인간으로.

예상하지 못했는데 그 목사 부인이 사진을 배워보겠단다.

"나, 돈 없어요."

그녀의 옷은 나같이 명품혐오가 심한 사람마저도 알아볼 수 있을 만큼 고급이었다.

"좋은 옷 입었습니다."

비싸단 말 대신 '좋은'으로 돌린다. 그 말은 그녀의 입에서 걸러져 여지없이 튕겨나왔다.

"비싼 옷이에요."

그녀의 증상이다. 하지만 병적 과대망상인지 의도한 과대포장인지 알 수가 없다. 확실한 건 숨기는 것이다. 김 박사는 보고서를 써내라고 하기 전에 먼저 환자의 증상에 대해 요약한 참고서를 내게 밀었다.

"알아두세요."

김 박사가 덧붙였다.

"나는 의학전문용어를 환자에게 거의 쓰지 않습니다. 정신과 의사인 내가 들어도 끔찍한 용어들로 환자를 더 괴롭히고 싶지 않아섭니다."

나에게도 그렇게 하겠다는 말이다. 용어는 선입감으로 상대를 읽기도 전에 재단해버리는 못된 구속력을 갖고 있다나.

"나도 선생님한텐 그랬지요."

'선생님의 자유'를 알량한 의사라는 전문성으로 붙잡아 매고 싶지 않다나.

"내가 아닌 선생님의 방식으로 이분들을 대해주세요."

환자는 자기가 한 말을 잊고 바로 그 말을 뒤집어버리는 엉뚱한 말을 한다. 앞뒤가 맞지 않는 게 아니라 서로 반대되는 상황을 연출해내는데, 이를 지적하면 되레 나에게 뒤집어씌운다. '내가 언제?' '나를 뭐로 보고?' '정신 어떻게 된 거 아니에요?' '사람이 어떻게 한 입으로 두말을 한다고 하는 겁니까?' 환자가 그렇다는 건지 의사인 내가 그렇다는 건지…… 이런 식이다. 한나연은 이 점에서 더 특이하고 더 심했다. 그녀가 제 발로 병원을 찾아온 게 아니다. 목사의 여동생도 함께 왔었다. 목사도, 그 여동생도 그녀만 모른다는 것에 답답하고 안타까워했다.

"그런데 알고 있는 것 같긴 해요. 자기의 말과 행동이 뒤죽박죽인 걸 아는 것 같아요. 하지만 이마저도 숨기지요."

몇 달 약물로 치료했지만 그것으로는 결코 치료할 수 없었다.

"많잖아요, 이런 사람?"

나는 고개를 끄덕이면서도 동의인지 의문인지를 김 박사에게 전한다.

"그 들고나는 것이 심해서지요. 멀쩡한데 멀쩡하지 않은 것. 오히려 겉으로라도 멀쩡하지 않으면 그 여자를 위해서 더 나으련만……."

다른 생각이 든다. 집단에 의한, 다수에 의해 만들어진 병? 정상과 환자가 바뀔 수 있다는 것.

"목사 부인이 무슨 돈이 많아서 그 비싼 옷을 입고 다닌답니까?"

"꽤 유명해요, 그 목사. 목사도 생김새야 뭐……. 근데 걸친 양복은…… 입진 못해도 볼 줄 알거든요. 아마 그래서 더 자기 부인이 걱정되는 거지요."

"목사는 치료받으러 안 옵니까?"

"예?"

김 박사가 까르륵 웃는 걸로 대답을 대신한다.

"환자 하나 늘면 나도 수입이 배가……."

이녀가 한나연에 대해 알려준 참고서는 이 정도다.

"그런데 배우지 않을 듯하더니 어찌 마음을 바꿨답니까?"

"바꾼 게 아니라 처음부터 그럴 마음이었나 봐요. 선생님이 마음에 든 건지, 선생님이 재미날 거라 본 건지. 선생님이 그런 바보스런? 순수한? 아무튼 묘한 매력을 지니고 계시잖아요. 정작 본인은 아시는지 몰라. 아무튼 조심하세요. 선생님 같은 분이 더 물들기 쉬울 테니까요."

말을 해놓고 이내 고개를 젓는다.

"선생님께 그런 조심? 기우네요. 개연도 결코 못 되는 기우. 내 실수 인정!"

한나연은 카메라까지 들고 나왔다. 환자로 보면 환자로만 보일 것이다. 고치려 들면 고치려고만 들 것이다. 환자라는 단어도 그 어려운 정신과 병명처럼 선입관을 좌우할 테니 더 써서는 안 될 일이다.

"성함이 어떻게 되시지요?"

알면서 물었고 내 이름부터 내놓는다.

"우리 미팅하는 것 같아요. 구회만? 구회만 님?"

손으로 입을 가리고 웃는데 수줍어선지 얼굴색도 붉어진 듯 하다.

"그 다음 질문은 취미지요?"

하면서 자신을 줄줄이 소개한다.

"나는 목사님의 사모구요, 한나연? 내 이름에 내가 다 낯 설 지경이네요. 취미는 피아노 연주예요. 연주요. 그리고 내 나이는 우리 관계가 지속된다면 자연히 아시게 될 것으로 사료되고, 남편은 아시죠? 목사구요. 아, 이미 말했던가? 딸만 둘이에요. 딸 하나는 대학 졸업반이고 그 동생은 이제 막 대학에 들어갔어요. 큰딸은 경영학을 전공하고 작은딸은 심리학. 정신과 의사가 되고 싶대요. 그래서 내가 여기 나오는 거예요. 정신과 의사들의 삶은 어떤가? 해서지요. 알게 되면 나도 더는 여기에 나올 필요가 없지요. 안 그러겠어요? 그리고 사진을 배우겠다는 건 그전부터 꼭 하고 싶었던 게 사진이었거든요.

선생님! 선생님이라고 불러야겠지요? 나랑 나이도 비슷할 듯한데……. 이름을 서로 부르는 게 낫지 싶은데…… 아무렴, 이건 내 생각일 뿐일 테죠. 선생님이 나를 이름으로 불러주면 좋겠다는, 것도 내 욕심일 뿐이고요. 이 카메라는 남편이 신학대학 다닐 때 쓰던, 필름을 넣어야 찍히는 구닥다리예요. 난 이 구식이 더 좋더라. 잃어버린 시간을 간직하고 있어서랄까. 암튼 남편이 이걸로 나를 많이 찍어줬어요. 사진 찍는 모습에 빠져서……. 클래식이라는 게 때묻음이 있어서 그 때를 만져볼 수 있어서 좋은 것 같아요. 얼마 만인가?"

한나연은 카메라를 그녀의 볼에 갖다 대고 한참을 껴안고 있는데 그 모습이 어쩐지 아릿하다. 과거에 묻혀 사는 여자…… 과거에 묶여 사는 여자…… 과거를 보듬고 있는 그 모습에서 그녀의 아픔이 느껴진 것은 표정에서만은 아니다.

"사람이 못하는 걸 이 물건이 해주는 것 같아요. 이 카메라를 오랜만에 빼서 보는데…… 삼십 년만? 변한 게 하나도 없더라고요. 카메라는요. 퀴퀴한 냄새까지도요. 미안해요. 내가 주책을 떨다니……. 근데 요즘도 필름이 나오긴 하나요?"

말은 계속 되었지만 나는 필름이란 말에 정신과 병원에 설치해준 암실을 떠올린다. 암실로 전망 좋은 방의 쓰임을 죽일 순 없었다. 둘을 다 살릴 생각에 촘촘하고 굵은 천의 암막 커튼으로 그 창들을 암실로 쓸 때만 가렸다. 평소에는 밖을 내다볼 수 있게 했다. 하지만 최초의 사진이라는 니엡스의 〈그라 저택의 창〉★이 연상되도록 흑백의 그 사진을 아크릴물감으로 점묘화처럼 찍어 유리창 위에 그려 넣었다.

"왜 가렸어요?"

"암실이니까요."

흑백의 복제그림 뒤로는 바깥 정경을 선명하게 볼 수가 있다.

"가려지니 더 전망이 좋아졌는데요. 돋보여요. 거리감도 생겨났고 중세 유럽의 어떤 성이 됐네요. 삭막했던 여기가요."

좋아하는 김 박사의 표정에서 어둠이 읽혔다. 한나연, 이분도 어쩜 이 암실을 사용하게 될지도 모른다.

"뭔 생각이 그렇게 깊으세요? 내가 묻는데 대답은 않고 뭐 하시는 거예요? 과거만 붙들고 사는 나를 지금 무시한 건가요?"

말 속에 답이 있다. 다시 그녀의 말에 귀기울인다.

"예. 필름 나옵니다."

"아니요. 그건 아까 물은 거구요. 나를 찍어주실 수 있느냐고 물었는데요. 경청태도 결핍증후군. 벌칙으로 꼭 찍어주셔야겠네요.

꼭 흑백으로요. 비싼 몸이지만 기꺼이 모델이 되어드리지요. 선심!"

선심이란 말에 소포모어와 어느 화가의 그림을 동시에 연상한다. 현명하지만 어리석다는 상반된 의미를 품은 단어와 발로통*의 〈고양이에게 우유를 주는 여인〉이다. 현명해 보이는 것 같다. 어리석은 건 분명하다.

대학 2학년 때 대개 이래서일까? 그녀의 대학 2학년 땐? 갈색 머리에 발가벗은 통통한 여인의 그림은, 그것으로 유사한 연상을 했을 것이다. 벗은 여자보다 고양이의 시선에 더 주목했던 기억으로 잊지 못하는 그림이다. 고양이의 시선이 밥 주는 여자의 벗은 몸 어느 곳에 가 있었다. 왜 대학 2학년 때의 그녀를 벗겨서 보았을까. 아무리 연상이라지만.

"누드는 절대 아니에요."

그녀는 상대의 속까지 들여다본다.

"나연 님, 사진을 찍어볼까요?"

"어머머머나. 나연 님? 이러시면 선생님 곤란해요. 그리고 대답 안 하셨어요. 찍어주실 거? 말 거?"

말꼬투리 잡히지 마세요, 김 박사가 귀띔했던가?

"대학생 때 가장 해보고 싶었던 게 뭐죠?"

"대답 안 하셨다니까요?"

"수업 시작했습니다."

"치유 아닌가요? 사진치유."

이래서 김 박사도 미칠 것 같다고 했구나.

"예, 치유라고 하지요."

고개를 세차게 젓는다.

"아니요. 난 환자가 아니라니깐요. 선생님은 의사도 더욱 아니구요."

"좋아요, 좋습니다. 대학생 때 가장 해보고 싶었던 게 뭐죠?"

"이게 수업이에요? 치유예요?"

"사진 배우고 싶다고 하셨지요? 치유일 리 절대 없습니다. 아시겠죠? 그럼 바로 본론으로 들어갑니다. 대학 때 하고 싶었던 것을 찍어보세요. 앞으로 한 시간 후에 여기 병원 앞에서 다시 보기로 합니다."

"함께 가는 게 아니구요? 나, 이거 어떻게 찍는지도 모르는데. 필름도 안 넣었을 거구요. 필름을 넣을 줄도 모르고, 어디서 사는지도 모르고. 다 모르는 것 투성이네."

모른다. 나를 모른다. 그녀의 속이 열리는 게 보인다.

"그러니 내 말을 들으셔야지요. 이제부터 학생은 입 다물고 듣기만 우선 하기."

입을 삐죽 내밀면서도 얼굴을 숙이며 끄덕거린다.

"대학 이 학년 때 가장 하고 싶었던 것은?"

"연애요. 근데 못했어요. 목사님을 목사님이 되기 전부터 그러니까 고등학생 때부터 만났으니까요."

"에, 대딥 검사합니다. 연애하신 거잖아요, 그쵸?"

"그게 연앤가요? 목사님 때문에 아무도 못 만났어요. 여자 친구까지도요."

"연애가 깊었나 봅니다."

"연애가 아니라니까 자꾸 왜 그러세요?"

"다른 남자를 만나고 싶었습니까? 그때?"

"어머머머. 아뇨. 전혀요. 그래서는 안 되는 거지요. 아무렴…… 하나님한테…… 아무렴."

"기독교 신자였나요?"

"예, 목사님도 교회에서 만났어요."

"지금 연애를 가장 하고 싶다고 하지 않았나요?"

지금 한 말은 절대 우리끼리만 알아야 하는 거다. 의사도 알아선 안 된다. 솔직해지고 싶었다. 그래서다, 하며.

"그때는 아니었지요. 그런데 돌이켜보니 지금은 그래요, 연애다운 연애를 하고 싶어요."

정말 정말, 꼭 지켜줘야 한다, 우리끼리만 알아야 한다, 거듭 약속을 받아낸다. 이러면서도 놀라울 정도로 고분고분하다.

"그때는 왜 아니었나요?"

숙인 얼굴을 들어서 나를 반듯하게 쳐다본다. 가본 적은 없지만 경찰들이 하는 게 이런 것 아니냐고 묻는다.

"아무리 사진을 하시는 분이라지만 십계명 7조도 모르세요?"

순서는 모르겠지만 열 개 중 하나인 '간음하지 마라'가 아닐까.

"근데 지금은 왜죠?"

"예? 뭐가 지금은요?"

"지금 연애하고 싶다는 건?"

"잘못 알아들으시네요. 지금 연애하고 싶단 얘기가 아니라요, 그때 대학생 때요. 남자들은 자기대로만 판단하고 믿는다더니 그런가 보네요. 선생님도. 그때 가장 하고 싶었던 것 물으셨잖아요. 대학생으로 돌아가면 그렇다는 거예요. 지금은 전혀 불가능한 것, 오해하셨어요. 나, 목사님 부인이에요. 어떻게 간음하지 말라는 계명을 잊겠어요."

현명하기보단 명석하다. 할 말을 잃고 만다. 그녀를 왜 내가 사진을 배워보라고 했을까. 처음으로 돌아간다. 그 노래, 〈You raise me up〉을 듣다가 이내 코를 곤 여자. 그리고 잠잔 적 없다고 한 여자.

"내가 저 우아한 성가를 들으며 잤다구요? 의사님이 도신 거 아니에요?"

이런 여자에게 코를 골았단 얘기를 차마 하지 못하던 김 박사의 표정은 담담했다. 많이 겪어본…… 그래서 나를 끌어들인 것이다. 모를 리 없다. 저리 명석한데. 오히려? 알게 해줘야지. 일 깨워줘야지. 어떻게 감히 이런 자만을 내가 가질 수 있었을까.

사진은 구체적인 대상이 있다. 환상의 현실화 또는 그 반대. 환각의 현재화 또는 그 반대. 환상이나 환각을 일깨울 게 아니다. 환상을 받아들이게 해야 한다. 환각을 환각으로 알게 해야 한다. 수정한다. 추상을 찍게 할 수 없다. 대학 때의 과거도 추상이며 연애 또한 그렇다. 찍게 해보자. 30여 년 전의 연애가 아닌 지금의…….

필름은 내가 준비해오기로 하고 첫날, 그녀와의 사진수업을 마친다. 헤어지면서도 그녀는 "사진 찍어주셔야 해요." 다짐을 받아내려 한다. 병적인 집착이듯. 돌아서 걸어가는 그녀의 등을 본다. 그 등은 우아한 중년의 여인에게서 측은한 생각이 들게 한다.

그녀를 그녀가 찍게 하자.

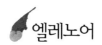엘레노어

어땠어요? 김 박사가 물으면서 웃는다. 나도 비슷하게 웃었을 것 같다. 웃는데 거울이 비친다. 웃음이 반사된 거울.

"첫날인데 술 한잔 하시겠어요?"

이녀가 권했지만 사양하고 집으로 돌아와 필름부터 챙긴다. 유효기간이 훨씬 지난 흑백필름뿐이다. 그래도 쓸만해 챙겨두고 담근 도라지주를 소주잔에 따른다.

측은지심. 한나연, 놀아보지 못했던 거야. 갇혀 살았던 거야. 놀게 해주면 되는 것이고 열어주면 되는 것이었다. 그게 어찌 쉽나? 답은 푼 듯한데도 고개를 젓고 만다. 캘러헌*의 사진 〈엘레노어〉가 한나연을 덮는다. 전화벨이 울린다.

캘러헌 〈엘레노어〉의 사진을 오동명이 먹으로 그리다

"다른 환자도 봐주실 수 있지요?"

환자에 대해 문자로 보낸다며 혼자 술 마실 것 같다, 하고 전화를 끊는다. 〈엘레노어〉를 찾으려다가 내 사진첩에서 이를 모사한 다른 내 사진을 펼친다. 문자가 도착한다.

60대 초반의 처녀. 평소 매우 활달. 약 석 달마다 심한 우울에 빠져 두문불출. 10여 일 후 다시 평소대로 활달. 본인이 이를 잘 인지하고 있음. 현재 장애인을 돌보며 정치적 진보성을 띰. 개혁적 시민단체의 간부로 활동 중. 자칭 페미니스트. 치료기간 7개월째. 이름은 직접 물어보세요.

더 헷갈리네, 하면서 흥미를 느낀다. 남의 정신질환에 흥미를 느끼다니…… 쩝, 혀를 찬다. 도라지술 한 모금이 목젖을 적신다. 사진으로 눈을 돌린다. 이십 년 전의 사진들. 광고회사에 근무할 때 찍었다. 대학에서 사진을 전공하지 않은 나는 광고회사에 정식으로 입사했다. 광고사진가. 취미로만 찍던 사진으로 밥을 벌어먹게 되었다. 실습 없이 영어와 국어, 작문이 입사시험 과목이다. 그래서 가능했다. 이름에 전문가가 붙을 것이다.

"사진 전공해야 하나요?"

"상관없다."

해서 입사한 광고회사는, 기능은 후에 배워도 된다, 중요한 건 감각인데 인문적 소양 없인 이 감각은 무효하다. 광고는 주관이 아니다. 예술가를 필요로 하지 않는다. 세상을 보는 안목이면 되고 세상을 읽어내는 능력이어야 한다. 그 바탕 위에 비로소 예술을 얹는다. 예술성일 것이다. 취미자가 전문가의 대열에 들어서니 많은 사진을 찍어대야 했다. 찍어봐야 했다. 신입생으로 촬영조수 4년을 채웠다. 그동안 신문이나 잡지에 나갈 광고사진이 못 되는 내 사진만을 찍어야 했다.

말 그대로 사진습작 기간이었다. 쉬는 날 없이 혼자 스튜디오에 나와 유명모델이 되고자 하는 역시 초년생 여자들을 주로 찍었는데, 그 중 한 사람이 나의 엘레노어였다. 긴 머리의 그 여자를 보자마자 캘러헌을 떠올렸다. 캘러헌은 여자를 벗겼다. 난 여자의 몸을 벗길 자신도 없고 그럴 만한 이유나 능력도 없었다. 비슷하게만 가보자, 하고 찍었지만 비슷하니 성에 찰 리 없었다. 〈엘레노어〉를 그녀에게 내밀어 보였다.

"벗으라고 보여주는 건가요?"

엘레노어의 몸은 물속에 잠겨 있었지만 벗은 게 드러났다. 모델은 알아서 벗었다. 똑같은 신입 초보였지만 그녀가 나보다 훨씬 끼도 있어 전문가다웠다.

"대신 물속에서 벗을 겁니다."

그녀는 사진의 엘레노어처럼 눈을 감았다. 나는 정신없이 셔터를 눌러댔다. 생각할 겨를도 없이 흥분한 20대 후반의 남자가 나였다. 산정호수에도 물결이 일었다.

"내 옷."

눈을 감고만 있던 그녀가 눈을 부릅뜨고 있던 나보다 먼저 떠내려가는 옷을 발견했다. 호숫가 질펀한 땅 위에서 망원렌즈로 그녀를 담고 있던 나는 옷을 입은 채 물속으로 뛰어들었다. 바다 같진 않은 호수라서 속옷은 바로 내 손에 잡혔다. 나는 다 젖었다. 속옷을 들어올려 보이며 웃는데 그녀도 따라 웃었다. 나의 어색함이 그녀의 표정에 비쳤다. 그녀도 나도 그랬다.

그 사진들이다. 이런 옛 사진들을 왜 떠올려야 했을까. 긴 머리를 흘러내린 채 지그시 눈 감은 사진. 남편인 목사 그리고 예수. 이래서는 안 되는 예수로 보였고 그래서는 안 되는 그 예수가 측은하다. 물에 잠긴 예수. 자유롭지 못하고 갇혀 있는 예수. 캘러헌도 이런 느낌을 찍고 싶었던 것일까. 사진 속 인물은 남자가 아니고 여자였는데. 내게 아무 조건 없이 연습용 모델을 서 준 그녀에게 내가 물었다. 예수님으로 보이냐고? 그녀는 모나리자로 보인다고 했던가.

"물속의 모나리자 같아요."

듣고 보니 그렇게도 보였다. 그녀도 그랬다.

"그렇게 말씀하시니 예수님 같아 보이기도 하네요."

엘레노어와 근사한 사진 한 장을 고른다.

패션모델 같다. 옷도 모델처럼 치렁치렁하게 한껏 멋을 냈다. 내가 고개를 뒤로 꺾어 봐야 할 만큼 키도 크다. 172센티? 얼굴은 나이를 보인다. 몸매는 나이를 감추기에 충분하다. 더욱이 가디건을 걸친 파스텔톤의 원피스까지. 무척이나 쾌활하다.

"여잔 줄 알았는데…… 여의사님이 권해서요."

"남자라서 실망인가요?"

"아니용. 그 반대인데용."

웬 빠삐용을 줄줄이 읊는지 듣고 있으니 절로 통쾌하다.

"온전할 때만 와요. 우울할 땐 두문불출한다고 내가 문자에 썼지요? 볼 때마다 자기과시가 심해요. 이것이 자기를 묶는 건데,

알긴 알아요. 본인 자신을 아주 잘 알아요. 그러니 사전에 막아 보려고 온전할 때 나를 찾는 거지요. 성향이나 외모로 보아 내가 판단했어요. 사진 찍히는 것 좋아하냐, 물으니 엄청 좋아한대요. 그래서 선생님께 에스오에스 친 거랍니다."

"나더러 사진을 찍어주라고요?"

"왜 안 되나요? 찍으면서만 치유되는 건 아니잖아요. 이런 노출욕이 강한 분에겐 더구나. 찍히면서도 치유될 것 같은데. 특히 이 글래머는요."

"그럼, 김 박사님께서 하셔도 충분할 듯한데요."

"처음엔 환자 한 명에 맞춘 건데요. 두 명이면 월급도 두 배, 이백 만원 플러스 알파, 플러스 알파. 해주세요. 돈이야 아무려면 어떠신 분이잖아요."

"최고의 사진가한테 사진을 찍히다 보면 기분도 좋아질 거라고 김 박사님이 말했어요. 촬영한 사진은 물론 주시는 거지요? 설마 보여주고 빼앗아갈 그런 분은……."

얼굴을 가까이 들이밀고 쳐다보는데…… 이런 여자가 왜? 의문이 든다. 너무나 당당하고 지나치게 개방적이고 투명하게 솔직도 하다.

"아니네요. 아니야. 그럴 분은."

멀쩡한 게 지나쳐도 정신질환일 수 있나?

"병원에 오시지 않는 날, 찍어드릴 겁니다."

선수를 쳐본다.

"어떻게 찍는단 말인가요? 병원 밖에서 만나 찍어주신다는 말인가요? 그럼요. 그래야지요. 병원에서 찍는 거야 엑스레이나 씨티 뭐 그런 거 아닌가용? 하지만 내가 보여주지도 않는데?"

동생이겠어요, 나와 나이를 견주어 짐작한다.

"나를 만나지 않으면 혼자 찍으셔야 해요. 이 말입니다."

"내가 나를요? 왜요? 핸드폰 셀카로요? 근데 왜 최고의 사진가라고…… 잔뜩 기대했는데. 그럼 오늘 그냥 가용? 일부러 멋 좀 내고 왔건만."

찍겠다고 한다. 그리고 약속한다. 병원과 무관하게 내가 찍고자 하면 촬영에 응하기로. 핸드폰 번호를 받아낸다. 그 번호로 이내 전화를 건다.

"믿지 못한 거예요?"

"내 이름을 적어두셔야 되지 않겠어요? 피하는 거 아닙니다. 확실히 믿지요. 아, 성함이?"

"김 박사님이 알려주지 않던가요? 아쉬람투입니다."

"아쉬람은 뭐고 투는 뭔가요?"

"그대로요. 두 번째 아쉬람요. 첫 번째는 하도 많아서용."

"예, 예. 알겠습니다. 아쉬람투 님을 난 믿습니다. 그처럼 나를 믿으셔야 합니다."

아쉬람2가 제 고개를 요란스럽달 만큼 위아래로 크게 저어 댄다. 오늘은 집에서 찍어야겠다고 내가 말한다.

"집요? 선생님 집요?"

"아뇨. 아쉬람투 집에서요. 은둔처니 미리 알아둘 필요가 있을 것 같아서요."

조증 때 해둬야 할 일이다. 자신감이 넘치는 60대 초반의 처녀 모델은 선뜻 자기 집으로 나를 안내한다. 그녀의 차에서 내려 2차선쯤 되는 언덕길을 30미터가량 걸어오른다. 벽화가 그려진 집일 것이다. 짐작하고 있는데 그 벽에 난 작은 쪽문을 열쇠로 넣어 연다. 뒷문일 것이다.

"그림은 아쉬람이 그렸습니까?"

"아쉬람투!"

"이름은? 부모님이 지어주신 이름. 아쉬람투는 술이나 커피 마실 때 부르는 게 좋겠습니다. 왠지 물레 돌리는 간디 같아져 서요."

열쇠를 걸어놓고 뒷걸음을 친다.

"어떤 남자가 한 시간 만에 쓱싹 그려놓고 갔어요. 도망간 거지요."

다가가 보니 선은 크레파스로 그렸다. 바탕은 그림물감으로 채웠다. 파울 클레의 〈항구의 물고기〉를 연상하게 한다.

"클레를 닮았습니다, 그림이."

"클레? 누구죠? 에곤 쉴레*는 아는데. 벗은 여자를 그린 그림을 보는 게 대체로 역겨운데 쉴레는 그렇지 않더라고요. 솔직하다고 할까, 담백하다고 할까…… 남자화가들의 위선이 보이지 않아서요."

그려주고 도망갔다는 남자가 남긴 건 이 집을 예쁜 벽화의 집으로 불리게 했다는 점이다. 클레의 선은 난삽해 보이지만 그 남자의 크레파스선은 곱고 부드럽다. 꽃들을 그렸다. 예쁘게 보인다. 벽 아래 메모가 눈에 든다. '드나들 때마다' 보라는 것이고 생각해 달라는 거겠지. 그러나 아니란다.

"벌도 보이죠? 나비도 보이죠? 그 아래 꽃들이 깔려 있고요. 저 꽃들이 꽃으로만 보이세요?"

커닝햄*의 〈카라 두 송이〉가 그려져 있다. 커닝햄은 여성사진가다. 사진가 스티글리츠*의 애인 조지아 오키프*의 꽃그림들도 그려져 있다. 마치 여성의 성기를 눈의 망막으로 유도하는 꽃들. 카라는 아쉬람투가 좋아하는 꽃이라고 했다.

"동네 화장실이 됐어요. 남자 전용. 오줌이나 깔기면 다행입니다만…… 그 뒤엔 내 소관이 아니니. 저 꽃들을 지워버린다 하면서도 아직 못하고 있네요. 그런데 이 동네 여자들은 이런 소릴 해요. 아주 예쁜 벽화라고요."

허리를 굽혀야 들어갈 수 있는 작은 쪽문을 지나 좁고 긴 복도 같은 벽담을 벗어나니 제법 너른 마당이 있다. 왼쪽으로 현관이, 오른쪽으론 큰 대문이 있다. 낮은 담 너머로 보니 대문 앞길이 매우 좁다. 뒷문을 이용하는 것으로 보아 후에 그쪽으로 길이 난 것일 게다. 뒷문이 정문 되고 정문이 뒷문이 된 집. 쓰레기통으로 출입을 막은 대문으로 짐작한다.

작은 2층집. ㄱ자로 꺾인 좁은 계단으로 2층에 오른다. 주차장만 있다면 일본식 집이다. 이틀 머물렀던 교토의 일본집과 비슷한 구조다. 일본인들이 버리고 간 적산가옥임이 확실하다. 집도 오래됐다. 2층에서 내려다보니 지붕이 허물어져 사람이 살지 못할 집들로 에워싸여 있다. 재건축지역? 다 헐리고 공원이 들어선다는 말을 오래전부터 들었지만 그때가 언제가 되겠어요, 하며 아쉬람투가 푸욱 한숨을 내뿜는다.

"그나마 내 집도 아니에요."

커피를 내온다.

"양주 한 방울 타 드릴까요? 난 꼭 이렇게 커피를 마시거든요. 이런 나를 이정민이라고 불렀답니다."

"좋아요. 이정민 씨."

2층 좁은 계단의 난간을 스치며 비집듯 올라오면서 여기, 찍을 장소로 찍었다. 마침 계단 옆 작은 창으로 빛이 들었다. 곧 그림자가 되어 천장으로 올라가든가 옆으로 사라질 늦은 오후의 빛이다. 그래서 강렬하다. 먼저 사진부터 찍자고 한다.

"어쩜, 딩동댕. 사진가님하고 나랑 통하는 게 있어요. 요기서 찍고 싶었거든요."

"그림을 그리세요?"

계단 위쪽의 벽에 그림이 걸려 있었다. 계단을 면구성한 그림이다.

"장난으로요. 놀이로요."

두어 장을 찍으니 그녀의 얼굴에 비친 빛마저 빗겨간다.

"그새 다 찍었다고요? 최고의 사진가라 역시. 근데 재미없네. 옷도 갈아입을 건데…… 최고? 서툰 게 좋을 때도 있네요."

오늘은 이만하고 다음을 기약한다. 다음은 그녀 자신을 찍어 보게 하는 것이다. 정말 쾌활한 여자다. 수다 속에 자신감이 넘쳐 난다. 마주 앉아 있으면 그 힘이 전염될 정도다. 절로 흥이 돋는다. 하지만 벽화를 그려준 남자는 조증에서 울증으로 넘어갈 무렵에 만났다. 조울증은 고등학생 때부터다. 대학입시, 무언가에 지나치게 빠진 뒤에 왔다. 그에게도 그랬다.

그 남자는 작곡가다. 이정민은 그 앞에서 춤을 췄다. 기분이 좋을 땐 장소에 구속받지 않고 춤을 추는 그녀이기에 전혀 어색하지 않았다. 자연스러웠다. 더욱이 그가 맘에 든다. 얼마 만인가. 이런 남자. 그 전에 이런 남자가 있었나?

남자는 춤추는 여자를 오선 줄이 쳐져 있는 공책에 음표로 스케치했고 짧은 글을 남겼다. 시며 가사였다. 드나들 때마다, 로 시작하는 짧은 글.

가만있건만 유혹한다고 한다.
바람에 날려 향이 닿았을진 몰라.

가만있건만 들고나고 까부는 건

나비이고 벌이다.

가만있건만 가만있질 못하고

이꽃 저꽃 다 쑤셔대는 너는 난봉꾼

가만 받아주는 나는 요부.

흩트려 놓고 가면 배를 앓는다.

너무 부른 나머지

고약하게도 터트리고야 만다.

새싹부터 시작한다.

다른 흙에서 딴 땅에서

시작으로 꿈꾼다.

진화일까 창조일까.

"유치하지요? 더 다듬어야 한다더니, 다듬고 나면 곡을 붙이겠다더니…… 여태…… 떠났어요, 그렇게 그렇게."

환갑의 여자 입에서, '이렇게 좋은 건지 몰랐잖아.' 사랑을 끝내고 돌아누워 견디기 힘들었단다. 이 남자를 내 곁에 잡아둘 수 있을까. 이때부터 우울해진다.

좋은 기분은 업을 더 시키지 못하고 추락으로 내리 치닫는다.

돌아누워만 있을 뿐이다. 남자는 아이스크림을 사왔다. 그녀가 무척 좋아하는 걸 알아서다. 다 녹아버린 아이스 주스를 그 남자가 빤다. 핥는다. 누운 그녀 옆에서 그가 양주를 컵에 따라 마셨다. 왜 그래? 묻지 않고 기다렸다. 누워서 그녀도 기다렸다. 무엇을? 둘 다 모르는 것을 하염없이 서로 기다렸다.

"벽에 그리고 올게."

한 시간 뒤에 돌아와도 돌아눕지 않는 그녀를 위해 밥상을 차렸다. 라면이지만.

"떡도 넣었어."

또 죽처럼 퍼진 떡라면을 그가 마시듯 설거지하듯 후루루룩 해치운다.

"나, 나갔다가 다시 올까?"

그는 먼 시골에 살았다. 아무 대답이 없는 그녀는 '이렇게 좋은 건지 몰랐잖아.' 그와 나눈 사랑을 되씹으면서도 그에게로 돌아눕질 못한다. 갔다가 곧 다시 온다던 남자는 몇 시간 산책을 하고 돌아왔다. 그녀는 그대로다.

이쯤 되면 떠나라는 말, 이유를 묻기에는 둘 다 살만큼 살았다. 알아서 헤아려야 했다. 한참 후 현관문 닫는 소리가 들렸다.

쪽문 소리도 들려왔다. 함께 술을 마셨던 좌탁에 그림이 담긴 쪽지가 놓여 있었다. 폴 델보의 〈잠자는 비너스〉★를 약식, 선으로만 그렸다.

　잠자는 모습 예쁘다.

　돌아누운 모습 더 곱다.

　꽃처럼 보다가만…… 간다.

　말 많던 여자가 말이 없단 건 싫다는 거다. 시외버스 정류장에서 차표를 끊고 전화를 건다고 했다.

　"그렇다고 그냥 버려두고 그냥 가냐?"

　그녀가 입을 열었다.

　"그래서 나올 수밖에 없었어."

　그녀는 다시 돌아올 줄 알았다. 그날 밤 이후 그녀는 한 달도 넘게 집에서 나가지 않았다. 그 뒤, 그는 그녀의 스마트폰 사진에서 그녀의 원래 모습을 다시 보았다.

　"좋아졌어?"

　"가도 돼?"

　"다시 보자, 우리."

아무 대꾸도 않는 여자를 찾아가기엔 그는 너무나 이성적이었다. 전화도 받질 않았다.

"의사 선생님은 이런 걸 아세요?"

"아뇽. 말 안 했으니까요. 왜 말을 해요?"

'그럼 내겐 왜?' 물으려다가 참는다. 병이 다시 도진다. '이렇게 좋은 건지 몰랐잖아.' 모를 일이다. 자신도 모르는데 다른 누가 알 수 있을까.

"내게는 그런 일 없깁니다. 난 단지 사진사지 애인도 치료자도 아니니까요."

뒷문으로 나오는데 2층 창에서 얼굴을 내밀고 부른다.

"사진사님, 김 박사한텐 얘기하면 안 돼요."

들으며 벽화부터 지워줘야겠단 생각을 한다. 미신을 믿진 않지만, 〈죽음과 별〉이라는 진혼곡의 별칭을 마지막으로 그리고 난 뒤 심장마비로 죽은 클레를 닮은 벽화에서 본다. 드나들 때마다,

라니? 극히 좋음과 극단적 우울이 한 몸에서 들고나는 여자에겐 적절치 않아 보이는 벽화다. 벽화가 아니라 사람이며 기억이다. 드나들며 이것들을 매일 봐야 한다니 더욱 그렇다. 지워드리오리다. 기억하게 하는 것이 죄가 될 수도 있다.

제2부
심상사진

빛에 '마사지' 하기

마음의 화상

소포모어

갈대숲 바람소리

부재의 존재

느그시봄

일기일회

흑인병사의 사진

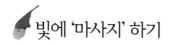# 빛에 '마사지' 하기

마시는 이유가 있다. 술이든 차든. 담근 술 마늘주를 마신다. 우연히 정신과 병원의 사진사가 된 이후로 술을 자주 마시는 편이다. 정신적 결함이 있거나 있다고 여기는 사람들을 보니 더더욱 마시게 된다. 내가 무슨 자격으로 그들을 만나나. 자격은 뒤로 물려 두고라도 알량한 사진 따위로 그들에게 무슨 도움이 될 수 있겠다고? 이런 자문 때문이다.

하지만 만나면 만날수록 힘이 되어주고 싶다. 대화라도 좋다. 사진은 그저 매개일 뿐이다. 함께할 땐 내가 먼저 진실한 마음으로 대한다. 상대에게 진심이 전해진다면? 단순한 처방일진 모르나 두 명뿐이지만 진심, 마음을 다 터놓을 수 있는 나눔이 우리 사이를 매개한다면 그들에게 도움이 되리라는 확신이 생긴다.

치유 따위의 거창한 목적을 두지 말아야 한다. 애초 내가 그들보다 낫다는 선민의식이나 위선을 떨쳐내지 않고서는 그들을 만날 수 없게 나를 만든다. 그들이 오히려 나를 치유한다. 더 순해지는 나를 보고 더 착한 얼굴의 나를 보게 한다. 이런 게 싫었다. 악해져야 한다며 나를 얼마나 바꿔보려 했던가. 그러나 그러지도 못했다. 내가 변한다 한들…… 변한 듯하면 그 변한 내가 무지 싫었다. 그래선가. 정신질환을 앓는 사람들을 보면 점점 만나보고 싶다는 강렬한 욕구를 느낀다. 흥미가 아니다. 흥미일 수 없다. 호기심은 더욱 아니다. 약주로 마시는 한 잔의 술을 거푸 석 잔 마시고 있을 즈음에 전화가 온다. 김 박사다.

그쪽에서 말을 꺼내기도 전에 내가 가슴을 연다. "감사합니다. 김 박사님."

무엇이? 무엇을? 이녀도 나도 묻지 않아도 된다.

"울지요? 지금 적어도 가슴이."

울먹거렸는지도 모른다. 내 목소리에서? 모른다. 알아야 할 이유가 없다. 세상과 거의 벽을 쌓고 살아오던 때였다. 김 박사가 나를 세상으로 이끌어준 때는. 감사하다. 타협도 아니고 동화도 아니다. 변하지 않을 마음이면 족하다. 흔들리지 않을 가슴이면 족하다. 감사하니 감사하달 뿐이다.

"나는 왜 안 되지요?"

암실작업 중인가 보다. 서두르지 말고 느림을 즐겨보라고, 나 같지 않은 말을 한다. 남의 말을 훔쳐 옮기는 것 같아 쑥스럽다. 이게 아니라면 남에게 맡기면 편할 테고, 더 빠른 디지털도 있지 않느냐고 나무라듯 달랜다.

"왜 짜증이세요?"

모른다. 내 목소리에 짜증이 섞였는지 내가 알 리 없다.

"나 같지 않아서요."

하하하 웃는 소리가 들려온다.

"예. 짜증내는 것도, 억지로 맞추려 드는 것도 선생님에겐 나 같지 않지요. 그럼요."

하하하 또 웃는다.

"그러지 말고 오시면 안 되나요?"

이 늦은 시간에? 되묻지만 김 박사가 투지를 보내온다.

"어차피 어두운 데서 해야 할 일이잖아요. 근데 늦다니요."

소설가가 된 제자를 되레 무기로 꺼내 받아친다. 그러지도 그렇지도 않을 것이니 걱정하지 말란다.

"그동안 사진치유에 대해서도 듣고 싶고요. 할 만하신 거 같던데요. 그분들도 좋아하는 것 같고, 꽤."

사진인가요, 선생님 때문인가요, 묻는다. 카메라 앞에서 더 솔직해지지 않았을까 싶다며, 그리로 가겠다고 전화를 끊는다. 입에서 마늘 냄새가 난다. 갈 땐 있지만 올 땐 없을 버스. 이미 늦었다. 떠나기도 전에 돌아올 일을 걱정하는 나를 또 본다. 싫다 내가. 이러면서 전화를 건다.

"돌아올 땐 차를 태워주셔야 할 것 같습니다. 호출책임을 져 주셔야 할 것 같습니다."

오지도 않고 돌아갈 일을 먼저 생각하느냐며 방금 전 내가 싫다던 나 같은 말을 한다. 참으로 이성적이고 합리적인 비융통성이라나.

"알았어요. 어서 오기나 하세요."

이녀는 암실을 흑백으로 찍었다. 암막 커튼을 다 제끼고 찍었으니 암실이 아니다. 암실도구가 놓여 있었지만 전망 좋은 방이다. 확대기 옆에 꽃 한 송이가 양주병 주둥이에 꽂혀 있다. 노랑 튤립이다. 암실의 꽃. 인상적이다. 색도 꽃도.

"튤립을 찍어볼 걸 그랬어요."

매이플소프★의 튤립이 떠올라서다.

"아직요. 자신 없어요. 꽃을 찍기엔요."

김 박사는 암실을 잘 만들어놨다고 내게 고마워한다. 어둠에 갇힌 공간에서 무언가 밝은 데서 본 것들을 만들어낸다는 게, 어둠에서 빛이 살아난다는 게, 어둠지만 마음을 더욱 밝게 해준다는 게…… 상대적?

"고마워요."

"그런데 왜 밝은 암실을 찍은 거지요?"

"닫고도 찍었어요. 확대기 빛만으로 튤립을 비춘 암실."

아직 현상을 하지 않았을 뿐이라 했다.

"필름현상도 매우 재미나요. 대낮에 암백에서 주물럭주물럭
해서 필름을 탱크에 옮기잖아요. 암백 안도 어둠, 탱크 안도 어둠.
그 안에서 창출되는 것들. 이거 빛의 재현이 아니라 우주 창조
아니에요? 창조요."

블랙홀에서 우주가 시작되었다니 일치하지요? 자신감이 울컥
밴 목소리다.

"그렇게 아시면서 왜 나를 부르신 거지요?"

말을 해놓고 참으로 재미없는 나를 본다. 실제엔 미흡하다며
인화 때마다 NG를 낸단다.

"그러면서 배우는 거지요."

이렇게밖에 할 말이 없었을까, 뱉어놓고 들어본다.

"선생님이 계시면 좀 더 빨리 배울 수 있잖아요. 찍을 때의 느낌
이 뽑아낸 사진에선 살아나지 않아요. 혼자서도 뭐든 잘 하는데
선생님한텐 왜 의지하게 되지?"

컴퓨터가 아무리 발달했더라도 사람을 따라잡을 수 없듯이, 카메라가 뛰어나다 하더라도 우리 눈은 비교할 수 없는 초라한 기계일 뿐이라며 시범을 보인다. 사람의 힘으로 기계가 못하는 것, 눈으로 하지 못하는 것을 해낼 수 있다며 같은 필름으로 몇 종류의 다른 사진을 만들어 보인다.

"선생님은 두 손으로 춤을 추시네요. 그 춤이 인화지 위에 새겨지다니……. 이 암실이 선생님의 무대였던 거 아세요? 난 관객이었구요."

어둠 속에서 확대기의 불을 켜고 필름과 인화지 사이에서 두 손의 갖은 동작으로 빛을 가리거나 빛을 더 모아주기도 하던 손작업을 보고 김 박사가 감탄한 듯하다.

"어루만지니 전혀 다른 느낌의 사진이 나왔어요. 필름에 마사지하기? 빛에 마사지하긴가? 어머나…… 내가 말하고도 정말 멋진데 이 말!"

"인화지 역시 마사지해주기도 하지요."

하며 인화현상 바트 속에 잠긴 인화지를 손으로 문질러 보인다. 흰 부분의 벽이 조금 검어진다.

"오늘은 여기까지만요. 그런데 사실 암실작업은 이게 다라고 할 수 있어요. 더 보여줄 게 없답니다."

사진에는 대상을 낚아채야 하는 촬영작업인 테이킹taking과

촬영 뒤 현상·인화 과정에서 다시 만들어내는 암실작업인 메이킹 making이란 두 작업이 있다. 지금은 디지털로 암실 없이도 명실에서 컴퓨터로 모든 작업이 가능한 시대가 되었다. 사진 발명 후 불과 백오십 년 만에. 한 장을 만들어내기 위해 며칠 밤을 꼬박 새워야 했는데 컴퓨터로는 1분도 채 걸리지 않는다. 편리함이 주는 것이 많지만 앗아가는 것도 있다. 이것은 내가 한 말이 아니다. 김 박사가 내게 해준 말들이다.

"그래서 내 암실을 갖고 싶었던 거예요. 현실도피 장소이기도 하고요. 이러지 않으면 내가 미치기 일보 직전이었거든요."

없던 의자를 보고 묻는다. 그 자리엔 오디오가 있었는데, 없다.

"의자를 갖다 놓으셨군요."

"전축도 뺐어요."

작업 없이도 암실에 있으면 편하다며,

"전망 좋은 방이라고 하셨던가요? 암실로 바꾼 뒤 이곳은 꿈꾸는 방이 됐어요. 꿈은 어둠에서 꾸잖아요, 잘 때. 여기서 지내는 시간이 많아지네요."

음악은 어둠을 방해한다고 했다.

"전망 좋은 방으로도 좋아요."

어둠 속에만 갇히지 말라고, 조언이랍시고 한 말이다.

# 마음의 화상

밤 12시가 넘었다. 서두르면 버스 막차를 잡을 수 있을 것 같은 시간에 김 박사가 다른 얘기를 꺼낸다.

"목사의 그 사모님 있잖아요. 사진에 흥미를 느끼는 건지 선생님한테 그런 건지 많이 달라졌어요. 오락가락하지 않아요 이젠. 어떻게 하셨길래. 마술이나 최면이라도 거셨나요?"

카메라가 지금의 카메라답지 않았을 어설프기 짝이 없던 시절, 발명돼가는 과정에서 카메라는 한때 마술상자라고도 불렸다. 똑같이 복제해주니 신기했을 테고 마법을 부리는 것으로 착각했을 만하다.

"그런 거 말고요. 꼭 나한텐 강의만 하시려 들더라. 환자가 그런 말에 넘어갔을 리 없고……. 나에게도 환자를 대하듯 해봐 주세요. 나도 환자거든요. 미친 사람들만 매일 보다 보니 미칠 것 같다

고요. 검사나 판사들이 죄인들만 보며 죄의식을 잃어가듯
이요. 환장하겠어요. 정말이지 오장만 아니라 두뇌도 다 뒤집어
질 것 같다니깐요."

환장? 웃을 줄 알았는데 곧 울음을 터뜨릴 것만 같은 표정이다.

"사모님 같은 분은 우리 주변에 이젠 흔하지 않나요? 풍족의
결과랄까. 그 후유증이랄까. 육십 대 처녀, 그분 역시. 심한 정도
의 차이만 있을 뿐."

먹고살만 하니, 배울 만큼 배우니 생겨나는 현상이라고 김 박사
도 공감한다. 먹고살만병, 배울만큼병이라나.

"전엔 없던 현상이고 병이지요. 그게 사회적으로 팽배해지다
보니 보편화되어 병인지도 모르고 사는 거예요. 불과 이십 년 전
쯤이라면 다 병으로 봐야 할 것들인데. 증후군이라는 거요. 중요
한 건 한국이 선진화된 나라보다 더 심하다는 겁니다. 빠른 시일
에 벌어진 산업화라고만 단순히 말할 수 없는 이유가 한국에는
있습니다. 나는 이 점을 문화로 접근해보고 싶은데요……. 문화
의 부재, 문명의 발전에 맞추지 못하는 문화. 그래서 선생님
을……."

말을 끊더니 불 켜진 암실을 나간다. 양주병은 왼손에, 오른
손엔 잔 두 개를 깍지 끼듯 들고 들어온다.

"마셔야 하지 않겠어요?"

잔을 받으며 나는 대꾸하듯 핀잔으로 건넨다.

"이런 문화요? 다 술로 풀려는?"

"아니죠. 술이라도 있어야 하는 세상, 누가 썼지요? 술 권하는 사회."

"그 소설은 일제 강점기 암울하던 때에……."

"그러니까요. 똑같다는 겁니다. 식탁 위의 반찬이 고기로 바뀌고 자동차를 다 몰고 다녀도 달라지지 않는 그것."

"식민의식 말인가요?"

"그 전 사대주의부터 노예근성에 가깝다고 할 수 있겠지요."

"백오십 년 전 당시 후진국인 러시아의 도스토예프스키*도 그랬어요. 산업화로 선진화된 유럽에 대해 그렇게 말했지요."

"역시 선생님은 사진가가 아니라니깐."

제 잔에만 술을 따라 공중제비로 한입에 털어넣는다.

"운전하셔야 하는데 술을 마시면?"

"아, 정말 재미없으신 분이네. 그런데 왜 환자들은 재미있어 할까? 이 의사는 그 재미 하나도 없는데. 나도 재밌게 해줄 수 없으세요? 고객 하나 더 느셨네. 3백만 원 플러스 알파 셋."

혼자 마시는 이유, 술 권하는 사회 속의 내가 아니라는 것을 보여주기 위해서, 하며 또 한 잔을 털어넣더니 다시 한나연 씨로 얘기를 이어간다.

"자기가 자기를 찍어보라 하셨다면서요?"

첫 달 플러스 알파라며 고급 만년필과 노트 한 권을 선물했다. 보고서 공책이라며 노트 표지엔 PP보고서라고 친절하게 써놓았다. 다음 플러스 알파는 여행일지도 몰라요, 여운처럼 들렸다.

"나도 그래 볼까요? 내가 내 몸을 찍어볼까요?"

"몸이라고 하지 않았는데요. 자신을 찍으라고 했습니다."

몸과 자신, 뭐가 다르지? 하며 또 술잔을 채운다.

"염려 마세요. 집에는 무사히 보내드릴 테니까요."

김 박사에 대해 아는 게 없다. 정신과 의사라는 것과 아직 미혼이며 앞으로도 절대 결혼은 없을 거라고 수강생 여럿 모인 데서 천명했다. 미대를 다니다가 포기했지만 그림을 잘 그릴 것이고, 악기는?

"피아노 치세요?"

"고양이행진곡인가, 그것만요. 첼로는 오래 했어요. 음대에 가려고까지 했으니까요. 빌어먹을 그 그림이 미대로 바뀌었고 또 더 빌어먹을 그 그림이 의대, 것도 정신과 의사가 되게 만들었지요. 내 이력 다 나오네. 근데 왜요?"

"부족한 게 없었던 것 같군요."

"부족? 쪼들리진 않았어요. 쫓기진 않았다고 해야 옳은가? 근데 왜요?"

"첼로 연주를 듣고 싶네요."

"지금요? 없어요, 첼로. 앞으로도 갖지 않을 거예요. 나는 과거에 묶여 살진 않거든요. 과거는 과거일 뿐. 앞날도 창창한데……."

"그럼 미래…… 음, 하시고 싶은 건요?"

이제 진짜 자기가 환자가 됐다며 까르륵 웃어제낀다.

"그래도 여전한데, 재미없는 건. 신상파악이나 했는데 그분들이 재미있어하진 않았을 거구. 취조하는 것 같아요. 누가 좋아하겠어요, 당하는 입장. 이건 아닌데…… 다시 말씀드리는데요. 나는 지금 의사가 아니라 환자급이라니까요, 환자급!"

하고 싶은 거 없다고 했다가, 사진이라 했다가, 흑백작업이라 했다가 고개를 연신 저어대며 뜸을 들인다.

"있지요, 물론. 그 흔하디흔한 사랑요. 남들 다해보는 그런 사랑. 하지만 플라토닉 사랑이 아니라 플라스틱 사랑요."

열을 가하면 뭐든 다 만들어낼 수 있다는, 열 대신 열정으로, 그래서 열정적인 사랑. 나무·금속·유리 등 거의 모든 것들을 대신하니 그래서 쓸모 있는 사랑. 단단한데도 부드럽고 가벼우니 여기저기 늘 지니고 다닐 수 있는, 그래서 소유의 사랑. 거의 썩지 않는다니 그래서 불변의 사랑.

"흔해 빠진 게 플라스틱이요 발암물질에 공해……."

암팡지게 내 말을 자른다.

"완전한 사랑이라고는 하지 않았잖아요. 흔티 흔한 사랑이라고 했잖아요. 남들 다해보는 그런 사랑이라고 했잖아요. 어떻게 그렇게밖에 대답을 못해 주실까. 가요, 바래다줄 테니."

플라토닉과 발음이 유사한 플라스틱, 농담으로 알고 농담으로 받아친 게 내 실수였다면, 이녀는 농담이 아니었다. 흔하디흔한, 남들 다해보는……. 어찌 이걸 사랑이라며 진담으로 듣기엔, 이녀는 농담마저도 진심이었다. 몹시 화가 난 김 박사의 표정을 보며 당황하는 내가 황당해 보였으리라. 그런 내게 더 화가 치밀어 올랐을 터, 마음을 터놓고 나누기엔 미흡하기 그지없는 나를 보았으리라.

왜 가벼웠을까. 왜 둔감했을까. '가요!' 평소 김 박사답지 않은 격앙한 말투는 실언을 질책하는 언어가 아니다. 실망으로 보이지 않는다. 허물어놓은 벽을 다시 쌓는 심정이 보인다. 방어의 벽. 경계의 성. 멋쩍어하던 내게 '가요!' 하던 이녀는 문을 세차게 닫고 들어가 나오지 않는다.

 병원에서 나와 택시를 잡으려다가 걸어보자 한다. 걸어야 후회는 회한이 될 것이고 걸으면서 회한을 반성하게 할 것이다. 이녀에게 가까워지면서 더 세우게 된 내 스스로의 벽은 다가가면서도 견고해졌다. 두 시간은 족히 걸어야 할 거리. 벌이야, 내 입이 내 짓을 꾸짖는 것으로도 부족하다.

 지레 경계, 이것도 겁이다. 겁은 솔직을 지우며 숨어드는 가면이다. 경계를 허물고자 하는 노력은 이래서 늘 무기력하다. 상처에 상처보다 더 단단한 딱지가 붙듯이, 그래야 아무는데 그 딱지를 참고 기다려주질 못한다. 딱지 같은 가면은 씌워지고 덧씌워지고……. 상처는 딱지가 되고 만다. 상흔은 되풀이하며 자기화한다. 모른다. 자연스러워지기 때문이다. 나의 본연이다. 방금 이녀 앞에서 그랬다. 내가 갖고 있는 병이다. 너무나 자연스럽게 되고 만 병. 소심하진 않는데 미리 벽을 쌓으려 드는 버릇, 여자 앞에서 그랬다.

 버릇도 지속되면 병이다. 상처받기 싫은 나, 이 버릇이, 이 병이 남에게 상처를 준다. 소설가가 된 여자가 그랬다. 이 버릇에서 벗어나고자 해서 결정한 결혼도 그랬다. 경계를 푼다고 했지만 일시적이었다. 무기력해진 허물기의 의지는 고립으로 가뒀다.

'인생사 고왕독맥人生事孤往獨驀★'으로 자신에 천착하며 벽 안에 더 갇히고, '취안간산 백자유'로 남에게는 벽을 더 곧추세운다.

부모의 사정이 자식에게 미칠 영향을 따지며 일찌감치 외국으로 보내 떨어져 산 지 오래된 아들이 문득 보고 싶다. 보고 싶은 감정보다 자신에 충실하자며 자식과도 거리두기 하면서 담담하게 지내는 아버지가 불현듯 그 아들이 보고 싶다. 의지다. 기대는 거다. 고립될수록, 벽을 세우고 살수록 그 벽에 더 기대고 싶어진다. 이 병은 더욱 깊어진다. 숨어서만 가능한 치유되지 않는 병이기 때문이다. 허전하다.

가방에서 PP보고서 공책에 끼워져 있는 플러스 알파 만년필을 끄집어낸다. 만지작거리며 걷고 걷는다. 편지를 쓸까? 얼마만이지? 이번 방학 때는 들어올 거라 했는데. 자주 썼지만 아들의 답장이 줄어들면서 아버지도 줄여갔다.

깨어나자마자 아침에, 자기 전 이불 속에서, 하루에 적어도 두 번은 카톡을 한다. '사랑해~~' 전봇대에 등을 대고 편지 대신 카톡 문자를 두드린다. 여기보다 한 시간이 늦지만 중국 상해도 밤 2시다. 오늘 밤 인사를 못했구나, 아들도 보내오지 않았다. 문자도 주로 아버지인 내가 먼저 하는 편이다. 그래도 답은 꼭 주니 고맙다. 중학교 3학년이니 중국에서도 정신없을 것이다. 미국으로 옮겨가고 싶다는데 학비나 생활비가 여간 비싼 게 아니다.

중학교 3학년? 그때 아버지가 돌아가셨다. 교통사고였지만 병원에서 거의 1년을 누워 계셨다. 한쪽 발을 절었는데 세균감염이 원인이었다. 세균감염은…….

내 말이 분명 맞았다. 아버지는 큰아들인 형의 편을 들었다. 일방적이었고 그때만이 아니었다. 억울했고 참을 수가 없었다. 맞는 걸 주장하려니 우겨대야 했다. 아버지는 매를 들고 나에게 달려왔다. 그때 방바닥에는 뜨거운 물을 담은 대야가 있었다. 왜 있었는지는 모른다. 그것을 달려오던 아버지가 밟았고 나는 매를 면했지만 아버지는 화상을 입고 병원치료를 받았다. 가벼운 화상이라 했는데 쉬이 낫지 않았다. 세균에 감염됐다고 했다. 치료는 길어졌고 퇴원했지만 그때부터 아버지는 발을 절었다.

그후 아버지는 나를 때리지도 원망하지도 않았다. 그저 나를 피하기만 했다. 그리고 4년 뒤, 가누지 못하는 몸으로 길을 건너다가 우회전해 오는 차를 피하지 못하고 사고를 당했다. 아버지가 돌아가시던 날 내가 병원 당번이었다. 숨이 고르지 않았고 소리도 점점 커졌다. 뚝 멈췄다가 다시 한숨처럼 몰아 내뿜는데 토해내는 듯한 구역질이었다. 가족을 부르라고 했다. 간호사가 집에 전화를 넣었다. 엄마와 형, 누나가 도착하기 전에 아버지가 숨을 멈췄다. 나 혼자 임종을 했다. 아버지가 결정한 것같이. 나는 손을 잡아드리며 죄송하다고 했다.

처음이다. 그리고 마지막이 됐다. 내가 잘못한 게 없었다고 믿었기 때문이다. 내 두 눈에서 눈물이 흐르기 전에 아버지의 두 눈에 눈물이 고이더니 뺨으로 흘러내렸다. 그것을 보자마자 내 뺨으로도 눈물이 흘러내렸다.

"귀가 가장 늦게 멎는단다."

아버지가 내 말을 들었을 거라고 지켜보던 간호사가 알려줬다. 죄송하단 말을 들으셨구나, 나는 비로소 엉엉 울기 시작했다. 미안해요, 죄송해요, 내가 아버지를······.

그 뒤로 나는 남을 경계하는 버릇이 생겼다. 스스로 벽을 쌓고 혼자서 해결하려 들었다. 신세지는 게 싫었다. 남에게 내 얘기를 하지 않았고 증상은 점점 심해졌다. 성적도 떨어졌고 가고자 했던 대학의 학과를 몇 번이나 낙방해야 했다. 남보다 3년 늦게 마지못해 들어간 대학에선 전공 공부가 재미있을 리 없었다.

그때 만난 게 카메라고 사진이다. 그후 경계심은 좀 줄어든 듯했지만 여자 앞에서만은 바꾸지 못했다. 아버지가 돌아가시고 몇 달 뒤 엄마와 형이 나누는 얘기를 우연히 엿들었다.

"그놈 때문이야."

형이 아버지 죽음의 이유로 나를 지목했다. 형은 매사 나를 부정만 했으니 그럴 수 있다. 아버지가 발에 화상을 입던 날도 그랬으니까. 나도 인정한다.

"같은 배에서 나왔는데 니 동생은 나도 왜 미운지……."

엄마였다. 엄마는 공부 잘 하는 나 때문에 산다고 했다. 엄마가 나를 자랑스러워하는 모습이 지금도 눈에 선하다. 그런데 내가 왜 밉지? 아버지를 죽게 해서? 그런 줄 알았다. 몇 년 후 외숙모가 나도 아는 줄 알고 아버지가 딴 여자를 집으로 데려온 적이 있었다는 말실수를 했다. 그 여자에게서 아들을 낳았는데 나와 동갑이었다. 엄마가 가장 힘들었을 때 나를 낳았고, 아버지의 다른 여자의 아들도 엄마가 키워야 했다. 그 여자는 아들을 낳고 다른 데로 시집을 갔다고 했다. 아버지만이 아니라 엄마까지 왜 나를? 오히려 나를 더 가여워해야 하는 것 아닌가? 범생이긴 하지만 수재라는 소리까지 들으며 상장을 다 휩쓸다시피 한 나를? 그때는 자식을 공부로만 평가해주던 시절이었다.

그리고 나는 고분고분 착하기도 했다. 범생이들이 다 그렇듯이, 말썽을 피운 적이 없었다. 오히려 밖에서 특히 선생님들로부터 칭찬이 자자했다. 결정적인 그 하나, 아버지가 화상을 입던 그날 외에는.

집이 가까워진다. 두 시간쯤 지났겠다고 시계를 보니 세 시간도 더 걸렸다. 돌이킬 수 없는 과거가 발걸음마저 늦추었다. 과거도 시간을 갖는다. 현재에 과거가 흐른다. 덧없음의 과거가 이도 저도 더없이 현재를 휩싸며 함께 걸었던 깊은 밤. 극복한 줄 알았는데…… 벗어난 줄 알았는데…… 이녀 앞에서의 실수는 이렇게 나를 과거로 몰아넣는다.

# 소포모어

진지한 분인 줄 알았는데 어제는 그러지 못하셨어요. 어제가 본모습인가요?

깨어보니 김 박사로부터 문자가 와 있다. 들어오는 소리도 못 들었구나. 머리가 아프다. 술잔이 머리맡에 나보란듯이 가지런히 놓여 있었다. 너도 술로 풀었네. 다를 바 없어, 너도. 별 것 없어, 너 또한.

환자를 만나러 가야 할 시간이다. 환자? 그렇다고 사진수강생이라고 할 수도 없다. 나는 정신과병원의 사진사일 뿐이다. 보조 같은 것, 조무사 같은 것. 병원에서 만날 일은 없다. 의사의 진료외 시간에 주로 밖에서 만난다.

한나연 씨가 청바지를 입었다. 청바지에 어울리는 캐주얼한 하늘색 잠바다.

'저 여자에게도 청바지가 있었구나.'

"사모님 같아 보이지 않아요. 성가대원?"

물론 칭찬이다.

"제가 실례했나요? 좋아 보이고 잘 어울려서 드린 솔직한 느낌입니다."

"칭찬 맞죠? 예습용? 연습용? 차림이랍니다, 선생님."

카페에 마주 앉자 사진을 꺼내놓는다. 그녀의 집 화장실엔 대형거울이 한 벽을 다 채우고 있다고 했다. 가로거울이 아니다. 위아래로 긴 세로거울이다. 목사인 남편이 그 앞에 서서 설교 준비를 했다고 한다. 전신을 다 드러내 보여주는 거울, 이미지 관리의 도구로 안성맞춤 맞게 쓰였을 것이다.

"그 거울이 내 남편을 유명하게 만들어줬죠. 지금은 쓸 필요가 없어요. 이유를 잃었으니까요."

제법 말을 잘한다. 물으니 대학에서 정치학을 전공했다고 한다. 없애자고 했지만 목사가 아낀단다. 목사도 잘 알고 있다. 그 거울의 기능과 역할을.

"한 번만 더 쓰고 없애든가 하시지요."

"더는 안 쓴다고 했잖아요. 무슨 뜻이죠?"

말투가 달라졌다. 억양에 깔린 가식도 사라지고 있다. 한나연을 얼마나 만났더라. 몇 번을 만났더라. 두 달? 예상보다 빠르다. 처음 자신을 찍어보라고 하기 전에 그녀는 자기를 찍어달라고 했고 내가 응했다.

"이번만입니다."

"아닐 걸요?"

그녀의 카메라에 그녀를 담았다. 흑백사진. 나는 암실이 따로 없어 화장실을 그때그때 임시 암실로 겸해 쓴다.

"나연 님 사진입니다."

"어머머머."

하다가 제 입을 가렸다.

"내가 이래요?"

"예. 우아하십니다, 무척."

유섭 카슈★가 1946년에 찍은 잉그리드 버그만★의 사진도 내밀었다.

"아니잖아요. 이 여자 그 유명한 미국의 배우 아닌가요?"

나연은 버그만을 한참 들여다봤다. 그리고 제 옷을 내려다봤다. 비교하는 것 같았다.

"대학생 때 이런 분위기셨을 것 같습니다만……."

고개를 숙인 나연은 '예쁘지는 않았어도 마르긴……' 중얼거렸다. 대학생 때로 돌아가면 연애를 하고 싶다던 지금 50대 중반의 여자. 나는 그 남편인 목사를 따로 조사해보았다. 나이와 유명세 정도. 나이는 아내보다 18살이 많았다. 고등학생인 그녀를 처음 만났을 때 그는 이미 30대 중후반이었다. 어릴 적에 나이 많은 목사를 만나 그의 부인까지 된 여자. 자발적 선택이라 하더라도 '나는 이래야 한다'로 자신을 구속하지 않으면 안 되었을 것이다. 충분히 소화해낼 수 있는 기지와 두뇌도 갖췄을 것이다. 그러려면 감춰야 하는 것들도 있었을 것이다. 드러낼 수 없는 게 무엇인지도 잘 알고 있었을 것이다. '나는 이래야 한다'엔 내가 결핍될 수밖에 없다. 연애를 하고 있을 때이면서도 지금 그때로 돌아가면 가장 하고 싶은 게 연애라는 여자. 못했다는 얘기가 아닌가. 연애를, 적어도 뜻한 연애는 해보지 못했다는 것이다.

"옷을 바꿔야겠어요. 내 옷은 천박해요."

버그만처럼 평이한 까만 윗옷과 쥐색 줄무늬 치마를 입고 찍었다면 더 우아했을 텐데, 아마도 이런 마음을 얘기하는 듯 들렸다. 나연의 옷은 버그만보다 훨씬 비싼 옷이었다. 그때 물었다.

"연애를 그때 다시 하신다면 어떤 옷을 입고 나오실 건데요?"

그녀는 한참을 주저했다. 주저했다기보다는 다른 생각에 빠진 표정이었다. 입을 열었다.

"선생님, 방금 나랑 데이트하자는 얘기로 들렸어요. 어떤 옷을 입고 나올 거냐고 하셨지요? 어떤 옷을 입고 나갈 거냐고 하셨어야 하는 것 아닌가요?"

내가 말하고도 깨닫지 못한 부분을 지적하는 언어의 섬세함에서 그녀가 갈등하고 극복하고자 하는 게 무엇인가를 짐작하게 했다. 그녀는 그 말을 하면서 얼굴이 붉어졌고 나를 바로 쳐다보질 못했다. 대학생 시절의, 소포모어Sophomore 2학년생의 감수성 넘치던 그녀를 보는 것 같았다.

'그냥, 그렇게까지 생각하고 말한 건 아닌데' 라며 분위기를 깨고 싶지 않았다. 그녀는 진심으로 연애를 해보고 싶었다. 화장실에 다녀오겠다며 일어섰고, 돌아올 땐 세수를 한 듯 보였다. 운 것 같기도 한 눈이었다. 나는 한나연에게서 처음 볼 때 느꼈던 측은함을 다시 보았고, 억압된 그녀를 목도하고 있었다. 간절함, 그 나이쯤에 더 절실할지 모른다. 못해 본 것⋯⋯. 그러나 그대로 또 10년, 20년은 지나게 돼 있다. 그래서 바구니나 만들어놓고 그 안에 꼭 해보고 죽을 것들을 모아둘 뿐이다. 그렇게 대리만족하며 살아간다. 바구니라도 만들어야 조금은 채워질 것이라 착각으로라도 믿고 싶은 것이다. 그러다가 하나 이루었다 싶으면

이게 삶이라고, 모아둔 것 다 이룬 듯 기뻐하며 사는 것이 삶이다. 내가 이럴 줄 알았어, 누군가 이런 말도 묘비에 적었다지 않은 가. 꽤나 성공한 사람마저도.

내게 내민 사진은 흑백사진으로 거울 앞에서 찍은 것이었다.

"흑백사진인데 어디서?"

"기다릴 수 없어 찾아보니 충무로에 흑백으로 인화해주는 곳이 있더라고요. 필름현상도요. 선생님께 다 부탁드리는 게 예도 아니지만 빨리 내 사진을 보고 싶었거든요."

화장실 거울 앞에 청바지를 입고 서 있는 여인. 사진 속 옷을 그대로 입고 지금 내 앞에 앉아 있다. 마치 내가 그 화장실을 들여다보고 있는 기분이다. 삼각대에 카메라를 고정하고 셀프 타이머로 찍었다. 알려준 적이 없다. 화장실 등은 켜지 않고 문을 열어 그곳으로 비쳐드는 자연광만으로 촬영했다. 비껴 들어오는 사광이다. 이 또한 알려준 적이 없다.

거울 앞인데도 사진에 카메라는 나오지 않았다. '어떻게 찍었죠?' 묻지 않는다. 침묵이 때로는 대화다. 암묵이 때로는 동화다. 사진 속 그녀의 표정이 되레 묻는다. '어떻게 찍었을까요?' 두 눈을 감았다. 목까지 가린 정갈한 여인의 사진에서 모딜리아니*의 〈누드〉를 본다. 눈을 감아설까? 이제 나도 조심성을 떨쳐내고 다 털어놓고 말할 수 있을 것 같다. 한나연은 환자도 아니고 사진수강생도 아니다. 친구가 된다.

"모딜리아니 아시죠? 화가요."

고개를 들어 밝은 표정으로 나를 본다. 두 달 전이라면, '나보고 내 몸을 벗고 찍으라는 거예요? 어머머머, 나를?' 했을지 모른다. 고개만 끄덕인다. 안고 싶게 만든다. 순응해서가 아니다. 자기를 찾아가는 한 여자에게 환호를 보내주고 싶어서다. 격려가 아니라 환호여야 한다. 환성도 지르고 싶다.

"눈을 감은 그림도 있지만, 눈은 떴는데 눈동자를 그려넣지 않은 그림도 있어요."

그녀가 또 끄덕인다. 그 그림, 보았나 보다.

모델 잔느가 화가 모딜리아니에게 물었다.

"왜 눈동자를 그려넣지 않죠?"

모딜리아니는 잔느에게 대답했다.

"내가 당신의 영혼을 알게 되면 눈동자를 그리겠지요."

화가와 모델과의 대화도 그녀는 알고 있는 듯했다. 또 가볍게 끄덕인다.

'거울 앞에 섰을 때 어땠어요?'

우문이다. 질문을 버린다.

'다음은 의자에 앉아 찍어보시면 좋겠는데요.'

조언이 될 것 같지 않다.

"선생님."

그녀가 입을 연다.

"얘기해도 되겠지요? 숨기는 게 더 밉살스러울 수 있을 테니까요."

목욕도 하는 곳이다. 벗은 몸을 거울을 통해 수없이 보아왔다. 찐 살, 처진 살, 불룩해진 배, 주름진 배만 보였다. 거울을 보려 하지 않았다. 치우자고 했지만 하늘 같은 목사님은 전혀 아내를 헤아리지 않았다. 설교와는 전혀 반대다. 그러다가 다시 보게 된 거울.

"선생님이 보여준 그림이 있어요. 기억나실 겁니다. 미켈란젤로*의 스승이라고 하셨지요."

기를란다이오*. 그가 그린 〈조반나 토르나부오니의 초상화〉* 옆모습의 여인을 허리 위 상반신만 그린 그림. 그림보다는 여인의 목 뒤편의 글귀에 대해 얘기했었다.

ARS V TINAM MORES ANIMVM QVE EFFINGERE
POSSES PVLCHRIOR IN TERRIS NVLLATABELLA
FORET

"만일 예술이 관습과 영혼을 묘사할 수 있다면, 지상의 어떤 그림보다 아름다울 텐데……. 화가는 그려놓고도 만족치 못했나 봐요. 그래서 글로나마 인품과 덕을 써넣은 게 아닐까. 그녀의 미모는 붓으로 그려냈지만요."

예술이 그녀의 인품과 덕을 그려낼 수 있을 것인가? 세상의 어떤 누가 그려도 그녀보다 더 아름다울 수는 없다.

거울 앞에서 그 글을 꼭 떠올린단다. 인품과 덕을 찍을 순 없지만 그것을 눈으로는 들여다볼 수 있다고 했다. 내게 그런 게 있나? 이 질문이 자기를 들여다보는 방식이었다고 했다.

"그래서 눈을 감고 찍게 돼요. 안 보려는 게 아니라 더 보려고요."

다 벗고도 찍었다. 그때도 눈을 감았다.

"현상한 필름으로만 봤어요. 충무로에서 필름현상을 맡기고 기다렸어요. 드라이어로 필름을 말리더라고요. 내가 한다고 했지요. 들키기 싫어서요. 보이기 싫어서요. 아무리 필름 속이지만, 확대해서 보는 게 있더라고요."

루뻬도 샀다.

"그 루뻬에 눈을 바싹 붙이고 나를 보면서 나한테 그러던데요. 네가 어떻게?"

웃었단다. 많이 웃었단다.

"왜 웃었겠어요? 웃겨서요. 그래요. 웃겼어요. 그렇게 살아온 내가 웃겨서요. 달라질 것 같은 내 모습으로도 웃었어요."

또 웃는다. 참 예뻤을 얼굴이다. 지금 웃는 표정은 곱다. 참 곱다. 미모도 자신을 구속했을지 모른다.

'나는 이래야 한다.'

"선생님! 청바지, 내게 잘 어울려 보이나요?"

일어서서 운동화 뒤축을 들어 킷발을 세운다. 나는 대학 2년 생의 그녀를 보며 그저 웃는다.

"편하네요. 옷도 마음도요."

묻고 싶은데 먼저 대답한다.

"교회에도 언젠간 이대로 입고 갈 거예요. 예배 때요. 그 언젠 가가 빨리 오면 좋으련만……."

한나연을 처음 보던 날, 그녀가 한 말을 생각한다.

'치료하실 건 없으니 나랑 얘기 나누면서 한 시간 채우면 사진 사님도 좋고 의사 선생님도 좋지 않겠어요?'

일주일 후 만났을 때 나연과 고궁 나들이를 했다. 그날, 필름 현상 탱크와 내가 만든 암백을 선물했다. 암백은 내가 입던 해진 청바지 세 벌을 무릎 아래는 잘라내고 모두 겹쳐 빛이 들지 않게 만들었다. 잘린 양쪽 다리 부분으로 두 손을 넣고 그 안에서 주물럭거리며 찍은 필름을 작은 현상탱크에 넣을 수 있는 암백이다.

"어쩜. 선생님이 손수 만든 게 분명하다, 그치요? 근데 이 안에, 이 속에, 이 다리 속으로 내 두 손을 넣고?"

"이제 현상은 충무로까지 나가지 않고도 직접 하실 수 있어요. 5분이면 찍은 걸 바로 볼 수 있답니다."

안국동 운현궁에서 갈색 면바지와 간편한 감색 블라우스를 입은 나연을 만났다. 고궁에 맞춘 듯한 센스가 보였다. 찍어주고 싶었다. 아니다. 찍고 싶었다.

"거봐요. 또 찍을 거라고 내가 그랬죠? 장담하지 마세요. 선생님, 난 오늘은 옆모습으로!"

선생님은 관습과 영혼도 찍어낼 수 있죠?

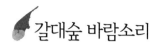 갈대숲 바람소리

"안 보려고 작정하셨어요? 선생님은 이 병원의 피고용인입니다."

김 박사가 전화를 걸었다. 피고용인? 계약했나? 월급을 받으니까, 속으로 웃으면서 대답한다.

"화 좀 달랬나요?"

여보세요! 전화를 끊은 줄 알았다. 저쪽에서 아무 말이 없다가 다시 '여보세요' 하며 받는다.

"화라니요? 분노랍니다. 격노!"

플라토닉과 플라스틱을 떠올리며 결국 또 시비를 걸고 만다.

"그거네요. 분노와 분뇨, 격노와 경노. 플라토닉과 플라스틱, 그렇게 들을 수도 있는 거였잖아요. 죄송합니다. 장난으로 받은 것, 진심으로 사과합니다. 못나서 연락 못 드렸습니다."

나를 만나는 분도 병원 암실을 쓸 수 있게 할 수 있겠냐며 부탁한다.

"안 돼요."

단호하다. 전용 휴게실이라서 안 된단다. 만나야겠단 생각이 든다. 진료 끝날 시간을 묻는다. 아무 때나 좋다고 한다. 바로 스마트폰으로 짤막한 알림신호가 울린다. 300만 원이 입금됐단다.

"잘못 보내셨습니다."

만나자마자 ATM기계에서 꺼낸 백만 원이 든 봉투를 건넨다. 오랜만에 만나서 기껏 돈 얘기나 하냐며 혀를 찬다.

"뵙지 않고도 치유효과가 있었습니다. 그동안 더 정신 바짝 차리게 되더라고요. 환자들에게도. 그러니 받으셔도 충분합니다. '오기치유'라는 것은 어디서 배운 건가요?"

이녀는 등받이가 높은 의사 자리에 앉았고 나는 맞은편 등받이 없는 의자에 앉아 있다.

"곧 한 분에 대해서 중간보고서를 올리겠습니다."

목사님 부인이죠? 김 박사가 알고 있다.

"목사가 병원에 찾아왔어요. 사모님을 병원에 보내지 않겠다며 일 년치 치료비 중 팔 개월 분을 돌려받아 갔어요."

책상에 그대로 놔둔 돌려준 돈봉투를 내려다보며 묻는다.

"그게 언젠가요?"

지난주 월요일이라 한다. 그 언젠가가 빠르면 좋겠다는 그날이 지난주 일요일이었겠단 추측을 한다.

"안 올 거예요. 치유, 잘 해주셨어요. 그러니 선생님을 짜르든가 해야지 안 되겠어요. 그렇게 빨리? 도대체 무슨 수법을 썼길래. 미안해요, 비법이겠네요."

수법이니 비법이니 하면서 더 강조하는 김 박사의 심기가 매우 꼬여 있다.

"보고서는 받겠습니다. 약속한 일이니까요. 중간보고서일 필요는 없겠지요. 그런데 암실은 왜?"

"필요 없게 됐습니다, 막."

알아차리고 한나연 씨 때문? 하며, "목사가 왜 돌려받아 가지요? 한나연 씨가 그래야 하는 거 아닌가요?" 자문한다.

"목사가 내고 간 돈이니까 챙긴 거지요. 환자는 환자가 아니라는데도 맡겼다고 전에 그랬지요? 치료 다 됐다며 남은 돈 찾아간 거예요. 의사의 의견은 완전 무시된. 감사하단 말은커녕 돌려주는 돈을 채가듯 하며 나를 노려보더라고요. 암튼 돈 주는 사람 맘이지요. 병원을 예배당으로 아는 건지."

그녀가 놓고 갔다며 두툼한 책 한 권을 내놓는다. 《The God Delusion》 리처드 도킨스★가 쓴 영국판 영문원서다. 《만들어진

신》이란 번역으로 읽었던 기억이 난다.

"선생님이 갖고 계셔야겠지요?"

목사에게 줄 수 없었단다. 암실도 폐쇄했단다.

"폐쇄하고 휴게실로 쓰는 겁니까? 나도 좀 쓰고 싶었는데."

다시 선생님의 진면목을 보이시려는 거냐며 자리에서 일어난다.

"이 앞에 커피점이 생겼어요."

흰 의사가운 위에 연두색 가디건을 걸치고 앞장을 선다. 한 시간 뒤에 올 거라고 간호사에게 말하고 문을 나선다. 앉자마자 거칠다 싶게 묻는다.

"사진 전문가가 제 암실도 갖추고 있지 않단 말예요? 그걸 믿으라고요?"

있다고 했다. 화장실을 겸해서 쓴다고 했다.

"사진 전문가가 맞아요?"

"전문가이니 가능하겠지요."

"가서 직접 내 눈으로 보고 싶어지네요. 그 전문가의 화장실 암실을요."

"그날 죄송했습니다. 난 그저…… 오해했습니다. 곰곰 많이 생각해봤습니다. 플라스틱 사랑인가 연앤가, 대단히 멋집니다. 김현숙 박사님답습니다."

이녀가 빤히 쳐다본다.

"나는 아메리카노요. 구회만 님께선 카페라테나 카페모카지 싶은데. 달짝지근한 믹스와 가장 가까운 친척 커피."

오늘 돈 버셨으니 커피를 쏘란다. 의자 앞 책상에 놔둔 그 봉투를 내게 도로 내민다. 커피 두 잔을 들고 와 내려놓으니 화들짝 웃는데 그칠 줄을 모른다.

"허, 아포카토. 더 달짝지근한 것, 헛!"

"웃으니 좋습니다."

에스프레소를 읊조리듯 입술에 적신 뒤 아이스크림 위에 그걸 얹는다.

교회에 청바지를 입고 갔나 보다. 한나연 씨가 그래 보겠다고 했단 말로 받는다.

"회만 씨가 옷까지 골라주셨습니까?"

호칭이 거슬려서 묻는다.

"구회만 님은 뭐고 회만 씨는 뭡니까?"

"가소성 좋은 플라스틱 맘대로지요."

눈치를 챘어야 했는데 이때는 몰랐다. 또 농담이려니, 더 실수가 없도록 조심만 한다. 나의 병적 경계성이 한나연이나 아쉬람투로 인해 허물어지고 있는 걸까? 이것도 좀 후에나 깨달는다. 이번엔 플러스 알파는 없단다. 한 환자를 놓친 데다 환자인 자신에겐 직무유기를 했기 때문이란다. '기대도 안 했어요'라고 하려다가 그 반대로 말한다.

"기대가 컸는데요. 월급보다 플러스 알파가요."

뻔뻔하시니까시 하냐며 다시 한나연으로 화제를 바꾼다.

"회만 씨가 시킨 겁니까? 아님? 시킨다고 할 여자가 아닌데, 어느 날 병원에도 청바지를 입고 왔어요. 어느 날은 더 쫙 붙는 기지바지도 입고 오더라고요. 그 차림으로 예배를 보러 가라 하신 건가요? 목사 사모한테?"

자신을 찍어보라 한 것 외엔 없다고 대답한다.

"곧 보고서에 써 올리겠습니다. 김 박사님."

"예. 김 박사님께 올리세요. 김 박사님께."

커피를 홀짝이며 손목시계를 본다.

"사십 분이나 남았어요. 땡땡이치는 거, 이거 얼마 만인가. 재미나는데요."

20분 사이, 앉을 때보다 한결 편해 보이는 표정이다.

"김 박사님이 아니고요 김현숙이랍니다. 김현숙요. 현숙 씨면 더 듣기 좋고요. 다른 환자에겐 그러시면서 또 다른 하나의 환자 인 나에게는 왜 그래 주지 않으시는 건가요? 보면 모르세요?

난 환자, 것도 중증환자라니까요."

방금 생각났다는 듯이 한 명 더 맡아달란다.

"월급은 그대로, 마이너스 하나 플러스 하나, 고로 제로. 맞지요, 셈?"

난 아직 덜 녹은 아이스크림을 스푼으로 떠먹는다.

"이러면서 환자 취급을 해달라고 자청합니까? 절대 김 박사님은 김현숙 님이나 현숙 씨도 될 수 없어요."

김 박사 그 특유의 투지가 살아난다.

"그럼 좋아요. 현숙이라고 님, 씨 다 빼고 불러보세요. 간단명료하게 님씨 빼고."

가소성 좋은 플라스틱 맘대로……. 그때야 나의 경계성 바이러스를 잡아먹을 또 다른 균이 머리에서 작동한다. 플라스틱 사랑을 하고 싶다고 했다. 열정적이고 쓸모 있고 언제나 소유하며 불변일 수 있는 사랑.

"절박하거든요. 미치겠거든요. 나, 지금요. 병원 때려치우고 싶고요. 내가 방황이 아름다울 20대도 아니고, 이도 저도 못하겠으니 더 미칠 밖에요."

어떻게 응수한단 말인가. 내가 뭘 어떻게 해줄 수 있단 말인가. 일부러 더 외면하며 그 한 명이 누구냐며 커피점에 걸린 둥근

시계를 올려다본다. 시골로 내려가서 보건소 같은 데서 일하고 싶다는 이녀의 흰 얼굴이 흑빛으로 변하는 게 보인다. 의미를 부여하다 보면 그것도 살 만하지 않겠냐는 이녀의 흑빛 얼굴이 붉어진다. 검붉어진 이녀의 얼굴이 바짝 세운 나의 경계를 허문다.

"여기서 한 시간 기다려주실 수 있으시죠?"

커피점을 빠져나가려고 검은색 큰 문을 잡아끌다가 돌아본다. 입술로만 두 마디를 하는데 '꼭요'로 들린다.

'꼭요' 기다려달라는 건가, 정말 환자로 봐달라는 건가……. 둘 다겠다 하며 일어난다. 한 시간……. 교회로 향한다. 병원에서 그리 멀지 않은 곳에 있다. 수요일 늦은 오후다. 수요 예배가 있는 날. 길 건너편에서 교회를 마주본다. 나오는 사람은 없고 간간이 한두 명이 안으로 들어간다. 열흘 전에도 만났다. 기다리자 하고 돌아선다. 전화를 걸어볼까. 역시 기다리자며 다시 커피점 쪽으로 발길을 돌린다. 5일 후에 만나기로 약속했는데 왜 이리 조급해지는 걸까. 예감, 불길해서다. 뒤에서 누군가 나를 부른다.

"긴가민가했더니 맞네요."

아쉬람투, 이정민이다.

"병원으로 가세요?"

"아뇽. 더 좋은 데요. 맞춰보실래용?"

쾌활하고 활달한 그녀에게 저절로 전염이 된다. 방금 전 부정적이던 마음이 좀 가라앉는다. 바싹 다가와 팔짱을 낀다. 걸려든 내 팔을 다른 손으로 잡아당기며 떨어진다.

"병원일 수도 있겠어요."

산후조리원이라고 한다. 아는 후배가 딸을 낳았다. 세 번째 딸이다.

"아들은 없어요."

아직도 이런 집안이 있나, 아들 선호를 짐작하는데,

"후배는 애들을 무척 좋아해요. 생기면 다 낳겠다네요. 상 줘야지요? 두둑하게요."

자기가 낳지 못한 아이를 후배가 채워줘 다행히 출산율을 유지시켜 준다나.

"같이 가실래요? 기쁜 일은 축하객이 많으면 많을수록 좋잖아요."

나는 고개를 저으며 거절한다.

"병원에 가는 길입니다. 의사선생님과 상의할 일이 있어서요."

그녀가 앞길을 막듯이 한 발짝 팔짝 뛰더니 돌아서 마주친다.

"선생님, 아세요? 선생님이 선생님을 좋아하시는 거요. 그 남자가 선생님이 맞다면요."

여자의 동물적인 촉각이라며 자기는 남보다 더 민감하고 예민하단다.

"내가 졸라서 술을 같이 마신 적이 있어요. 치맥으로 짧게 마시긴 했지만요. 아니네. 노래방까지 한 시간 더."

차 한 잔 마실 시간 있죠? 하며 가리키는데 어느새 그 커피점이다.

"병원에 간다고 했지요? 오늘은 이만큼만."

거절하는데 아쉬람투가 제 스마트폰을 꺼내, 들어보세요. 삼 분이면 돼요, 하며 버튼을 누른다.

·
·
·

갈대밭이 보이는 언덕

·
·
·

둘이서 걷던 갈대밭길에

·
·
·

한 달 전 그날, 김 박사가 화를 내고 쫓겨나다시피 병원을 나와 세 시간을 넘게 걸어서 집에 온 그날. 기타를 치며 부른 노래를 이녀에게 보냈었나 보다. 많이 취했다. 기억이 없다.

.
.
.

쓸쓸한 길대숲에 숨어 우는 바람소리

"이 남자가 선생님이 맞다면요. 길 떠난 소년이 선생님이
맞다면요."

노래방에서 마이크에 입 대신 스마트폰을 들이댔다. 노래방엔
여자 둘, 남자가 들려주는 노래를 두 여자가 들었다.

"한 번으론 부족했는지 한 번 더 틀더라고요. 녹음했지요,
내가."

커피점으로 김 박사가 들어가는 게 보인다. 한 시간 전, 이녀
와의 대화.

"의사선생님은 고용인이고요, 이 선생님은요……."

내 손바닥으로 내 가슴을 친다.

"이 선생님은요 피고용인입니다. 의사선생님이 나를……. 그건
갑질이고요 성희롱이 될 수 있고요. 내가 의사선생님을……
이건…… 그래요, 항명, 항명이라 해두지요."

서둘러 병원 쪽 골목으로 방향을 튼다.

"내일 보는 거 맞죠?"

이정민과 헤어진다. 병원 문은 닫혔다. 병원을 한 바퀴, 한 블

록을 헛돌아 커피점으로 들어선다.

"그새 기다려주지 못하시고 어딜⋯⋯."

김 박사가 이미 커피를 시켜놨다.

"식어도 상관없잖아요?"

아포카토, 아이스크림과 작은 잔의 에스프레소가 따로국밥처럼 놓였다. 카페에서 바이올린과 피아노가 어울리는 〈당신은 나의 소중한 사람〉도 귓속말로 듣듯 퍼진다. 이녀가 일어나 카운터 쪽으로 갔다 돌아온다. 〈당신은 나의⋯⋯〉 잔잔한 선율이 또 한 번 카페에 흐른다. 솔솔솔 바람에 실린 구름 같다. 졸졸졸 시냇물 같다. 찰랑이는 종이배도 보인다.

"오일 후 만나기로 했는데 나오겠지요."

"누구요? 누가 나와요?"

한나연, 느낌이 안 좋다. 기도원에 가게 될지도 모른다고 했다. 그때 그 표정. 자기 의사가 아닌 게 확실해 보였다. 나에겐 얘기하지 않았지만, 하겠다던 청바지 차림의 예배참석을 한 이후다. 적어도 30여 년을 자기의지와는 별개로 살아왔던 여인의 반란이 자신에겐 일대 의식전환일지 모르나 이를 보는 남에겐 정신질환의 징조로 받아들여질지 모른다. 그녀를 구속해온 사람에게는 더욱더 충격일 수밖에 없을 터. 집단의식이 강요되기 쉬운 곳이라면 시비는 분명하다. 어느 쪽으로 흐를지 확실하다.

"헛, 또 그 환자. 치료를 아주아주 잘 해주셨던데요."

김 박사가 아까 건넨 그녀의 책을 다시 돌려달라며 펼쳐 보인다. 빨간 줄로 가득 메운 정독한 흔적, 거의 빨간책처럼 보인다. 김 박사가 빨간 줄 하나에 집게손가락을 대고 다시 밑줄을 긋는다. 영문이지만 해석이 가능한 쉬운 문장이다.

'그 상처와 고통에 공감한다는 자유주의 언론의 기사들은 폭력 등 아픔을 실제로 경험하고 견뎌야 하는 사람들을 오히려 외면하고 있다.'

손가락을 내려 그 아래를 집는다. 역시 빨간 줄이 그어져 있다.

'지극히 세속적인 우리 사회에서 지금의 종교가 대단한 특권을 누리고 있다는 사실이 이상하지 않을 수 없다.'

"이해되세요?"

고개를 끄덕이니 옆 페이지로 손가락을 넘긴다.

'종교는 뭐가 그렇게 특별하기에 그러한 특권을 당연하게

누리고 있단 말인가.'

"왜 이 책이겠어요? 그리고 왜 병원에 놔둬야 했을 책이었겠어요?"

김 박사도 이미 진단을 내렸다. 원인을 알았다. 하지만 그녀 스스로 마음을 닫은 건지 닫힌 건지 알 수도 없고, 그녀에게서 그 원인을 풀어낼 수도 없었다. 그녀는 스스로의 마음을 더 닫으려 했고 더 가뒀다.

"어떻게 그녀의 가슴을 열게 했나요?"

자신 없는 표정을 띠고 있을 내 얼굴을 좌우로 흔든다.

"아무튼 이젠 내 손에서 벗어났어요. 이젠 내 환자도 아니라고요, 사진사 님의 손에서도 벗어났고요. 구회만 님! 아세요?"

이녀가 두꺼운 책을 탁 덮는다. 《The God Delusion》 제목이 더 선명하게 도드라진다.

"암튼, 불로소득, 예상하지 못했다고 하셨으니까요. 한턱내세요. 내셔야 해요. 차 몰고 오셨죠? 오늘도 버스 타고 나중에 데려다 달라 할 건? 차는 아무렴 어때. 내 차로도 좋아요. 노력 없이 번 그 돈으로 휘발유 가득 채워 그만치만 드라이브시켜주세요. 오늘, 지금요."

"그거면 서울·부산을 왕복할 수 있어요. 밤을 꼬박……."

이녀가 깔깔 딱 두 번만 웃다가 멈춘다. 대단한 걸 깨달았다는 듯한, 지은 표정으로 빤히 나를 본다. 내 속을 거들떠보듯.

"수학과에서 공부하셨어야 대성했을 텐데. 그 대성학원 수학 명강사로 떼돈 버셨을 걸 놓치셨네."

제 무릎을 탁, 친다.

"경제학과 나오셨죠? 참, 방금 전 수학적이라기보다는 경제학적인 발언이셨어요. 짝짝짝. 그냥 우겨서라도 우려먹고 사시지, 그 경제! 전향하셔서 웬 고생? 사진은 참…… 어울리지 않는 분이야."

일어난다. 앞장선다. 앞서 커피값을 내려니 싼 건 내가, 하며 나를 옆으로 밀어낸다. 결국 이녀의 차에 기름을 가득 채웠다.

"달리는 데엔 경제학은 무시해주세요. 경제속도 금물이라 이겁니다. 속도를 내라는 게 아니라 국도나 지방도로로 달려달라 이 말입니다."

이녀는 정말 고용인이고 나는 피고용인이 된다. 하지만 기분이 나쁘지 않다. 그 반대다. 다 해주고 싶은 마음이 든다는 게 이런 건가. 이녀가 뭘 원해도 해줄 것만 같다. 아니 해줄 것이다.

정신과병원의 사진사가 된 이후로 내게도 변화가 일었다.

이 책은 하루 만에, 이 책은 다섯 시간이면 충분해, 하며 마치 동네 작은 도서관의 책들을 다 읽을 양으로 달려들었다. 눈에 책을 들이대고 살 때, 책은 나에게 도피처였다. 양식이 아니라 현실회피의 도구였다. 김 박사가 그랬던 것처럼 시골로 내려가 농사나 짓겠다는 생각을 거의 굳히고 있을 때였다. 시골 여기저기를 돌아다녔고 시청·군청의 귀농귀촌 담당자들을 만났다.

"오시면 정착자금으로…… 농가주택을 구입할 땐…… 이사 비용까지 백만 원."

하며 유혹했다. 남원에서 우연히 만난 귀농인의 한 마디로 도시에, 서울에 그냥 눌러살기로 했다.

"그런 마음으로 오는 사람들, 다 2년도 안 돼 도시로 돌아갑니다."

그도 망설이며 5년을 버티고 있다. 마음은 이미 지방을 떠났다. 다시 돌아가려니 막막할 뿐이다.

운전석에 앉아 시동을 걸기 전이다.

"고맙습니다, 김 박사님."

자기 차의 조수석에 앉은 현숙이 돌아본다.

"뭐가요? 서울·부산 찍고 돌아올 운전만 시키는데요."

시동을 건다. 차가 출발한다.

"김 박사도, 더구나 김 박사님도, 김현숙 님도 다 아니에요. 현숙이에요. 나이도 내가 한참 적잖아요. 이제부터."

CD를 골라 넣는다. 처음 듣는 곡이다. 이녀가 CD케이스를 내 눈앞에 들이댄다. 알프스 교향곡.

"이제부터 알프스를 달리는 거예요."

부재의 존재

구기동을 출발하여 내부순환도로로 들어선 지 1시간이 지났는데도 아직 서울 안이다. 기어간다고 해야 더 적확할 테지만 퇴근시간을 택한 게 무리이며 잘못이지 넓찍하기만 한 도로가 무슨 죄가 있겠나. 알프스 교향곡도 끊겼다. 스위스 제네바에서 호수 너머로 본 알프스, 프랑스 샤모니에선 알프스 최고봉 몽블랑이 고개만 치켜들면 기꺼이 지척에 놓였다. 알프스가 이렇게 지루했던가? 알프스 교향곡을 들으면서도 같은 생각이다. 〈사운드 오브 뮤직〉이 더 알프스답단 생각. 교통체증은 잡념으로 채우고도 여분을 더 준다. 출발하며 예정한 행선지를 따라 머릿속으로 달린다. 용인 지나 장호원을 지나 진천 지나 보은 속리산으로. 벌써 도착한 미리보기도 이미 끝냈다. 이 침묵을 깨고 싶다가 놔둔다.

왠지 좋다. 침묵하지만 함께 가고 있질 않은가. 묵언의 동행.

하지만 정적은 겁이 난다. 뭘 벼르고? '나이도 한참 어리잖아요.' 그런데도 그게 안 되는 것과 같은 나의 비융통성. 대충 일버무리는 관계의 가벼움이 정말 싫다. 둘은 말이 없었고 앞만 보고 간다. '드라이브시켜 주세요' 당당하던 김 박사는 왜 말을 끊은 걸까. 무려 한 시간이나. 여행의 시작 땐 호들갑을 떨어야 하는 거 아닌가. 우와 좋다, 뭐 이런 것. 바로 옆에 고개만 돌리면 표정으로도 그 마음 헤아릴 수 있을 것 같은데, 운전에만 신경 쓴다.

척이다. 나는 척하고 있는 것이다. 어색하고 무작정 여자 하자는 대로 따르고 있는 내가 나답지도 않아서다. 무동작 무표정이 이 어색하고 궁색해진 마음을 감출 수 있다. 이런 한편으로 김 박사의 숨소리를 가까이서 들으니 얼굴이 붉어진다. 뛴다기보다는 튄다고 해야 맞을 듯 가슴 울림을 느낀다. 숨소리를 듣듯이 내 가슴진동을 듣고 있는 건 아닐까. 이러니 또 고개 돌려이녀를 볼 수도 없다. 나는 이런데…… 이녀가 말이 없는 건? 정숙해야 하는 클래식 음악감상실, 방금 교향곡도 끝났건만…….

"서울이 우리에겐 알프스였네요."

아직 서울 안에서 한 시간이 훨씬 지난 뒤에 김 박사가 운을 뗀다. 묵혀두고 있던 목소리라? 묻어두고 있던 감성이라? 목소리가 자연스럽지 않다. 대답을 해야 할 것 같다.

"예. 우리가 방금 알프스를 지났어요."

일체유심조, 다 생각하기 나름이지 뭐…… 중얼거리는 소리를 듣는다. 중얼거림 끝에 내 이름, 구회만도 엿듣는다.

'다 생각하기 나름이지 뭐, 구회만.'

다시 긴 침묵과 정적이 흐른다. '나이도 한참 어리잖아요.' 현숙이라 부르며 이 침묵과 정적을 깨볼까? 끝내 그러하질 못한다.

"김 박사님."

다음 할 말을 생각도 않고 불러본다. 반응하면 다음 할 말은 자동적으로 떠오르겠지. 그런데 아무 말이 없다. 더 긴 침묵, 침잠이 흐르고 더 긴 정적, 적막이 흐른다. 이때 서울이 뒤로 지나간다. 서울을 벗어나는구나, 마치 운전기사가 뭐라도 잘못 한 것 같은 교통체증의 책임을 덜기라도 하듯 이녀를 또 부른다.

"김 박사님."

이녀가 이제는 자세를 바꿔 내게로 돌아본다.

"늘 그렇게 구회뿐인가요? 구회만 씨?"

아버지는 이름 하나만은 나를 자랑스럽게 여겼다. 내가 아니라 이름을 지은 아버지 자신이겠지만. 만 가지 세상 모든 것을 다 끌어모을 수 있는 인물이 되라, 그것도 주구장창. 내 이름이 지어질 즈음에는 아마 야구란 게 한국에 들어오지도 않았을 것 같다. 들어왔다 해도 일반인에겐 아주 생소했을 것이 분명하다. 축구만이 스포츠의 전부였을 때였다. 야구가 대중화되었을 때도 아버지는 분명 이 경기를 한 번도 본 적이 없었을 것이다. 자치기를 왜 테레비에서 보여주는 거냐? 아버지가 한 말, 분명히 들었다. 그러니 내 이름 석자, 구회만은 여전히 한자의 뜻만으로 충분히 대단한 이름임에 틀림없다. 2대째 가족유산으로 이어질 뻔한 한자 뜻만으로 지어진 이름. 내 아들의 이름을 아버지가 작명소에서 비싼 돈 주고 받아왔다. 할아버지가 외동손자에게 멋진 이름을 선물해야 했다. 그 이름하야 구만수. 뜻은 얼마나 좋은가. 만년 넘게 오래 오래 살아라. 주구장창. 뒤에 이 얘기를 들은 아들은 까무라쳤다.

　'내 이름이 그만두수가 될 뻔했구만.'

　이 여자한테도 이름으로 놀림을 받다니. 더구나 한참 어린 여자에게. 하지만 대꾸할 말이 없다. 친구들에게 대들 때마다 놀림은 길어지고 오히려 증폭된 사실을 얼마나 뼈저리게 체험해왔는지 내가 더 잘 알지 않는가. 입을 앙다물고 운전사 역에만 충실한다. 광주 오포를 지나면서 쌩쌩 달릴 수 있게 됐다. 달리면 잊히리니. 차 안의 침묵을 스피드가 채운다. 말이 없어도 이젠 살 것 같다. 이래서 달리는구나. 속리산 이정표가 눈에 띄기 시작한다. 김 박사의 뜬금없는 웃음에 운전대까지 움찔한다.

"교조주의자?"

그리고는 또 뚝, 더 이상 말이 없다. 내 대답을 기다리는 걸 텐데 교조주의라니? 어떤 대답을 할 수 있단 말인가. 나도 뜬금없어야 하는데…… 내겐 그런 융통성이 없다. 임기응변 제로의 남자다. 좀 더 가니 북알프스란 이정표가 보인다. 그쪽으로 차를 꺾는다. 이때다 또.

"핫, 하라는 대로 하시네요. 북알프스? 헛!"

이제야 교조주의자의 의미를 파악한다. 이녀를 돌아보고 피식 웃는다. 어색함이 떨어진다. 이녀도 따라 웃긴 하면서도 제 혀를 내민다. 뭐야? 어린 티를 내는 거야? 그것으로 약이 오를 줄 알고?

"미안해요. 구회뿐이라고 한 거요. 회만 님."

운전대를 꽉 쥐고 있는 내 오른손 등을 주먹 쥔 손가락 등으로 노크하듯 톡톡 친다.

"좋았어. 하나 됐고."

그때서야 나도 반응한다. 사람이야말로 자동반작용이 가장 늦은 동물이 아닐까. 왜? 헤아리자니 그렇겠다.

"뭐가 됐어요? 하나?"

"아무려면. 아무래도 좋아요. 참 둘인가? 아직…… 열정적인?"

콧소리로 흥얼거린다. 그 노래다. 내가 녹음해서 보냈던, 보낸 기억이 안 나는 그 노래. 화끈거리며 내가 불러준 콧노래를 듣는다. 미안해서 그냥…… 그랬을 텐데. 그거라도 보내주지 않으면 내가…… 정말? 단순히? 그냥이라고? 내게 묻는다. 마침맞게도 이녀가 묻는다.

"왜 보내셨어요?"

그냥, 이렇겐 대답할 순 없다. 그냥이라고? 아니라고, 내가 묻고 답한다. 머뭇거리며 대답을 늦추자 손가방에서 스마트폰을 꺼낸다. 들려준다. 그 노래.

"창피해요. 꺼주세요."

"창피한 건 아세요? 어떻게 이런 노래를 이렇게 씩씩하게 부를 수 있지? 떨었죠? 쫄았죠? 나한테."

반대로 하게 돼 있다. 그래서 오해를 산다. 그래서 사는 거로 구나, 주는 게 아니라. 오해를. 이리저리 생각이 번잡하다. 정신분석과 심리분석은 같은 분알까? 김 박사의 진단인지 짐작인지로 더 떨고 있는 내 목소리가 더 들려온다. 씩씩한데 떤다.

"쫄다니요?"

되묻는데, '쫄았어요' 단정짓는다.

"그러면서도 할 수 있다? 하나를 더 추가할까 말까?"

호수가 나타난다. 밤 10시가 넘었는데도 물반사로 반짝이는 호수는 환하다. 보름달빛이 호수면 위로 영롱하게 아른거린다.

"알프스 가보셨어요?"

"가진 못하고 멀찌감치서 보긴 했어요."

"가본 거네요. 좋아요? 알프스? 아까 그 알프스보다는?"

서울?

"멀찌감치, 어디서요?"

"좋다 해서 가보면 실망하고 별루라 한 데가 더 좋을 수 있어요. 남의 느낌 배제하고 여행은 직접 가서 자기 육감으로 느껴봐야 해요."

"회만 님, 나도 그 정도는 알아요. 어느 여행잡지의 시시껄렁한 에세이 같이 말씀하지 마시고요. 그러니까 회만 님만의 느낌을 듣고 싶다고요. 회만 님의 시각, 감성을 듣자는 거예요. 그 눈으로, 그 가슴으로 듣고 보고 싶다고요. 알프스를요. 나는 못 가봤지만요."

결혼 이듬해에 아내와 다녀왔던 프랑스여행. 파리에서 남부 아를까지 가기로 한 여행이었다. 화가인 아내가 고흐의 아를을 가고 싶어서다. 출판사에 묶여 있던 나는 10일 휴가를 얻어낼 수 없었다. 규정이야 1년에 12일 휴가를 쓸 수 있지만 몽땅 몰아 10일을 사용한 예는 나도 남도 없다. 규정일 뿐이다. 신혼 초라 아내하고 이런 자유여행을 가고 싶어 기획안을 올렸다. 회사에서는 반겼다. 출장비도 들일 필요 없고, 더구나 출장기간이 아닌 휴가 때 언제라도 잡지에 써먹을 사진을 찍어온다는 데야. 고흐 기사는 독자들에게 무조건 오케이였던 때다. 그렇게 10일 휴가를 따내긴 했지만 여기서부터 여행은 삐걱했다. 3년차 말단기자인 나는 회사의 기대보다 더 욕심을 내야 했다. 파리에서 아를까지 기차표를 끊지 않고 일단 디종까지만 끊었다. 반나절 디종을 돌고 리옹으로 출발했다. 리옹에서 하룻밤을 잤지만 예상에 없던 그르노블이 리옹에서 멀지 않다. 몽블랑을 가까이서 볼 수 있다는 샤모니도 가깝단 걸 현장에서 알았다.

놓칠 수 없었다. 아를에서는 이틀이면 충분했기에 돌아가도 될 길이었다. 이때까진 아내도 흔쾌히 따랐다. 그런 줄 알았다. 샤모니에 도착해 프랑스 가정 민박에서 하루를 묵었다. 슈퍼마켓에서 엄청 싼 각종 포도를 고를 때 아내는 포도주 세 병을 집었다. 우리나라 돈으로 한 병에 천 원짜리 포도주들이다. 싸서 산 줄 알았다. 민박 2층 방에는 베란다가 있고, 여기선 몽블랑이 마치

앞산처럼 매우 가깝게 보였다. 9월 초인데 흰 눈 덮인 알프스 최고봉이 앞산이라니. 마치 늦은 오후의 지는 태양은 몽블랑 정상의 흰 눈만 비추는 듯했다. 사진을 찍어댔고 아내는 그 사이 베란다 탁자에 포도와 포도주로 만찬식을 준비했다.

"하나 건졌네."

나는 기뻐하며 아내에게 축배의 잔을 내밀었다. 아내는 꽤 큰 포도주잔으로 거푸 두 잔을 마셨다.

"여기 누구랑 온 거야? 나랑? 카메라랑?"

일에 빠지면 주변을 돌볼 줄 모르는 건 나의 습관 때문이 아니다. 일 욕심이나 기자정신은 더욱 아니다. 경계심을 덜어내기 위한 수단이었다. 빠지면 잊어버릴 수 있었다. 나에게 몰입은 그랬다. 내가 이런 나를 잘 알고 있다.

"이해해줘. 올 수 없는 여행이었어. 회사에서도 놀다 오지만 않았단 말은 들어야지."

안다고 했다.

"지나치잖아. 너무 하잖아."

저녁 때 민박집 1층 식당에서 독일인 여행자로부터 다음 날 세계명품자동차경주대회가 있다는 정보를 들었다. 새벽 5시에 출발하는 알프스일주 자동차경주라 했다. 깨워도 아내는 모로 돌아누울 뿐 대답이 없다. 현장에 가보니 경주대회라곤 하지만 스피드경주가 아니었다. 부부·부자·모녀·친구·형제·자매들이 짝을 이루며 과거의 명차로 알프스를 유영하는 참으로 유쾌하고 멋진 놀이였다. 민박으로 달려가서 아내를 불렀다. 아내는 혼자 포도주를 마시고 있었다.

"우리 몇 년 후, 결혼 10주년 때 우리도 해보자. 어떤 차가 좋아? 1950년식?"

알프스일주 자동차경주대회의 개최 의미를 장황하게 그리고 진심으로 흥분하며 설명했다.

"지금도 못하면서 10년 후?"

관심 없다고 했다. 정말이야, 정말이라고. 끝내 혼자 현장으로 다시 달려가야 했다. 돌아온 건 저녁 7시쯤이었다. 그때도 알프스를 돌고 막 들어오는 차들의 환호와 함성이 앞산 몽블랑에 울려 퍼지고 있었다. 미안하기도 했지만 화도 났다. 아내는 내가 사온 샌드위치를 먹지도 않는다. 어제는 없던 포도주가 보인다. 내일 버스로 그르노블로 이동해 기차 타고 바로 아를로 가자고 아내를 구슬렸다. 하지만 아내는 여기서 쉬겠다며 고집을 꺾지 않았다. 샤모니에서 사흘 쉬고 싶다며, 그 뒤는 내가 알아서 하란다. 식당에 함께 간 일 외에 우리 부부는 따로 행동했다.

아내는 나보다 회화영어를 더 잘했다. 화가들이 모여서 여행객들을 그려주는 파리의 몽마르트르 언덕 같은 곳이 샤모니에도 있었다. 그 안에 아내가 있다. 다른 화가들, 다 남자들이었다. 그들과 얘기를 나누는데 매우 흥겨워 보였다. 민박으로 돌아와 포도주를 마시고 있는데 한참 후에 아내가 들어온다.

"한 잔 같이 할래?"

내가 잔을 권했고 아내는 거절했다.

"내일 일찍 나가봐야 해."

아내는 침대로 들지 않았다. 긴 소파에서 잤다. 그리고는 샤모니에서 이틀 더 있자고 한다. 회사엔 어떤 사진을? 기껏 하나 건진 몽블랑의 일몰사진? 트램의 리옹거리와 디종 개선문 안으로 들어가는 두 대의 자전거? 알프스일주경주대회를 떠올리자 안심했다. 취재까지 했으니 특집으로 8면은 족히 채울 수 있다. 거리의 서양화가들과 퍽이나 자연스러운 아내의 모습으로도 만족해야 했다.

"그래. 고흐는 나중에라도 갈 수 있으니까. 회사엔 다른 사진으로 대신했다고 하면 되니까."

그날 이후도 아내는 거리의 화가들 속에서 거리의 화가가 돼 있었다. 나는 기다려줬고 파리로 돌아오는 길에 제네바에서 호수 너머로 겹겹이 싸인 알프스를 멀리서 또 보았다. 그 알프스를 아내는 메모지에 스케치하고 나는 캔맥주를 마셨다. 아내는 아메리카노, 커피를 마셨다.

"특별히 기억나는 게 없어요."

"그 좋다는 알프스를 보고도요? 정말 특별하시구나. 나도 보고 싶지 않네, 그 따위 알프스."

현숙이 고개를 저으며 츳츳 혀를 찬다. 이녀와 알프스에 간다면? 잠시 딴생각을 해보다 나도 모르게 고개를 젓는다.

"왜요? 별루 내키지 않은 여행이었군요? 누구랑? 알프스타령은 여기서 끝!"

화제를 돌린다. 가방에서 5×7인치의 작은 흑백사진을 꺼내 놓는다.

"연락 없으실 때 나 혼자 만들어본 사진들이에요."

손들이다. 다 왼손이다. 오른손으로 찍었을 왼손의 그림자도 담겼다. 그림자놀이 같은 사진이지만 그림자에 별 의미를 두진 않았다. 나비나 강아지 따위로는 보이지 않는다.

"확대기둥 아래서 찍었어요. 그래서 많이 흔들렸는데 흔들려서 난 느낌이 좋은데…… 선생님, 아니지, 회만 님은 어떠세요? 포커스도 못 맞추고 노출도 엉망이고 기본이 안 된 거지요?"

보는 순간 알 수 있었다. 암실작업으로 시범을 보여주던 나의 손들이 현숙의 사진에서 보인다.

"두 손이면 더 좋았을 텐데."

이녀가 아쉬워한다. 그때, 그 모습이 신기했나 보다고 묻는다. 누구나 하는 거라며 처음이라서 신기하고 독특했을 거라고 한다. 자주 보게 되면 그런 신기함도 사라질 것이고 독특할 것도 없다는 걸 알게 될 거라고.

"알프스를 매일 보고 사는 사람들이 알프스가 별로인 것같이요? 한 번 보셨잖아요. 처음 보셨잖아요. 그런데도 별로였다면서요. 그 알프스."

횟수에 상관없는 것이라며, 처음이 영원할 수 있는 게 있을 것이라며, 흔해서 영원이 상실될 수도 있겠고 그 반대의 경우도 있겠다며.

"개별성이에요. 주관이라고 해도 좋고요. 이것이 자신을 지배하고 때론 옭아매는 것 아닐까요? 다양성으로 겉포장된 보편화로 이 자유로운 세상에, 자유가 넘쳐나는 세상에서 개별성? 좋아요, 개성이 사라지고 있어요. 다 똑같은 공산품의 인간들."

기껏 보잘것없고 하잘것없는 사진 갖고 거창하게 굴었다며 사진을 챙기려 든다. 얼굴이 붉어진다. 겸연쩍은 표정이 담겼다. 잘난 체하는 게 내 병이에요. 내가 가장 잘났다는 이것도 병이 거든요. 아주 큰 병요, 란다.

"도졌네, 또."

"줘보세요. 아직 다 안 봤어요."

꼼꼼히 들여다보지만 솔직히 아무런 감흥이 없다. 하지만 촬영자의 입장은 다르다. 감정이입이 사진에 담긴다. 단지 남이 그 감정을 볼 줄 모르고 볼 수 없을 뿐이다.

"나도 알아요. 열정이 이 사진의 손에는 없어요. 나를 보러 오지 않으셨을 때 난 깨달았어요. 내 손을 보고요. 내 손 사진들을 보고요. 모방은 흉내 그 이상이 아니다. 선생님, 그래요. 선생님 손을 찍어야 했어요. 어떻게 그 감정을 흉내낼 수가 있겠어요. 난 봤어요. 손만 본 게 아니에요. 당신의 얼굴을, 그때 당신의 열정을 얼굴에서 봤어요."

그래서 소설가가 됐다는 제자가 뒤에서 안았을 거라며, 김현숙 자기도 그럴 뻔했다고.

"난 소설가가 되고 싶지 않거든요."

그러나 한 달여 동안 매일 밤새 매달려 흉내낸, 직접 찍은 자기 손 사진에서 편안을 느꼈단다. 그 사진들로 연상되는 나의 모습으로 위안하며 환자를 대하는 태도가 달라졌다.

"미쳐 돌아버리겠어, 이젠 내 입으로 이런 말 하지 못할 거예요. 저 환자들도 나를 보고 있고 어떻게 보느냐에 따라…… 환자 탓을 했는데 내 잘못이었어요. 그 손 사진, 내 손을 찍은 어설프기 짝이 없는 사진들이 일깨워줬어요. 부재의 존재라 할까. 보이지 않는 게 보였거든요. 당신이."

더 할 말이 없어 나는 돌아갈 시간이 됐다고 한다.

"너무 늦었습니다."

나는 무미하고 건조하기 그지없는 이 말을 하면서 가슴이 뜨거워지는 것을 느낀다. 겉이 속일 뿐이다. 안에서 감출 뿐이다. 내 버릇, 경계가 아니야, 속으로 내 뜨거운 가슴을 훑으며 진심을 내놓는다.

"고맙습니다. 김현숙 씨. 하지만 나무로 숲을 본 거라는 표현이 맞을지 모르겠습니다. 다른 말이 생각이 나질 않아서……."

"예, 회만 씨. 돌아가요. 우리 돌아가요, 다시 왔던 길로. 우리의 그 알프스로요. 그리고 그건 내가 알아서 해요. 숲인지 나문지는요."

이녀는 손만 보고 얼굴만 보고 여기까지 왔겠느냐며 자기는 어린애도, 멍청하지도, 또 단순치도 않단다.

"환자들에게서 들었어요. 두 사람 다 이렇게 말해요. 어떻게 저렇게 일할 수 있지? 라고요. 당신의 수법은 그거예요. 자기 자신도 모르는 수법. 자발성이라는 건 딱 어울리지 않고…… 뭐랄까. 뭐라 해야 하나? 암튼 그게 환자들에게 전해진 것이고 나에게도 전해져왔어요. 전염병처럼요. 사진기술이 아니었다고요. 난 고작 사진치유에나 기대했던 것이고요. 처음 사진치유란 것으로 치료방법 하나 추가하면서요. 그런데 당신은 이미 문화센터에서……."

핸들을 돌려 서울로 방향을 튼다. 또 둘 다 할 말이 없다.

"창피하면 안 들어도 돼요. 의지로도 귀를 막을 수 있지요? 난 자랑스러워서 이 떨고 있는, 씩씩한, 따뜻할지도 모를 남자를 듣고 갈래요."

·
·
·

달은 차 있는데

잊는다 하고 웃는 얼굴에 눈물이 날까요.

·
·
·

차창 앞에 보름달을 가리킨다. 보름달이 안개로 뿌옇다. 물안

개가 아니다. 차 안의 공기다. 습한 숨일 테고 젖은 눈물일 테다. 차 앞 투명유리가 간유리로 서서히 변한다. 변하는 이것을 함께 보고 있겠지.

"전혀 씩씩하지 못하신 분이시죠? 남 앞에 나서지도 못하고 그 나이에 자기소개도 제대로 못하고……. 더 한심한 건 눈물도 많죠? 청승도 잘 떨고. 근데 왜지? 청승을 떨면서 이 노래에선 왜 이렇게 씩씩해지셔야 했을까? 행진곡같이 불렀어요. 바보 같아요. 씩씩한 바보? 씩씩거리는 바보를 내가 잘못 보고 있는 건진 모르겠지만."

현숙이 깔깔깔 웃으며 내 오른쪽 어깨 위로 왼손을 얹는다. 오므리는 손가락 마디의 힘이 어깨로 전해온다. 이내 혼잣말을 하며 손을 도로 가져간다.

"바보 같은 씩씩함, 자신에겐 불편했을 씩씩함, 얼마나 갈까? 불변하면 하나 더 추간데!"

속리산 공기를 벗어나고 있을 즈음이다. 가슴을 가라앉힌다.

"장송곡을 불렀어야 했나요?"

 느그시봄

서울로 돌아오는 길에는 새 환자에 대해서만 얘기한다. 삼수생 여학생이다. 서울대 의대만 계속 떨어졌다. 딴 대학은 전혀 고려하지 않는다. 김 박사, 김현숙도 그곳을 나왔고 박사까지 따냈다. 예비 선배입장에서 조언해줄 것이 많을 줄 알았다. 자신도 우왕좌왕 갈등이 많았다.

"결혼은 해보고 나서 그게 나쁘다느니 좋다느니 해얄 것. 근데 해보지도 않은 젊은이들에게 별별 것 없다느니 하는 그런 무책임한 말이 어디 있느냐, 이런 것과 같다. 해보기도 전에? 해본 사람이나 포기한 사람의 생각만이 옳을까요?"

그 학생은 꼭 말 뒤에 '쪽 팔려서'를 붙였다.

"구회만 씨, 이렇게 부르니 왠지 추리닝에 두 손 푹 넣고 걷는 아저씨 같네. 다시 구회만 님, 회만 님은 어느 대학 나왔어요?"

대답하기 싫었지만 이젠 그 자기구속으로부터 벗어났으니……
출신대학을 듣고는 응대, 대꾸도 않을 거란다. 학생은 사람을
대학으로만 평가하려 한다는 것. 그러니 학생은 그 대학의 의대를
들어가야만 한다. 병일 수는 없는데 병보다 심하다. 자기 혼자만
앓고 있는 병이 아니기 때문이다.

"만나는 보죠. 그런데 궁금해서 묻는데, 그게 정신질환입니까?
김 박사님."

"박사님? 싫어지려고 해요. 그 쓰는 언어가요."

"일이잖아요."

"그래요? 좋아요, 그 분별력."

짝짝짝…… 박수를 친다.

"그런 분별력 때문에 그 듣기 싫은 호칭, 허락합니다. 허가사항,
일일 때만. 구회만, 이때만입니다. 그 분별력! 정신질환의 경계
나 선이 따로 있겠습니까? 그 애의 부모가 답답하다며 전문가에
게 상담이라도 받게 해주고 싶었답니다."

웃으며 이어지는 말.

"아세요? 선생님은 눈이 참 선해요. 아마 그 눈으로 속상한 일
많이 겪었겠다."

화제를 돌린다.

"쌍꺼풀이 난 아주 싫은데요."

정말 싫다.

"아뇨. 그 검은 눈동자가요. 못생겼지만 그 눈동자가 그걸 다 가려주거들랑요. 검은 콩알 만한 게 다 덮어줄 수 있다니."

까르르륵 웃어댄다. 일부러 더 심하게.

"그럼, 잘생긴 거네요. 다 가려줬다니."

"맞아요. 그래요. 바로 그거예요. 그 삼수생에게서 그걸 찾아내야 해요. 우리 둘이서요. 씌워진, 눈에 콩깍지 말이에요."

어느새 차는 서울로 진입한다. 속리산으로 내려갈 땐 무려 4시간이 넘게 걸렸건만 돌아오는 길은 한 시간 남짓 만에 서울의 품으로 파고든다.

"알프스로 다시 들어가네요. 틀까요? 그 알프스."

현숙의 목소리가 카랑카랑 맑아서 참 좋다.

"음악 없이도 떠날 때의 그 알프스보다 훨씬 좋은데요."

돌아온 알프스, 현숙이 속삭이는 소리가 들려온다. 돌아오는 메아리처럼.

"아뇨, 쭈욱 가주세요. 이제부턴 내가 운전할까요?"

좌회전 깜빡이를 넣자 직진하잖다.

"이 시간에 버스 타고 가시려고요? 오늘은 태워드릴 수 있답니다요."

창밖을 손가락으로 가리킨다.

"택시도 없을 시간인 걸요. 회만 님댁에 먼저 내려드리고
돌아와야지요."

수유리에 도착한다.

"어느 집이에요? 조 집 같다, 어쩐지 내 예감에. 조 앞."

가로등 빛으로 보아도 그냥 시멘트벽은 아니다. 벽화를 본다.
얼룩말과 하마, 그리고 기린.

"맞을 것 같은데요 내 육감. 직감인가? 오감?"

목소리가 들떴다. 고개를 끄덕여 그 예감에 호응한다.

"왜 더 가시지 여기서 멈추셨어요?"

현숙이 먼저 차문을 열고 나선다. 시동을 끄고 따라간다.
끙끙끙, 강아지 소리다. 털털이다.

"저 소리로구나, 강아지. 내 차로는 주인이 온 줄 모를 테니…….
아, 그래서 걸어?"

현숙이 나를 쳐다보는데 속리산 옆 어느 호수 위의 보름달
처럼 보인다.

"반겨주는 사람 없는 집으로 들어가기가 싫었습니다. 아들을 억
지로 외국으로 보내고 난 뒤였지요. 방학 때 와서는 유기견을 내게

선물하더라고요. 아들 대신이라며. 어쩌면 넌 또 다른 사랑일지 도…… 라며 건네는데, 아들이 이름까지 지어 선물했습니다. 털털이."

털털이와 아들과 그리고…… 현숙이 중얼거린다.

"엄청나게 행복하신 분이었네. 외로운 분인 줄 알았더니. 이럴 줄 알았어요. 단독집에서 살 줄. 어머, 이 그림은 뭐예요?"

휠체어를 탄 여자 뒤에서 우산을 씌워주며 뒤따라 걷는 남자의 뒷모습. 여자도 뒷모습이다. 빗줄기도 벽에 담겼다. 빗줄기 너머로 모자 쓴 한 여인의 실루엣, 입을 가리며 이 두 남녀를 지켜보고 있다. 그림 밑에 'Addicted 2 Groove'를 썼다.

"2는 투, 티오?"

아, 하며 함성처럼 외친다. 고요한 밤을 깨는 탄성.

"최고에의 중독? 저 남자가요?"

내가 고개를 살짝 젓는다.

"휠체어의 여자일 수도 있고 바라보는 저분일 수도 있겠지요."

"그렸죠. 직접? 그린 사람도겠는걸요?"

도서관을 막연히 도피처처럼 드나들 때 외국잡지에서 본 사진을 스마트폰에 옮겼다. 그려 넣으면 삭막한 시멘트 담벼락을 가릴 수 있을 것 같아서다. 가리기 위해서든 감추기 위해서든, 시작은 졸렬하다. 그려놓고 나니 흐뭇했다. 이 집의 전세기간이

지나면 시멘트로 다시 돌려줘야 할지도 모른다. 사는 동안……
벽화의 유효기간. 하지만 영원할 듯하다.

이 벽화가 내게 준 선물. 그린 이후로 도서관 왕래를 줄였다. 집에 머무는 시간이 늘었다. 도서관에서 빌려온 책도 대여기간을 연장하며 꽉 채워 2주일 동안 읽었다. 천천히. 서두를 이유가 없어졌다. 전 같으면 도서관에서 하루 만에 다 해치우듯 읽었을 책들. 집에선 읽은 책들을 하나하나 스케치북에 그렸다. 표지와 안쪽을 펼쳐서, 책 한 권에 두 장씩. 세밀화다. 읽은 소회도 짧게 적었다. 이렇게 나는 변해갔다. 벽화를 그린 이후.

"회만의 집이 동네 명소가 됐겠는데요."

그냥 웃어 보인다. 만약 그렇게 되면 지울 것 같다. 사진사가 언제 그림을 배웠냐며 묻는다.

"이래 봬도 화가 될 뻔한 여자였거든요. 뻔한 여자. 그림의 수준이 화가까진 몰라도 미대생들보다야 나을걸요? 아부 칭찬이 아니에요. 내가 왜 아부 따위나 하면서 살아야겠어요. 한 번 사는 삶인데. 안 그래요?"

아주 잘 그렸단다. 느낌이 좋단다. 이녀의 벽화가 떠오른다. 비교가 되어서일까.

"창피합니다."

"자랑스러워요. 회만 님이 내 고용인이라는 것이요. 내 선생님이었단 사실도요."

선생님이셨~~~단. 늘어지게 또 한 번을 거듭한다.

"행복한데요. 그런 옛 선생님과 함께 일을 할 수 있어서요. 그랬구나. 그래서……."

현숙은 말끝의 여운으로 더 이야기를 남긴다. 병원 바깥벽에도 그려야겠단다.

"그때도 회만 님이 그려주셔야 해요? 꼭요, 당연히!"

이제 갈 시간이에요, 하며 돌아선다. 하룻밤 사이에 너무 많은 게 쏟아지고 있다며 하늘을 올려본다. 두 발을 모았다가 그 하늘로 몸을 치솟는다. 차에선 차창을 내리고 손을 내민다. 나는 목례로 답한다. 그 내민 손을 흔들면서 떠나지 않는다. 다가가고 싶다. 그 손, 잡고 싶다. 손을 들어 흔들 뿐이다. 손짓…….

"오늘처럼은 사는 맛이 나네요."

내가 그랬다. 이녀가 받는다.

"마시는 맛이 아니구요?"

시동 거는 소리가 들린다. 이녀가 떠난다. 허전한데 뿌듯하다. 차가 동네 길을 꺾을 때쯤 또 손을 흔든다. 함께 비상등도 깜빡인다.

수유리 회만집 벽화 저자 오동명 그림

두 달이 지나는 동안 아쉬람투는 두문불출이 없었다.

"자주 있는 일은 아니에요. 일 년에 두 번? 많으면 세 번?"

"그런데 병원은 왜?"

"그러게요. 이유가 있다면 두 번을 한 번으로, 세 번을 두 번으로?"

참으로 명랑한 여자다. 나이를 어디로 먹었을까. 속세 때가 덜 묻은 여자다. 이런 여자이기에 아픔이 클지 모른다. 상처받기 쉽거나 경계…… 그렇다, 벽을 더 쌓게 된다. 그녀가 찍은 사진은 꽃들이다. 이정민이 원했다.

"꽃을 보고 있으면 나도 꽃이 되거든요."

자신을 어느 꽃으로 여기냐고 물었을 때 의외로 패랭이꽃이라 했다. 카라나 장미나 모란이라고 할 줄 알았다. 어째서? 묻기 전에 이유를 따라 붙인다. 낮은 산을 자주 오른다. 주로 집 뒷산이다. 잡초처럼 흐드러져 묻혀 있던 꽃을 본다. 스마트폰으로 찍어 야생화앱으로 꽃이름을 확인한다. 이름 없는 꽃은 없다.

"예쁘잖아요. 모양새대로 바람개비 같은 이름을 가진 패랭이꽃."

찍었느냐고 하자 찾으려니 안 보인다고, 그래서 씨앗을 사서 화분에 심었단다.

"산에서 본 그 분위기가 없어요."

찍지 못했다. 내년 봄에는 패랭이 씨앗을 산책길에 뿌릴 거고, 그 꽃을 찍을 거라고 했다.

"진짜 야생화를요."

그녀가 가자고 해서 병원 앞 그 커피점으로 간다. 이제야 카페 이름이 귀에 들어온다.

"여기 이름 아시죠?"

"커피만 마시러 와서요."

"선생님은 사람을 만날 때 이름을 묻지도 않고…… 참."

멈추고는, 좀 후에, 하는데 내 안에서 불쑥 김 박사, 김현숙은 나이가? 마흔쯤? 내 마흔 때는 이혼할 무렵이었다.

"또 딴생각. 느그시봄."

"예?"

"느긋이 좀 보시라고요."

이 카페이름이란다. 괜찮다, 이름. 그런데 봄을 느긋이 보란 건가, 바라보길 느긋이 하란 건가. 이 꽉 막힌 공간에서? 내다볼 창이라도 크면 좋겠다. 그러니 더? 컬러 사진들이 검정색 도화지를 바탕으로 한 장씩 붙은 스크랩을 내려놓는다. 가지런하다. 흠이 없다. 카메라가 없다고 해서 스마트폰으로 충분하다고 했다. 꽃 사진으로 손색없이 잘 찍었다. 꽃만 보지 않고 배경에도 신경을 썼다. 꽃이 더 돋보인다. 그녀를 쳐다본다.

"왜요? 형편없죠?"

고개를 좌우로 흔들어 보인다.

"형편 있는데요?"

그런 농담도 할 줄 아냐며 칭찬처럼 말하다가 끝에 아재개그, 한다. 그 말이 더 썰렁하다.

"많은 꽃들을 보셨어요. 이 꽃들은 다 동산에서 찍은 건가요?"

처음 못 알아듣는 눈치다.

"동산이요? 아, 예. 우리 동네 뒷산 불암산요. 동산이었구나."

남산이 되고 싶었지만 못 된 금강산. 속초의 울산바위와 같은 전설을 품은 산. 큰 바위를 옮기려던 이사 가던 산. 꿈을 전설로 품고 있는 산이다.

"꽃을 보면 다 좋아요. 무조건요."

"예, 꽃은 정말 평등해요. 어느 것이 더 예쁜 게 없어요. 다 제 멋을 지니고 있지요."

그 많은 꽃들 중에 하나만 골라 찍게 하고 싶은 마음을 접는다. 하나에서 다양한 모습을 찾아내게 하고 싶었다. 그녀가 찍은 꽃사진은 하나하나 꽤 잘 찍었지만, 넘겨보면 볼수록 같은 사진들을 보고 있는 느낌이 들었다. 통일성으로 개성이 배제될 수도 있다. 좀 더 기다려보자. 사진을 가르치고자 하는 만남이 아니잖은가.

"선생님, 구파발에 함께 가주실 시간 있으세요? 그곳에 화원이 많거든요. 그러기 전에 참······."

어제 길에서 헤어지고 산후조리원에 있는 후배가 좋아하는 커피를 사러 느그시봄에 들렀는데, 김 박사와 내가 함께 있는 걸 보고 들어가지 못했단다.

"데이트 방해하고 싶지 않았어요. 근데 분위기는 아니더라. 카페에 와서도 환자들 얘기하고 있었나요?"

내가 잘 못 봤나봐, 하며 구파발행을 재촉한다. 여기서 한 번에 가는 버스가 있다. 함께 가는 길에 그녀가 좋아한다는 패랭이꽃을 떠올린다. 전설을 더듬는다. 아쉬람투. 이정민은 알고 있을까? 콧대 높은 여자의 한을 품고 있는 패랭이. 버스에서 목을 치켜들어 그녀를 본다. 바동거리며 팔을 쭉 뻗어 손잡이를 잡고 있는 나에 비해 꺾여 있는 그녀의 팔목이 여유롭다. 그녀가 알아채고 무릎을 구부려 키를 맞춘다. 이 배려, 고맙다고 해야 하나.

"패랭이에 대해 아세요?"

어색함에 묻지 않아도 될 말을 한다.

"서양이름은 카네이션이라는 것만 알아요. 고 정도?"

그렇다. 저비스란 미국여인이 병든 고아들을 돌보다 전염돼 죽었다. 그 딸이 마당에 핀 꽃을 엄마의 무덤에 바쳤다. 매년 그녀의 추도식 때마다 참석자들은 그녀의 딸이 한 것처럼 이 꽃을 무덤에 바쳤다. 이를 기념해서 어머니날이 미국에서 제정되었다. 버스 안에서 키 큰 여자와 주절거리고 있기엔 적절치 못할 것 같아 입을 다문다. 아쉬람투도 왜요? 더 묻지도 않았다. 씨앗 몇 가지만 사서 돌아온다. 패랭이는 없다.

"이런 씨앗들은 열처린가 해서 야생에선 살기 힘들다던데, 선생님 맞아요?"

알지 못하니 웃어만 보인다.

"그래도 동산에 심어볼 거예요. 내 동산, 불암산에."

고개를 갸웃하며 이런다.

"꼭 같이 보러 가요. 내가 찍을 때 있어 주실 거지요? 사진 현장실습?"

병원에 가는 게 아니라 사진학원에 가는 것 같단다. 헤어지려는데 이거요, 하면서 내민다.

"은방울꽃이랍니다. 행운이 돌아온다는 꽃말을 가지고 있어요. 그래서요. 그래서 선생님 꺼예요, 이 꽃은요."

 일기일회

'보고서'라고 써놓고서 한참 망설인다. 형식이 내용을 지배한다고 하듯, '보고'라는 단어가 무엇을 써야 할지 더 막막하게 만든다. 하지만 결국 내용이 형식의 지배를 받고 만다.

보고서

구회만

한나연 씨에 대해 보고합니다.

두 달 사이 예상을 뛰어넘는 변화가 한나연 씨에게 일어났습니다. 이에 대해, 결론부터 말씀드리면 사진치유의 효과라고 할 수 없습니다.

그 이유는, 우선 내가 처음 만났을 때 이미 이분은 자신의 언행에 대한 부정적인, 적어도 마땅치 않음을 스스로 여겨왔다고 사료됩니다. 이분이 병원에 두고 간 〈The God Delusion〉은 나를 만나기 훨씬 전인, 어쩌면 병원에 오기 전부터 읽어왔던 게 확인됩니다.

표지를 넘기면 날짜가 적혀 있는데 지금으로부터 1년쯤 전입니다. 이분의 글씨체와 같은 것으로 보아 그때 구입한 것이 확실해 보입니다. 이 책 뒷부분에서 구입 영수증이 발견됐습니다. 1년 전과 일치합니다. 언제 읽었느냐의 여부는 별로 중요한 문제가 안 된다고 보는 바, 이 책을 산 이유가 헤아려지기 때문입니다.

이때쯤부터 한나연 씨는 어려서부터 믿고 있던 신에 대해 회의를 느끼고 있지 않았을까, 이런 회의가 자신의 언행에 대해서도 자가진단해 보았을 것으로 추측해 봅니다. 그 이후, 행동이 전과는 달라졌을 것이고 이를 염려했거나 수상히 여긴 가족들(남편인 목사 포함)과 불화가 있었을 것입니다.

이 책의 앞부분엔 다음과 같은 인용문구가 들어있고 여기에 밑줄을 여러 번 그은 흔적이 있습니다.

'개인이 망상에 빠지면 정신이상이라고 한다. 다수가 망상을 한다면 이것을 종교라고 부른다.' (로버트 퍼시그*)

김 박사께서도 한나연 씨의 정신적 치료는 그 본인의 의사가 아닌 남편의 주도에 의해 이뤄졌다고 하셨습니다. 이런 정황을 미루어볼 때, 한나연 씨는 병원에서 오히려 더 정상적으로 보이려 했을 것입니다. 여기서 한나연 씨의 정상적인 행동이란 과거 30년 넘게 해왔던 그대로를 의미하는 것으로, 이 점이 남편에게 전해지길 기대했을 것으로 추정하는 바 이는 오히려 김 박사나 내겐 더 의외의 행동으로 보일 수밖에 없었습니다.

이런 시점에 김 박사께서 한나연 씨를 상담하는 자리에 우연히 내가 있게 되었고, 그때 내가 주제넘게 사진을 배워보라고 건방을 떨었습니다. 이 점, 김 박사께 이 자리를 빌려 사과드립니다. 진심으로 죄송합니다. 한나연 씨를 보면서 내가 사진을 처음 시작하게 된 동기를 떠올렸기 때문입니다. 한나연 씨와 경우는 정반대로 다르지만 현실적응하는 데 있어 자기부정이란 점에서는 유사하다고 봅니다.

그 시기도 매우 차이가 납니다. 나와 한나연 씨는 비슷한 시기에 대학을 다녔습니다. 나는 현실부정을 택한 반면 이분은 현실적응을 택한 것입니다. 그런데 공통점이란 극단적인 데에 있습니다. 둘 다 적당히 타협하거나 부정하면서도 동화했다면 변화의 동기는 적었을 겁니다. 한나연 씨보다는 내가 좀 더 빠른 시기에 극복을 모색했고, 타협이나 동화가 아닌 전혀 다른 변신으로 그것은 가능했습니다.

부정의 심화라고 할까. 부정의 수용이랄까. 받아들인 겁니다. 받아들이면서 극복해 갔습니다. 한참 뒤 한나연 씨도 극복일지 탈피일지 모르나 역시 타협이나 동화와는 다른 전환을 꾀하려 했던 것 같습니다. 두 사람의 공통점은 끊임없는 자각이 아니었을까. 자각하는 자, 발전이 아닌 변화의 기회가 옵니다. 그 기회를 찾고자 했을 때 혼자인 나와는 달리 이분은 자신 외의 거대 집단과도 상대를 하지 않으면 안 되었을 겁니다. 이 지점에서 거대집단에 의해 치료라는 방식으로 정신과병원에 본인 의사나 의지와는 무관하게 끌려가지 않으면 안 되었을 것입니다.

나의 경험에 비추어 한나연 씨를 대하면서 그 매개는 카메라였지만 그분을 바꾸게 한 것은 솔직함이었습니다. 카메라를 통해 더 솔직해질 수 있었습니다. 카메라는 대상을 사실 그대로 복제하는 기계이지만 인간의 조작에 의하는 것이니 조작에 따라 사실은 왜곡되기 십상입니다. 카메라를 이용했지만 솔직함으로 다가가 밖으로 드러내놓을 수 있길 기대했습니다. 그것은 자신을 솔직하게 들여다보는 것이었습니다.

마침 이분의 집 화장실엔 대형 거울이 있었고 이것은 남편의 이미지 메이킹용 수단이었습니다. 이 거울로 남편의 이중적인 양면성을 다 보아온 한나연 씨는 그 거울이 평소 혐오스러웠을 것입니다. 그래서 치우자고 했지만 무시됐습니다. 참으로 우연인데 이 거울을 한나연 씨가 들여다보게 된 것입니다. 처음엔 사진촬영이었지만 촬영을 통해, 그 결과물인 사진들을 다시 보면서 자신의 진면목이 보였을 것입니다. 늘 자각해왔기 때문입니다.

이런 중에 그 전에 읽다 만, 감추고서 읽었을 그 책을 병원에 놔두게 되었고 안전한 곳에서 편하게 다시 정독할 기회를 갖게 되었겠지요. 김 박사께서 내게 그 책의 밑줄 친 부분들을 읽어보게 한 적이 있습니다. 한나연 씨가 빨간 줄을 여러 번 그은 대목을 끝으로 여기에 옮기면서 보고서를 마무리하고자 합니다.

'기독교 아이 같은 것은 있을 수 없다. 오로지 기독교계 아이만이 있을 뿐이다.'

한나연 씨는 자신에게 아는 말로 받아들였을 겁니다. 기독교계 어른으로도. 이런 종류의 보고서를 써본 적이 없고 처음이라 적절할지 제 자신 의문하지만, 느낀 점을 그대로 담아내고자 했습니다.

정신과병원 사진사 구회만

덧붙여, 이런 기회를 주시어 진심으로 감사드립니다. 한나연 씨나 다른 분들을 통해 내 자신을 다시 들여다보고 또 바꿔갈 수 있는 기회를 김 박사, 김현숙 님께서 내게 주셨습니다. 일본엔 이런 말이 있습니다. 일기일회(一期一會). 소중한 한 번의 만남. 누굴 만나더라도 이 마음을 잊거나 잃지 않았습니다. 그러자니 힘든 일이 많았지만 환자나 김 박사나 이번과 같은 만남이 전의 모든 아픔을 다 씻어줍니다. 감사합니다, 진심으로.

김 박사는 치료 중이라 간호사한테 밀봉한 보고서를 남겨놓고 병원을 나온다. 가슴이 떨린다. 두근거리며 심장이 뛰고 빨라진다.

뜨거워진다. 사무적인 보고서일 뿐인데, 여러 번 안정을 찾으려 하지만 진정이 되지 않는다. 결국 병원을 나오자마자 눈물을 흘리고 만다.

'한나연 씨는 지금?'

애써 나를 외면해보지만 내가 힘들었던 때가 머리 밖으로 자꾸 튕겨나온다.

'눈물도 많죠?'

김 박사, 김현숙이 그랬다.

눈물이 많은 게 아니라 견뎌내야 할 시간이 많았던 겁니다, 차마 대답하지 못했다. 슬픔? 그것만은 아니다. 고마움이다. 고마움은 기쁨일진대 기뻐서도 울 수 있다. 벅차고 북받쳐 오르는 감정을 주체 못 하니 눈물이라도 쏟아내줘야 한다. 그렇지 않으면 터질 것 같다. 눈물로 빠져나간 빈 공간을 채워주는 게 꼭 있다. 맞다. 충만이다. 충만감이다. 다 했다는 것. 내 힘껏, 할 만큼은 다 했다는 것. 타협하면서 포기하려 하지 않는 것은 기만하지 않는 것에서 시작한다. 타협하면 당장은 편하고 수월하다. 그러나 곧 기만, 자기기만임을 깨닫는다. 자신이 더 무력해지고 만다.

적당히, 나는 이게 싫었다. 아주. 이것이 나를 괴롭혔지만 자기기만보다는 나았다. 자기기만보다는 견딜 수 있었고 그래서 도서관의 책이나 벽화 등으로도 이겨낼 수 있었다. 나는 이 것을 승화라고 해본다. 나를 지키려는 것일진대, 너 잘났어, 는 남들이 내게 하는 얘기가 아니다. 나 자신에게도 수없이 해대 는 말이다. 견뎌내야 하는 건 버텨야 하고 저항도 해야 한다. 혼자로 만들기 쉽다. 내 마음의 원칙을 세우면 이조차도 즐거 울 수가 있다. 일기일회는 남과의 만남, 관계에 대한 조언이지 만 자신에겐 충언이자 신념이 돼준다.

써내라 해서 써낸 보고서 몇 페이지일 뿐이건만 '이런 기회를 주시어 진심으로 감사드립니다.' 이 평이하고 극히 형식적이며 상투적으로 읽힐 문장이 내겐 그냥 예사롭지 않다.

이런 기회…… 보고서엔 써넣지 못할 많은 아픔으로 헤매던 나의 시간들이 담겨서다. 나만이 간직하고 품고 있는 시간들은 아픔일지라도 소중하지 않은 게 하나도 없다.

병원을 나온 발걸음은 느그시봄으로 나를 이끈다. 평소 이 런 커피점을 일부러라도 피하는 나인데. 아포카토를 시키려다 가 피식 웃는다. 따뜻하게 아메리카노를 주문한다. 자리에 앉 으니 느그시봄의 입구 쪽이 보인다. 느긋이 바라보며 쓴 아메리 카노를 마신다. 달기도 하네. 쓴맛도 달다. 한나연 씨의 그 책을 펼쳐 읽는다. 줄친 부분들이 또 내 눈을 이끈다. 칸트★가 쓴 글이 있다.

'네 의지의 원칙이 보편적 법칙이 되도록 행동하라.'

도킨스가 덧붙이길, '이기주의, 곧 남들의 호감이나 호의에 기꺼이 의지하는 기생적 생활은 외롭지만 이기적이기도 한 내게도 적당히 개인적인 만족을 그것이 줄 수도 있다.'며 반어적 수용으로 이런 이기주의를 경계한다.

로버트 힌데의 말을 도킨스도 인용한다.

'도덕규칙이 반드시 이성을 통해야만 실현되는 것은 아니지만 이성을 통해 그것은 옹호받아야 마땅하다.'

한나연의 밑줄은 공감이었으리라.

전화를 넣을까 하다가 만날 하루 뒤를 기다려본다. 리필하려고 커피잔을 들고 종업원 앞에 서 있는데 누군가 어깨를 톡톡 친다.

"여기 있을 줄 내가 알았지."

김현숙이다.

"감사하댔죠? 내 꺼두."

받아든 내 커피를 본다.

"어, 아메…… 나랑 같은 거? 그거 쓴데. 단맛 길들여진 분에겐 엄청."

자리에 돌아가 앉자마자 내가 먼저 입을 연다.

"보고서는……."

김 박사가 고개를 가로젓는다.

"보고서 얘긴 글로 다 읽었답니다. 또 말로 들어야겠어요?"

이 얘기만 한다면서, 보고서가 보고서 같질 않고 감상문이라나, 극히 개인적인.

"보고서 써내라고 했지 감상문 써내라 했나요?"

실망하지 않았다. 더 고맙다. 다음 보고서가 더 기대된다. 끝, 하며 얇고 큰 책을 펼친다.

"이 그림 그려주세요."

24포인트쯤 되는 큰 활자로 인쇄된 '포유류의 세계' 아래 왼쪽 면엔 발가벗은 갓난아기가, 오른쪽엔 침팬지의 사진이다. 서로 팔을 뻗어 손을 내밀고 있다. 아기는 왼손, 침팬지는 오른손이니 흔한 악수자세와는 다르다. 아기는 발가벗었지만 침팬지는 털을 입었다. 둘 다 벗은 모습이다. 첫 문구를 훑는다.

'인간은 1000만 종에 이르는 전 세계의 동물 가운데 하나이다.'

현숙이 다 읽을 때까지 책을 들고 있다. 침팬지 머리 위의 글.

'포유류에서의 우리 인간의 위치를 생각해보길 바란다.'

"당연히 그려줄 수 있죠?"

병원 담벼락에 그릴 거다. 환자들이나 가족이 병원에 들어오기 전에 이 그림을 보고 한 번 더 생각한 뒤 들어오든 돌아서든 하면 좋겠다. 의사인 내가 갓난아이가 될 수 있고 침팬지도 될 수 있다. 환자도 그럴 수 있다. 나도 드나들며 이 그림을 보면서 마음을 다지고 싶다. 내가 의사만은 아니라는 사실을 깨우치고 병원에 들고 싶다. 그들을 환자로만 보지 말라고 내게 말을 건네 온 사진이다.

"초등학생들이 보는 그림백과전서에서 이 사진을 보고 마음이 찡했어요. 온몸에 전류 같은 전율이 흘렀어요. 다른 사람도 그럴까요? 그러면 좋겠어요. 선생님의 보고서, 감상문에 대한 나의 대답입니다요. 그려주세요, 이거요."

그때 알프스를 하룻밤 사이에 다녀와서 몸살을 앓았다고 한다.

"솔직해도 되지요? 솔직에 책임을 질 만큼 나이 먹었잖아요. 우리 나이가요."

앓은 이유를 꺼낸다. 이 사람이 누구시길래 사십 년 살아온 내가 하지 못했고 앞으로도 못할 행동을 하게 하는가. 짐작만 하던 김현숙의 나이를 듣는다. 마흔일곱. 내가 예상한 나이보다 많이 많다.

내가 의사로서 그에게 일을 부탁했다. 그래서 그가 나를 따를 수밖에 없었고 나도 그래서 할 수 있었던 것일까? 이 말을 하면서 현숙이 고개를 돌린다.

"적어도 나는 그러지 못해요. 선생님. 아니 구회만 님은 그랬는지 모르겠지만요."

현숙이 내 대답을 기다리는 듯 나를 쳐다본다. 그 눈이 나를 지긋이 본다. 그윽하다. 향만이 아니구나, 끄덕인다. 이녀의 눈이 흐려진다. 내 눈 때문이다. 아릿하다. 보고서를 쓰던 때 같은, 비운 뒤 채운 충만감이 두 눈을 채운다.

"화장실."

피한다. 돌아와 앉으니 내 탁자 쪽에 흑백사진이 한 장 놓여 있었다. 흑백이지만 바로 알 수 있다. 피카소*의 〈우는 여자〉를 찍어 직접 인화한 듯하다.

"내가 환자라고 했잖아요. 가둬두고 산 기간이 나무나 많았네요. 열려면 가둔 만큼 또 길겠지요."

데칼코마니의 법칙, 말하면서 밝게 웃는다.

"맛있는 거 먹으러 가요, 우리."

과제 내고 나면 허기지지 않았느냐, 내 배를 채워주고 싶단다. 묵은지 김치찌개를 먹었다.

"집에서 풀어봐요."

돌돌 말린 화선지. 풀어보니 흘겨 썼지만 호기 넘치는 한문체 붓글씨다. 새긴 이름이 김현숙이다. 쓴 글씨.

'酒逢知己千杯少, 話不投機半句多

(주봉지기천배소, 화불투기반구다)'

짧은 한문실력으로 풀어본다.

마음 맞는 지기와 술을 마시면 천 잔의 술도 모자라고, 말이 통하지 않는 이와는 반 마디도 너무 많다.

흑인병사의 사진

오지 않는다. 한 시간째 기다린다. 전화도 받질 않는다. 한나연 씨가 좋아한다던 봉원사에서 만나기로 했다. 대학 때 학교 뒷문 쪽길 건넛집들을 지나 언덕 위에 있던 절이다. 그때 목사는 선교 사였고 그를 만나던 때였다. 목사와도 그 절을 여러 번 함께 갔었다. 기독교에만 천착하지 않는, 생각이 매우 트여 있던 에큐메니칼(ecumenical)★ 종교인이었다.

"난 목사로만 남고 싶지 않다."

종교인이길 원했던 선교사였다. 그에게서 그 책《The God Delusion》을 알았다. 그가 읽던 신학교의 교재였다.

'지금은요?'

바뀌었을 게 뻔한데 묻는다? 이미 우문이다. 변신이다, 변절이다, 라는 말도 부질없다. 한 사람에게 목적만이 같을 뿐이다.

필요에 의해 발을 잠깐 담가뒀을 뿐이다. 이런 자에게 변질이니 변절이니 하는 말은 도리어 칭찬에 속한다. 과거엔 그래도…… 과거라도 한때가 있었지 않은가. 아니다. 목적만 있었을 뿐이다. 어떻게 바뀔 수 있단 말인가. 점점 배웠을 텐데, 지식이 숙성되었을 텐데 어찌 방향을 틀 수가 있겠는가. 그것도 정반대로. 배워갈수록, 알아갈수록 심화되어야 하는 것이 맞다. 정신은 더욱 공고해져서 고착되어야 마땅하다. 행동이 달라졌다면 정신을 배반한 행동이 아니라 정신에 철저히 기생한 짓에 불과하다.

한자리에 앉아 세 시간을 기다린다. 오지 않을 줄 알면서 기다리는 것은 미련이다. 우직일 테고 우둔일 것이다. 사념이 붙는다. 인간은 늘 새로운 것을 욕구한다며 이를 쿨리지효과(Coolidge effect)라고 이름까지 붙였다.

캘빈 쿨리지*라는 미국의 대통령이 아내와 양계장을 방문했다. 농부는 수탉 한 마리가 하루에도 십여 차례씩 짝짓기를 한다고 대통령 부부에게 얘기했다. 이에 대통령 부인이 큰소리로,

"우리 대통령께서도 들으셨을까?"

하자 대통령 쿨리지가 농부에게 물었다. 물론 부인이 들을 수 있도록 크게.

"항상 같은 암탉하고만 하루에 십수 번 한다고요?"

농부가 세차게 고개를 흔들었다.

"매번 다 다른 암탉하고 하지요."

대통령이 이 말을 또 한 번 큰소리로 외친다.

"할 때마다 다른 암탉이랑요?"

새로운 것에 대한 욕구가 사랑의 감정을 상승시킨다는데 어찌 사랑만일까. 새로운 욕구인지 다른 욕구인지 구별하긴 힘들지만 달라지기 마련인데 동물뿐만이 아니라 인간도 같다.

목사와 그 부인의 쿨리지효과는 무엇일까. 한나연 씨는 끝내 오지 않는다. 봉원사 마당으로 긴 조영의 대웅전 기와가 물결처럼 깔린다. 바람에도 그림자가 일렁인다. 산속 절이 마치 용궁이 된다. 보는 것으로도, 보는 마음으로도 바뀌는 것이다. 핸드폰으로 찍어 한나연의 폰으로 보낸다. 절을 내려온다. 한 시간도 채 안 됐는데 문자가 울린다. 한나연이다.

'누구십니까?'

확인하는 순간 메시지가 지워진다. 삭제된 메시지. 다른 사람이 봤다. 한나연은 제 핸드폰도 제 것이 아니다. 직감이 불길하다. 집에 돌아와 김현숙이 그려달라고 내게 넘겨준, 아이와 침팬지가 손을 잡으려는 사진을 한 시간도 넘게 보고 있다. 그녀는 지금?

이튿날, 김 박사로부터 전화가 왔다. 병원으로 찾아온 교회

사람이 고발 운운하고 돌아갔다. 불법의료행위. 목사가 보냈다.

'어떻게 하죠?' 하기는커녕, 김 박사는 전혀 동요하지 않는 목소리로 잠깐 웃더니 한나연을 걱정한다.

"만나기로 했었지요? 만나셨어요?"

"아픈 건 한 여자에게 한 번이면 되는 겁니다."

대답으로 왜 이런 말이 튀어나오고 말았을까. 또 나의 마음벽 쌓기가 도진 건가.

"예? 한나연 씨가 선생님께 그런 여자였어요?"

만나야겠어요, 어디세요? 묻자마자 전화를 끊는다. 삼십여 분 뒤에 집 초인종이 울린다.

"여자가 이러면 안 되는 거 알아요. 아주 잘. 그런데 나 지금 여자가 아니에요. 날 여자로 보고 있지 않으시겠지만 난 여자가 아니라 인간입니다, 사람. 지금 예의 없게 굴어서 일단 죄송합니다."

한나연과 무슨 일이 있었느냐고 묻는다. 고발은 확실히 할 것 같으니 분명히 해둘 필요가 있단다.

"두 분은 나이가 비슷하잖아요."

측은지심, 내가 한나연을 대하는 마음을 읽고 있었단다.

"유치하기 그지없지만 그녀는 예쁘게 생겼잖아요. 나는 어리고……."

도덕심, 내게 도덕심을 묻는다. 한나연에 대해서가 아니다.

"당신은 그렇게 형편없는 사람인가요? 사람이 아니라 나이 따위로 가늠하는 그런 분인가요?"

알아야 한다며 또 묻는다. 무슨 일이 두 분 사이에 있었냐. 나에게 이런 질투심이 있는 줄 몰랐다. 나보다 나은 여자를 난 몰랐고 알 필요도 없었다. 그 이유로 난 남자를 알려고도 하지 않았다.

"당신이 나를 질투심이 나게 하다니, 대단하시네요."

당신이 쓴 보고서에 제 자신을 돌아보게 한 여자가 한나연이었느냐고, 그분이 그렇게 특별했느냐고, 그녀의 거울은 당신에게도 그녀를 보게 한 거울이었느냐고 따져 묻는 현숙을 나는 안고 만다. 이녀가 내 가슴을 밀쳐낸다.

"나, 여자가 아니라고 했는데요."

내가 다시 이녀를 안는다. 현숙이 이젠 가만히 내 가슴 안에 있다. 숨이 가쁘다. 숨결이 뜨겁다. 이녀의 품속에서 입을 연다.

"무슨 일이 있었겠어요. 아픈 건 한 여자에게서 한 번이면 되는 것을요."

현숙이 나를 밀며 반듯이 쳐다본다. 이녀의 그 두 눈을 보고 내가 말한다.

"무슨 일이 있어야 하는데요. 내가 당신을…… 보고서 그대로

니다. 그런데 내가?"

"보고서를 다시 써야 할 것 같습니다. 감상문은 버리고요."

나는 이녀, 현숙을 보고 있는 것만으로도 미안하다. 왠지 그랬다. 이녀를 문화센터에서 처음 보았을 때, 혼자 강의실 뒤 모퉁이에 앉아 메모에 열중하며 고개 숙여 강의를 듣던 수강생. 종종 수업에 빠졌고 그래서 잊혔고 그러던 수강생이 내게 불현듯 물었다.

"선생님, 사진은 사실대로 찍어내잖아요. 그런데 그건 우리 눈에 보이는 것만 그런가요? 가시광선 외에도 다른 세상이 있다는데……. 인간이 못 보는 걸 다른 동물은 보고 인간이 듣지 못하는 걸 다른 동물은 듣는다는데, 카메라로는 그 다른 동물이 불가능한가요? 가능하다면?"

올빼미 눈이 떠오르고 고양이 눈도 떠올랐다. 박쥐의 귀와 고래의 귀도 떠오르게 한 질문. 나는 그런 동물의 능력 대신 인간의 마음을 찍을 수 있냐는 질문으로 들었다.

"심상사진(心象寫眞)이란 게 있습니다. 화가가 그림에 숨긴 이면을 담으려 하듯이 사진에도 그런 장르가 있는데, 그걸 뭉뚱그려 심상사진이라고 합니다. 하지만 이건 어디까지나 찍는 촬영자의 주관적 상상일 것입니다."

그때 사진 한 장을 보여주었다. 리얼리즘에 해당될 사진이다.

흑인병사가 군인답지 않은 어색한 표정을 지으며 사진의 중앙에 서 있다. 전신이다. 그의 오른쪽엔 군인지프가 반쯤 걸려 있다. 뒤로 건물이 보인다. 여느 기념사진과 다를 바 없다.

"무엇이 보입니까?"

수강생 모두에게 물었다.

보이는 대로 대답했다. 김현숙은 달랐다.

"괴로움이 보입니다, 내 눈엔."

현학적 장난으로 들렸다. 강의하다 보면 종종 이런 수강생이 있다. 드문드문 성의 없이 수업에 나오던 학생이었고 그런 선입감 때문에 더욱 그렇게 들렸다.

"어디서 그런 게 보였습니까?"

나는 물으면서 대답도 듣지 않고 군인이라서요? 하니 이녀가 대답했다.

"예. 아니, 아니요. 군인이 아니라 흑인이라서요."

자신이 흑인이었다면 모멸감을 느낄 사진이라고 했다. 뒤에 시멘트 벽들이며 사람이 살 것 같지 않은 낡은 건물 앞에 흑인을 세워놓고 찍은 백인 사진가의 의도적이고 악의적인 연출사진일 거라고 이녀가 사진을 설명했다.

"사진가, 백인 아닙니까?"

맞다. 프리드, 레오나드 프리드*는 백인 사진가다. 맞다 하니 다른 수강생들이 우와, 한다. 누군가가 역시 정신과 의사답다는 말도 했다. 그때야 이녀가 의사라는 걸 알았다. 이름을 물으니 김 박사라고 부릅니다, 한다. 수강생들 속에서 헉, 헛, 허 하는 소리가 들려왔고 치, 칫, 참 하는 소리도 들려왔다. 나도 그 중 하나로 반응했을 테지. 선생이 아니라면.

"남이 부르는 이름이 아니라…… 좋아요, 됐습니다."

심기가 더 뒤틀렸다. 이 사진집의 제목은 〈BLACK〉이며 부제로 〈in white America〉라고 알려줬다. 다들 김 박사라는 여자 쪽을 쳐다보았다. 알아맞췄다는 부러운 표정들이었다.

"나도 여러분처럼 이 사진을 보고 똑같은 느낌을 가졌습니다. 폐허에서의 군인기념사진쯤으로 말입니다."

이때 김 박사가 앉아서 끼어들었다.

"나는 그 여러분 속의 그 여럿은 아닌데요."

수강생들이 또 웅성거렸다.

"예, 그 안목이 대단하십니다. 김 박사, 아니 김 박사님."

정중했지만 분명 비아냥이 섞였다. 내 마음이 그랬으니까. 이어갔다.

"사진 옆의 캡션."

캡션이란 사진에 붙은 사진설명이라고 부연설명을 하며 그 캡션을 영어로 읽었다.

'We, he and I, two Americans, we meet silently and part silently. Between us, impregnable and as deadly as the wall behind him, is another wall …… I am white and he is black.'

"김 박사님께 번역 좀 부탁드려도 되겠지요? 박사님이시니."

진심보다는 빈정거린 구석이 없지 않았다. 박사님이시니, 이 말은 하지 말아야 했다. 나의 경계심은 인내의 결핍으로 나타나기도 한다. 대개는 지레 침묵했지만 때론 참지 못하고 뱉어내기도 했다. 니가 똑똑하면 얼마나? 그때 그랬다. 수강생 김 박사는 머뭇거리지 않았다.

"박사님, 박사님이 아니어도 다들 알 만한 초급영어 같습니다."

박사님을 두 번씩이나 위아래 입술을 눌러 발음한 이녀는 끝내 자리에서 일어났고 교실을 나갔다. 뭐 저런 게 다 있어, 누군가 선생의 편을 들어줬지만 나는 얼굴만 화끈거린 게 아니었다. 침착으로 가장하고 나는 그 강의를 마쳤다. 대개 영어로는 알지 못했기 때문에 한글로 풀어 번역하고 흑인병사 뒤의 시멘트 블록은 베를린장벽으로, 그 장벽이 허물어질 때쯤 촬영한 사진이라고. 그 벽은 흑인과 백인 사이에 놓인 인종의 벽으로 사진가

프리드는 암시했던 것이라고. 그래서 기념사진같이 보이지만 현장사진이며 이런 유(類)의 사진을 심상사진이라고도 한다고.

그 뒤 김 박사는 강의에 한 번도 나오지 않았고 3개월 과정의 강의는 그렇게 끝났다. 빈자리, 이녀가 앉아 있던 빈자리는 내 눈엔 언제나 채워져 있었다. 이녀는 듣지 못한 그 사진의 배경설명을 언젠가는…… 이녀에게 나 혼자서 사과했었다. 마음의 짐을 덜고 싶어 이녀를 만나고 싶었다. 한나연 씨를 만났어요? 물었을 때 왜 그때 그 일을 떠올려야만 했을까. 부담이 된 짐은 속에 뒀다가 불쑥 튀어나오기 마련인가 보다. 털어내야 한다는 부담, 떨쳐내지 않으면 안 되는 짐.

'아픈 건 한 여자에게 한 번이면 되는 겁니다.'

"마지막 수업이었지요? 김 박사한테는."

"예? 마지막이라니요?"

"그날, 사진수업 말입니다."

아, 하며 김 박사? 김 박사님? 그 사건? 되뇌었다.

"김현숙이에요. 김현숙. 현숙이라구요. 김 박사도 김 박사님도 아니라구요."

'그때 말이죠……' 더 얘기하려는 내 입술에 이녀가 집게 손가락을 세워 막는다.

"그래서 암실을 부탁드린 거예요. 나도 무척 미안했어요. 하지만 암실만이었는데 일이 이렇게 꼬이다니……."

예약환자가 있다며 서두른다. 배웅하며 차가 막 골목을 돌아 사라질 즈음 문자 알림 소리가 울린다. 사진이다. 그 프리드의 사진. 베를린장벽 앞 흑인병사의 사진. 당신과 나 사이에는 백과 흑이라는 벽이 있다는 캡션이 달린 그 사진이다. 나를 두 번 바꾸게 한 사진. 한 번은 도피로만 여겨 찍는 데에만 재미를 붙이던 사진에서 책을 읽도록, 그것도 사회학 서적을 읽도록 이끌어줬고, 두 번은 김현숙에게 마음의 빚을 지며 내 안에 아직 남은 경계심을 헐게 해준…… 사진이다. 두 번 다 내 안의 벽을 깨고 새로워질 기회를 준 사진이다. 문자가 이내 들어온다.

'허물어야 통하잖아요. 구회만 님이 그날 무엇을 그 사진으로 말하려는지 나의 무례로 직접 듣진 못했지만 사진을 찾아내 들을 수 있었답니다. 강의실 밖 무언의 강의, 아주 좋았어요.'

한나연 씨에 대해선 곧 만나 상의하자는 문자도 더 보내왔다.

암실작업을 하느라 화장실에 쪼그려 앉아 현상타임을 손목시계로 재고 있는데 문자가 들어온다. 밤 12시가 넘은 시간.

'인생이란 다른 계획을 세우느라 바쁠 때 당신에게 일어나는 일이다.−존 레논*의 노랫말을 김현숙이 훔쳐오다.'

We, he and I, two Americ..
We meet...... Between u...
him, is another wall,.....
...... dividing us, whereve..
we meet.
I am White and
he is Black.
leonard freed

레오나드 프리드의 〈Black – In White America〉에 수록된 사진을 저자가 그림으로 재현

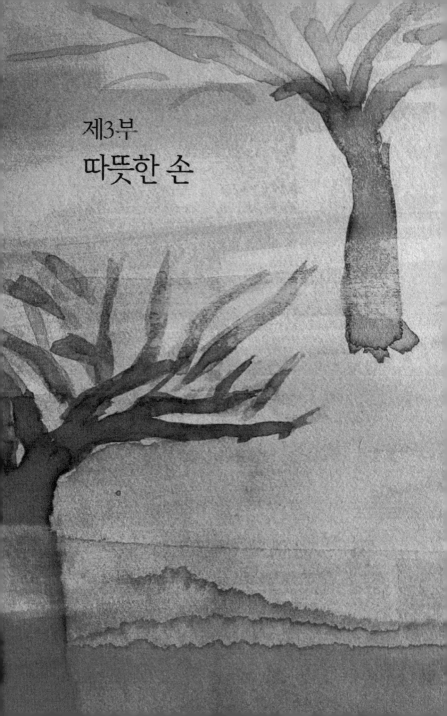

제3부
따뜻한 손

원숭이, 달 잡기

두문불출

고소장

아이와 침팬지

가족 모작

환희의 울먹임

덤덤끈끈 담담깐깐

피리 부는 소년

불법의료행위

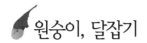

원숭이, 달잡기

　재수 여학생을 5분도 채 만나지 못하고 일어나야 했다. 그 학생이 먼저 일어났다.

　"왜 내가 이런 정신병원에 와야 하고, 왜 또 사진사를 만나야 하지요?"

　역시 뒤에 쪽팔려, 라는 말을 흘리며. 이 말을 그대로 김 박사에게 전한다. 부모의 요청이고 상담이지 치료는 아니라고 한다.

　"치료를 할 수도 없어요."

　"나에 대해, 그러니까 사진치유에 대해서도 부모에게 말씀드리고 허락 받으셨지요?"

　한나연 씨 건으로 고발하겠다는 말이 무척 거슬렸다. 나야 뭐 별 문제가 있겠나, 김 박사가 난처해질 일을 만들어서는 안 된다.

　"물론이죠. 서류로 만들어놓고 해야 해요. 세상이 믿을 수도 없게 변했지만 선의마저도 왜곡해서 악의로 만들어내는 세상이 돼버렸으니까요. 의술보다 법을 먼저 배워야 하는 세상입니다. 법이 똑바르면야 아무 문제가 없지요. 정말 이현령비현령…… 법이 아니라 법을 운영하는 자들의 그 고무줄 잣대 말이에요."

시간이 지나야 하고 성취하든 좌절을 더 겪어봐야 치료든 뭐든 되지 않겠느냐며 재수여학생에 대해선 나의 역부족을 털어놓는다. 하지만 설레설레 고개를 젓는다.

"그 학생은 놀이로 풀어야 해요. 놀이는 학습의 적이 아니라 파트너란 글을 읽은 적이 있는데 그 학생, 아무렴 우리나라 공부 방구 깨나 뀐다는 애들 다 이게 한없이 부족해요. 예술이나 체능? 이런 놀이마저 학원에서 배워 점수를 올린다니 참. 아는데, 시간을 빼앗는 일로만 알겠지요."

포기해야 할 것 같다고 김 박사에게도 권한다. 나의 경우도 그러했다며 좌절 후 자연스럽게 깨우치는 것도 큰 공부라고, 그런 기회가 막연해 보이지만 어찌해볼 도리가 없지 않느냐고.

"학생의 부모도 같은 심정이겠지요. 어찌해볼 수 없지만 더 깊어지기 전에 손을 써보고 싶은 부모의 마음……."

그런데 더 악화시키고 있다. 자식과의 관계가 더 멀어지고 있다. 어릴 적 수재·천재란 소릴 듣지 않고 살았더라면 이런 일이 없을 텐데, 어머니는 한숨을 지으며 울더란다. 흐느껴 우는데 그 소리가 탄식이더란다. 손을 떨며 어떻게 좀 해주세요 하는데 손을 벌벌 떨더란다.

"두려워요, 우리 애가."

부모가 한 말을 김 박사의 목소리로 내게도 부탁한다. 어떻게든 해주세요. 가엾잖아요, 그애도, 그 부모도요. 한 번 더 만나보기로 한다.

"또? 참!"

남의 귀중한 시간을 빼앗지 말란다. 내가 왜? 또 같은 말이다. 우리 편히 얘기 좀 하자, 나도 그런 경우…… 내 경험도 있고 하니 말이 더 잘 통할 줄 알았다.

"강사세요? 것도 족집게요?"

눈을 보고 얘기하지 않는다. 계속 스마트폰을 들여다보는데 의도적인 게 보인다. 무관심의 상대무시다. 나도 저때 저랬나? 그랬던 것 같기도 하다. 모든 게 다 싫었으니까.

"이것 좀 볼래?"

준비한 그림을 학생 앞에 밀어놓는다. 창밖을 내다보고 있는 괴테*의 뒷모습을 그린 그림이다. 흘끗 보더니 다시 스마트폰으로 눈길을 옮긴다. 볼 수 없는 자신의 모습, 나는 어떨까?

사진수업 때 짝을 짓게 해서 서로 뒷모습을 찍게 했다. 그리고 자신의 뒷모습을 스스로 찍어보게 했다. 거울을 통해서든 쇼윈도를 통해서든, 때로는 그림자를 찍기도 했다.

"내 모습이라고?"

뒷모습에 대한 반응은 물에 비친 자신의 모습이 처음 볼 때와 비슷했다. 아니지만 자기다. 그래서 원숭이 달 잡기란 말은 사람에게는 더 흔하다. 모르면서가 아니라 알면서 빠지고 만다. 나르시스의 함정. 자신에, 자기에 빠져보게 하는 것이다. 나르시스에의 함몰. 일상 보는 것의 또 다른 일상의 것으로. 신기해하면서 실망도 하고 그러더니 뒤태에도 신경 쓰게 된다.

대개 겉으로 드러난 꾸밈이요 멋이지만. 타인의식이 지나치면 자신을 소극적이고 피동적이게 만들 수 있다. 하지만 부정적인 면만 있는 게 아니다. 사진을 통해 가볍게 보게 된 자신의 뒤태로 타인의식, 즉 타인의 시각으로도 보게 된다. 이 타인의식은 남이 나를 어떻게 볼 것인가로 출발하지만 결국 자기가 자신을 보게 촉발한다. 단지 멋만이 아니다. 처음엔 그랬지만 시선은 자세로 옮겨간다. 구부정하다든가, 자신감이 없어 보인다든가, 괜찮은데…… 어깨를 펴고 걸어야지, 허리를 세워야겠어, 하고 교정해준다. 이게 어디 자세만이겠는가. 행동을 바꾸게 한다.

하지만 이 어린 여학생에겐 더 해줄 말이 없다. 욕구로 꽉 닫혔다. 또 먼저 일어날 것 같아 서둘러 뒷모습의 그림 밑에 몇 자 적는다.

'뒷모습이라 해도 마주하지 않고는 볼 수 없단다. 나도 남도. 과거 돌아보기도 이와 같아서 나를 마주볼 때 내가 더 잘 보이지 않겠니?'

즉흥적으로 쓰면서 알아들을 수 있을까 자문했지만 이렇게라도 최선은 다하고 싶었다.

"선물이야."

내미는데 아쉬람2, 이정민이 인사를 한다.

"선생님 딸이세요? 예쁘게 생겼다. 선생님답지 않게."

쳇, 하며 학생은 그림을 놔두고 일어난다. 이정민 씨가 집어 건넨다.

"선물이라고 한 것 같은데⋯⋯."

채가듯 들고 또 인사도 없이 사라진다.

"여기 먼저 와 있었어요. 선생님이 들어오시는 것도 봤구요. 매우 심각하시대요. 그 학생도 환자? 나 같은?"

"환자는 아니지요. 이정민 씨가 왜 환자입니까? 저 학생도 그래요. 욕심을 어찌 병이라 말할 수 있겠어요. 반대로 욕심이 없는 게 병이라면 모를까. 다만 지나치니 주변에서 더 안달이지요. 주변에서 걱정이 더 많은 거지요."

"그래요, 선생님. 욕망은 미래에 대한 집착이고 미련은 과거에 대한 집착이란 말도 있잖아요. 젊은이들이여, 욕망을 가져라. 누가 한 말인데요. 어른이 한 말이잖아요."

"미련이 꼭 미련한 것만은 아니지요. 아름다운 추억도 있어요."

내가 왜 이리 민감한 걸까.

"추억요?"

커피를 가져와 방금 앉았던 학생 자리로 옮겨 앉는다. 오늘은 우연히 만났으니 우연답게 특강을 해달란다. 가봐야 한다. 집에 가봐야 딱히 할 일은 없지만…… 한 시간쯤 괜찮겠냐고 하니 실망이라면서 좋아한다.

"저녁까지 먹고 싶었는데."

곧 올 봄이 걱정이다. 봄에는 빠짐없이 꼭 두문불출병을 앓는다. 집에 처박혀 꼼짝을 않는다. 꽤 오래됐다.

"화창해서, 눈이 부셔서."

자가진단까지 내릴 줄 알면서도 벗어날 줄을 모른다.

"꽃을 좋아하는 분이 그 봄을 놓친단 말입니까?"

"그러게요. 그러니 병이겠지요. 무조건, 무조건이요."

봄에 사랑을 심하게 앓은 적도 없다. 소중한 사람을 잃은 적도 없다.

"이유불문, 하늘이 너무나 투명해서지요."

"화원에 가시거든 알뿌리를 사두세요. 수선화, 다알리아 같은 것들. 화분용은 안 됩니다. 노지 땅에 자라는 열처리 안 된 알뿌리로 준비해두세요."

그녀가 좋아하는 꽃으로 봄나들이하게 하고 싶다. 자기 의지대로 안 되더라도. 자기 의지 밖의 것을 준비해주자. 다음에 만나면 심으러 그 동산 불암산에 같이 가자 하고 헤어진다. 수유리 큰 길가 동네 꽃집에 들르니 튤립과 히야신스 등 알뿌리가 있다. 노지용 튤립 열 뿌리를 사서 마당에 심는다. 이정민 씨가 나에게도 봄을 준비하게 한다. 무조건이라는 아쉬람2의 은둔에 대비한다.

두문불출

기분이 묘하다. 숙제를 하려고 책상맡에 있는 학생이 된다.

중간 보고서

이정민 님에 대한 보고, 나는 보고란 대신 소감이라 하겠습니다. 그리고 내게 환자란 말도 적절치 않습니다. 대신할 말을 찾아보니 내담자란 단어가 있었습니다. 자발적으로 찾아와서 상담받는 사람, 이 또한 고개를 젓게 합니다. 이정민 님 외에 한나연 님, 그리고 재수여학생(이름도 모르네요), 이분들을 보며 친구라는 생각이 저절로 들었습니다. 이러니 치유한다는 내 입장도 잊을 수 있었고 나부터 내 속의 것을 내놓을 수 있었답니다. 또 내 감정이 깊게 밴 감상문이 돼버리고 마네요.

이정민 님은, 이정민 님의 말을 그대로 옮겨봅니다.

1. 나의 두문불출이 늘어지고 있다. 병원에 나온 것, 잘 했다고 생각한다.

2. 내가 왜 여길 와야 하지? 멀쩡할 때, 참으로 정신 말똥할 때 찾은 병원은 그날이 언제 올 지 모른다는 두려움에 이를 막아보자 해서였고, 병원 출입 5개월째가 되지만 두려운 그날은 아직……

3. 환자로 대해주지 않고 마치 나를 언니처럼 맞아주시는 김 박사님이지만, 병원 앞에선 주변을 두리번거리며 보는 사람이 없는 것을 확인하고 나서야 안으로 들어갔다. 그러니 언니같이 맞아주는 의사선생님이라도 그녀는 의사이고 나는 환자가 되었다. 병원이란 공간이 그랬다.

4. 이런 중에 사진사를 만났고, 그를 만난 곳은 처음 만났을 때 외엔 다 병원 밖이었다. 이것이 내게 부담을 덜어줬고 그래서 마음이 편했다.

5. 사진사는 나를 헤아리려 들지 않았다. 소년 같다고나 할까. '서로'라는 말이 적절한 것 같은데, 서로 나눌 수 있는 끼리로 나를 나도 알아차리지 못하게 이끌어줬다.

6. 저절로 절로절로 내 마음이 열렸다. 이러다 결국 봄과 함께 찾아올 거라던 일체의 바깥 출입금지병이 도지고 말았다. 사진사와의 약속도 어겨야 했다. 사진사는 두어 번 전화하곤 내가 받지 않자 문자를 보내왔다.

'2개월 전에 심은 알뿌리 보러 가기. 새싹이 올라왔다면 사진 찍어 내게 보내주면 감사.' 문자는 이렇게 간단했다. 하지만 문자를 받고난 뒤에도 난 전혀 밖으로 나갈 생각을 못하고 있었다. 오후 해질 무렵의 어느 날, 10여 일 씻지 않은 몸으로 집을 나섰다. 그리고 심어둔 그 알뿌리를 찾아갔다. 그 사이 새싹이 아니라 꽃도 피어 있었다. 샤프란과 수선화꽃. 사진을 찍었지만 보내지 못하고 집으로 돌아와 문을 열려는데 검은 비닐봉투가 문손잡이에 걸려 있었다. 사진 한 장이 들어 있었다. 튤립 한 송이. 사진 아래, 메모가 있었다.

'우리집 마당에 지난겨울 심어둔 튤립이 올라왔습니다.'

안부도 묻지 않은 이 짤막한…… 얄미웠지만…… 난 마당에서 집 담벽에 기대고 문자를 넣었다.

'고마워요. 선생님.'

하지만 찍은 문자를 이내 지우고, 불암산에서 방금 전 찍은 샤프란과 수선화, 두 장의 사진을 보냈다. 그리고 언제 볼까요, 내일? 이라고 덧붙였다.

7. 내가 보낸 대답문자입니다.

'담은 보셨나요? 다 지워드렸습니다. 드나들 때마다 보게 되면 과거에 더 묻힐 것 같아서요. 과거, 그따위 것 다 지우고 없는 겁니다. 나는 두문불출을 오래전부터? 이런 생각도요. 상의 않고 벽화 지워 미안합니다. 다시 그려달라면 그대로 그려 놓겠습니다.'

8. 겨울에 나의 봄을 준비해주셔서 감사합니다······ 만나서 이 말부터 이정민 님이 내게 했습니다. 자랑이나 하는 것으로 받아들일 것 같지 않아 그대로 옮깁니다. 만나서 지난 일들은 묻지 않았습니다. 아직 나도 모르겠습니다. 하지만 어떤 확신이 내 가슴에 채워집니다. 이정민 님은 이제 스스로 자신이 어쩔 수 없다는 그 두문불출을 극복해 나아갈 수 있다는 것을. 그래도 아직 모르기에, 그래서 이 보고서는 중간보고서이며 중간 소감문입니다.

병원사진사 구회만

*** 내가 병원사진사인 것이 뿌듯합니다.

역시 간호사에게 보고서를 놓고 왔다. 한참 후에야 문자가 온다.

'선생님은 사람을 참 질리게 만드는 재주가 뛰어난 분입니다. 덤덤한데 끄끄끄하…… 뭐예요? 하지만 구회만 님, 구회만, 이런 네가 난 참 좋다, 그런 널 내가 잘 알거든. 그런 너!'

너?

"나, 나이 적지 않아요. 그리고 나이 따위가 뭔 대수랍니까? 정신적 연령은 구회만이 나, 김현숙보다 훨훨훨~~~ 훨씬 어린 것 같구만, 뭐."

그랬던가?

고소장

소식이 없던 한나연에게서 고소장으로 연락을 듣는다. 치료를 위해 갔던 병원에서 증상이 더 심해졌고 그 원인은 불법의료행위 때문이라는 주장이 소장에 적혔다. 당사자 한나연은 고소장에 없다. 그 남편과 소속을 밝힌 교회의 교인으로 보이는 장로 · 집사 · 권사들 여럿이 고발인, 고소인이다. 소장의 어느 내용보다 증상이 더 심해졌다는 데에 눈길이 쏠린다. 좀 더 믿고 기다리고 따라줬다면…… 이런 문제가 아니다.

"죄송해요. 나만이 아니라 선생님까지 고소했네요. 한국 최고의 권력집단이니 위법 여부와 무관하게 좀 걱정은 되지만 뭐, 나야 최악의 경우 깜빵 좀 다녀오고 나면 이 지긋지긋한 전문 자격증도 찢어버리고……."

김 박사가 결연한 말을 하면서도 해식, 웃느라 말을 잠깐

쉰다. 웃음이 오선 악보의 쉼표 같다.

"선생님 조수로 들어가지요 뭐. 그런데 나는 그렇다 해도 선생님은? 선생님이 더 걱정이네요. 순전히 나 때문에."

의사가 법을 얼마나 알겠느냐마는, 하지만 그것을 전혀 모르더라도 양식이나 상식으로 알 수 있고 판단할 수 있는데, 요즘 한 가족을 완전 쥐잡듯 들쑤시는 걸 보니 법이라는 가면극을 보는 듯하다며 덧붙인다.

"털어서 먼지 안 나는지를 확인해보는 주머니털이법이 대한민국 형법 몇 조지요? 대한민국 법이라는 게 청소대행해 주는 거라도 되는가요? 가면극이 아니라 광대극이네요."

전문가들이 하는 짓이다. 의사라는 전문직도 같다. 전문이나 전문직, 전문가라는 게 책임이지 권력이 될 수 없을 것인데 그것을 넘어 권위로 유세를 떨어댄다면 스스로 권위를 추락시킬 뿐이라는 걸 정작 모르는 자들이 전문가다. 내가 딴 자격증이지만 그것은 분명 남이 부여해준 것이다. 그것을 부여한 환자가 그래서 믿고 비싼 돈 줘가며 의사를 찾는 것이다. 권위는 남들이 세워주는 것인데, 자신이 이것을 앞세우려 든다면 권력이 되고 압력이 되고 결국 폭력이다. 꼴불견이 아닐 수 없다.

꼴불견을 자초한다? 법 역시 마찬가지 아니겠느냐. 그래야

193

하는 것 아니냐? 전문이란 단어에는 의무와 책임이 선행되어야 마땅함에도 그보다 권리, 이것을 뛰어넘는 권력으로 행세하려 든다면 이 자체로 전문가는 전문을 부여해준 인민으로부터 욕을 먹어야 하지 않느냐. 인민들에 의해 빼앗겨야 할 전문이며 전문 직함이다. 인민들은 이를 빼앗을 의무와 또 책임이 있다. 그런데?

"난 촛불을 한 번도 들어보진 못하고 거리로 나가지도 못했지만요."

이런 세상인 것을……. 정말이에요. 정말 감옥에 갈 준비가 돼 있다. 그 핑계로 참말이지 전문가란 거 다 내팽개쳐버리고 싶다. 이렇게 아무나 고소하고 고발하면 검사들이…… 그들 편에 서서…… 이게 국민의 검사라는 거냐며,

"근데 선생님이 나 때문에…… 나 때문에."

뭘 걱정하세요, 나도 감방 다녀오면 된다, 사진으로 전문가 행세를 했는지 모르지만 난 언제나 딜레탕트였다. 그게 좋았다. 내가 좋아서 한 것, 그래서 더 사진이 재미나고 흥미로웠다. 같이 전문가 따위 때려치웁시다, 라고 응하자,

"안 돼요. 난 선생님 사진조수를 해야다니깐요. 암실조수라도. 나 혼자 밤새 열심히 그 어둔 데서 두 손으로 얼마나 춤을 췄는 줄 아세요? 선생님 조수되려고요."라고 말한다.

장난 아니다. 또 덤덤하게만 듣지 말아라. 꼭 끈끈하게 들어주시라며 서류를 내민다.

"염려 없어요."

환자들로부터 자발적 참여를 받았고 그 참여는 치유에 관한 도움의 일환으로써 언제라도 역시 자발적으로 철회할 수 있는 건 환자의 자유의사에 달렸지 의사에게 있는 것은 아니다, 라고 적힌 문서다.

"더구나 별도의 치료비를 받지 않았습니다."

표창장이나 적어도 칭찬은 못 해줄망정 이게 뭐냐다.

"그럼?"

"예, 다 내 주머니에서 나간 거예요. 아직 플러스 알파는 내 주머니에서 빠져나갈 생각을 않고 있지만요. 감방 안 가요. 그런데 어느 가족에게 해대는 걸 보니 별 볼 일 없는 나도 준비는 해둬야겠더라고요. 무지를 넘은 무대뽀의 횡포·폭력에 대한 준비! 열한 시간, 병원을 수색할지도 모르지. 이 좁은 병원에서도 열한 시간? 그 가정집도 넓어 봐야 얼마나 넓겠어. 남의 집에 와서 짜장면? 그건 무슨 되먹지 못한? 이거 처벌받아야 하는 거 아냐? 남의 집에서……. 나도 대비! 하지만 난 가만 안 놔두겠어. 적어도 짜장면을 시키면 그걸 밖으로 다 내던져버릴 거야. 왜? 여긴 환자들이 주인인 곳이야. 환자들에게 의사가 짜장면 냄새를 맡게 할 순 없잖아. 병원이지 중국집은 아니니깐, 여긴. 꼭 난 해."

"준비된 정신과의사에 준비된 사진사군요. 우린 감방 갈 준비된……."

웃지만 대비는 해야 한다. 준비는 어수룩하게 포기하며 넘겨 버릴지언정 대비는 옹골지게 포획하듯 해야 한다는 김 박사가 깔깔깔 이녀답게 웃는다.

"까불대라고 해요. 까불까불. 까불고 있어. 까발려버리고 말 테니. 까발까발."

김현숙이 내게 오른손 주먹을 내밀며 엄지손가락을 치켜세운다.

아이와 침팬지

다 잊자. 그때 가서 걱정해도 하자며 오늘 일요일로 잡는다. 오늘은 벽화 그리는 날.

"그림 그리던 거 생각하고 있으면 감방도 견딜 만할 거예요."

내가 약간 톤을 높여 노! 한다. 그 집단권력은 무의식까지 지배하려 든다. 칼보다 악랄하고 총보다 악독하다. 칼과 총이 갖고 있지 않은 게 하나 더 있다. 졸렬함. 은연중에 걱정을 심는다. 이 역시 폭력이 아닐 수 없다.

"다 잊자 해놓고."

"아, 잊자는 걸 잊었네."

전날, 어제 남대문시장 도매 화방에서 아크릴물감을 사왔다. 색도 낫지만 덜 해로울 것으로, 현숙이 유성페인트 대신 아크릴물감으로 정했다. 이런 사람에게······.

쓰던 붓을 가져왔다.

"쓰던 건데? 그 붓들로 그렸구나. 그 집 벽."

물건에 혼이 들었나? 그걸 자기는 믿는단다. 첫 붓질도 하기
전에 점심은 탕수육에 짜장면 플러스 빼갈. 물론 병원 밖 마당에
서. 우린 그런 꼴값은 절대 떨 수가 없다며.

"플러스를 무진장 좋아하시네요."

"예, 무진장요. 내 고향이 진안이거든요. 엄마 고향이긴 하지만.
플러스보다 이젠 덤이라고 해야겠어요. 엄마가 덤을 무진장
진하게 좋아했거든요. 시골시장에서 장사를 했는데 덤으로……
덤아줌마가 내 엄마 별명이었어요. 덤, 그렇게 좋아하던 엄마가
나이 오십도 안 돼…… 에구, 그것도 덤이죠 뭐."

말끝에 꼭 ~뭐, 라고 한다 하니, 그것도 플러스 덤이란다.

"들어봐봐요. 덤이죠, 하고 덤이죠 뭐, 하고 느낌이 같아요
달라요? 이것도 마흔일곱 덤으로 진하게 산 엄마 꺼예요."

그러고 보니 내가 엄마 나이가 돼버렸네, 이러다가 오늘 내로
다 못 그리겠다며 서두르는데,

"난 뭘 해야 하죠?"

할 줄 아는 게 없다고 푸우, 입에서 바람을 뺀다. 아이가 그리기
힘들 테니 그건 내가 그려 보고 침팬지를 맡아보라 한다.

"검게만 칠하면 되지요? 그럼 조수 됐네, 나 오늘."

말하다 고개를 야멸차게 흔들어댄다.

"오늘의 덤. 말끝에 요, 않기요. 어때? 회만!"

나이 더 먹은 건 부모님한테 가서 따지란다. 나는 용기, 정말 용기를 내 그래, 대답한다.

"할 줄 아네, 뭐."

그리기 시작한다. 침팬지의 얼굴형태만 잡아달란다. 인간은 왜 진화를 이렇게 했을까? 털은 있는 게 나은 거 아닌가?

"몸에 털을 다 뽑아내놓고 옷을 어렵게 짜고 염색하고 바느질해서 입는 건 무슨 조화야? 진화 맞아? 안 그래, 회만? 내 말 틀려, 회만? 이 비효율성 동물이 만물의 영장이라고? 털에 관한 것만 보았다면 다윈은 진화설은 내놓지 못했을 거야. 다행이지, 그 멀리 남미의 외떨어진 적도의 섬 동물들만 봤으니……."

입을 쉬지 않는다.

"가려줄 건 다 가려주고. 얘네가 더 인간적이라니깐. 침팬지적인가. 인간이 더 동물적이지 맞지? 회만. 이래 놓고 옷으로 사람 평가하고, 또 보는 것으로 성희롱이 어쩌구 저쩌구…… 봐도 걸린다네 그 법…….”

“또다!”

“왜 이렇게 인간은 스스로 복잡해지도록 진화되었을까? 콤플렉스가 많은 동물, 아, 내가 말해 놓고도 멋진데 콤플렉스인간. 멋지지 않니? 회만.”

회만 회만…… 내 이름에 대한 열등감을 자극하려는 심보인가. 그런데도 듣기 좋다. 귀가 즐겁다. 함께 이렇게 일하는 것.

“알아, 회만? 그 콤플렉스가 지금의 인간일 수 있게 한 거.”

이 말을 하다가 말을 뚝 멈추고 몸을 돌려 부른다.

“현해, 이현해.”

그 여학생이다. 이름이 이현해구나. 나는 어색하게 목례를 해 보인다. 내 앞에서 두 번이나 먼저 일어난 꼬마.

“우리 곧 쫌만 있으면, 아니, 지금 짜장면에 탕수육 시켜 먹을 거거든. 현해도 같이 먹을래? 뭐, 같이 먹자 얘.”

애원 조로 애달프다. 쌀쌀맞게 대답도 없이 가버린다.

‘대꾸라도 하지, 계집애도 참.’

“말 좀 하지 그랬어. 짜장면 같이 먹자고.”

붓을 놓는다. 검게만 칠하지 않았다. 세세한 침팬지의 등털이 바람이라도 불면 한올 한올 날려갈 듯하다. 거친 시멘트벽에 아크릴물감으로 이렇게 섬세하게 그려낼 수 있다니…… 제법인데 뭐 할 줄 아는 게 없다고?

"현숙이는 미술 점수 좋았겠는데……."

허리를 곧추세우더니 두 팔을 차렷 자세로 해보이듯 반듯하게 선다.

"왜 이러세요. 나 이 나라 최고 미대는 졸업 못 했어도 입학은 했거들랑요. 회만, 미대에 발을 들여보기나 해봤어?"

아, 잊었구나. 몸 피할 데를 찾을 수 없어 고작 핸드폰을 누른다.

"짜장면 하나 하고요 탕수육 작은 거하고요, 빼갈도 작은 걸로요. 카드 계산입니다."

"왜 짜장면 하나에요? 아니, 왜 짜장면 하나니 회만."

참 귀엽다. 귀여운 모습을 보는 게 들통날까봐 화장실, 하며 집 안으로 피한다. 벽화의 안쪽 담벽에 기대어 웃는데 두 눈에 눈물이 괸다.

"벽이 따뜻하던데. 삼십육 점 오 도로."

따라 들어오다가 봤는가 보다. 이녀도 얼굴로는 나를 피했다.

집 안마당에 신문지를 펼쳐놓고 종이잔에 채워진 빼갈로 건배한다. 벽이 낮다. 마당이 높아서다. 서서 바깥을 내다보며 잔을 맞추다 말고 현숙과 나는 동시에 무릎을 꿇으며 낮은 벽 뒤에 몸을 숨긴다. 숨어서는 침묵이 더 짙다. 감춰서는 귀가 더 밝다. 발자국소리가 가까워진다. 멈춘다. 짜장면은 불고 있고 중국술의 진한 향은 다 허공으로 날린다. 몰래는 시간이 더 길다. 몰래는 긴장이 더 깊다. 다시 들려오는 발자국소리가 멀어지고 있다. 그래도 우리는 숨기, 감추기, 몰래…… 좀 더 기다리기로 한다.

"갔어요."

가까이 다가와 현숙이 내 귀에 바싹 대고 속삭인다. 가능한 한 천천히 먹었고 천천히 마셨다.

"분명하지?"

"응. 벽 앞에 있다가 갔어, 한참."

"우리 그림을 보고 있었던 거지?"

"응. 그런 거 같아."

속닥속닥. 먹은 대로, 마신 대로 신문지 위에 널려놓고 까치발하며 대문 밖으로 다가간다. 동네를 왼쪽 오른쪽 살피고서야 발을 밖으로 내민다. 벽화 앞에 선다. 서로 얼굴을 돌려 놀란 표정으로 바라본다.

"손?"

"안 그렸잖아, 우리가."

"그렸어?"

"아니."

"나도."

"돌아온 거야."

"짜장면 먹으려고?"

현숙이 고개를 살며시 젓는다. 나도 그렇게 젓는다.

"알 것 같아."

그 학생이 그 대학 그 학과에 집착하는 이유. 아니, 못하는 이유.

"나도."

"벽화는 여기서 멈추자."

"응. 나도 그 생각했어."

미완성의 그림 앞에서 우두커니 보고만 있던 현숙이 나에게 몸을 돌려 나를 안는다. 부들부들 떤다. 나는 두 팔로 감싸 이녀의 등을 도닥인다. 흐느낀다. 울먹인다. 끝내 운다.

"알겠어. 무언지 지금은 모르지만 알 것 같아."

안긴 몸으로 내가 끄덕인다. 몸을 풀면서 현숙이 벽 아래 아크릴물감과 붓을 여기 그대로 놔두자고 한다.

"응."

헤어져 집으로 오자마자 전화벨이 울린다.

"들어봐요, 이 노래."

음악이 배경으로 깔리고 남자의 목소리가 들려온다.

'……'

나는 여전히 이 불가능한 게임 같은 삶 속에 속해 있지만.

'……'

산다는 건 산다는 건

두려움을 치료하는 거야.

'……'

능력 있는 사람만이 성공한다고 믿지 마.

그런 어리석음이 너의 모든 것을 삼켜버릴지도 몰라.

산다는 건 산다는 건

네 자신을 이해하고

새로운 모습으로 보여주는 거야.

'……'

너보다 더 잘 해내는 사람은 없을 거야.

살아야지 살아야지

나와 약속했잖아

마음이 시키는 대로

삶에 미쳐보는 거야.

'…….'

네 안의 모든 떨림을 느껴봐.

'…….'

디제이로 보이는 남자의 목소리는 사라지고 다시 배경음악이던 그 노래가 또 한 번 들려온다. 앞엔 가사를 한국말로 번안한 것이리라 짐작하며 듣는다. 이탈리아 가수 제나토 제로가 부른 〈림포시빌레 비베레〉라고 다시 나타난 그 남자가 알려준다. 처음 듣는 노래며 가수다.

"당신 떠나고 바로 이현해에게 폰으로 이 노래를 보냈어요. 괜찮을까요? 더 악화? 내가 너무 성급했나요?"

KBS클래식 FM라디오에서 〈시가 된 노래〉들을 꼭 녹음해둔단다. 치료나 상담에 쓸모가 있을 것 같아서다. 이 노래는 가사가 절절하고 가수도 그런 삶을 살았다.

"그래서 이 노래가 바로 떠올랐어요. 현해가 아이와 침팬지의 손을 그려넣었잖아요. 맞잡으려는 두 손이 내 가슴을 시리게 했어요. 현해, 어리잖아요. 어린 그 아이의 마음."

반대로 행동하든가 감추든가 하고 있다. 현숙의 목소리가 떨려 들린다. 흥분이 느껴온다. 벽화 앞에서 내 품에서도 그랬다. 내일, 병원으로 가겠다며 현숙의 흥분을 가라앉힐 양으로 음악을 틀어 스마트폰에 갖다 댄다. 〈당신은 나의 소중한 사람〉 내가 현숙을 알고 난 뒤 자주 듣는 음악이다. 카페 '느그시봄'에서 현숙과 함께 들었던 그 노르웨이민요다.

'당신이 해내고 있어요.'

현숙이 전화를 끊으면서 한 말이지만, 내가 먼저 현숙에게 해줬어야 할 말이다.

"당신이 해내고 있어요."

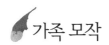 가족 모작

대학 언론정보학과의 봄학기 첫 강의를 마치고 병원으로 향한다. 그 사이 김 박사는 이현해 학생의 부모를 만났다.

"고대나 연대 의대도 괜찮잖아요. 거기도 나오면 다 의사할 수 있고, 큰 대학병원도 몇 개씩이나 갖고 있고 말입니다."

어머니의 말인데 이 말을 듣고 느끼시는 건? 현숙이 문자로 물었다. 대답을 보내기 전에 전공선택인 포토저널리즘 수강생들에게 이런 상황을 설명하고 의견을 들었다. 이현해 또래의 2학년 대학생들이다. 허~참, 복에 겨운 학생이고 부모네요, 대개 이런 반응이었다. 한 여학생이 자신의 예를 든다. 아버지가 신문사의 논설위원이다. 이름만 대면 다 아는 유력신문사에서 기자를 오래 했다. 겸임교수로 대학강의도 한다. 부모의 의사에 따라 언론정보학과에 들어왔다. 하지만 자기는 어려서부터 쳤던 피아노를 계속하고 싶어 실용음악과에 입학한 적이 있다. 부모는 학비를 끊었다.

"다 너를 위해서 이러는 거다. 대학만 졸업하면 아버지가……."

그 학생의 어머니다. 왜 힘든 길을 굳이 가려 하느냐며.

"이런 것 같은데요."

여학생은 더 말을 못하고 강의실을 빠져나갔다. 저도 좀 그래요, 한 남학생도 공감한다.

'만나서'

짤막하게 문자를 넣는다. 이내 또 문자가 진동한다.

'알아냈어요, 이따 그럼.'

오랜만에 병원 암실로 나를 안내한다. 분위기가 사뭇 달라졌다. 우선 벽화다. 보고 있자니,

"이 그림도 아실까?"

클림트의 〈키스〉를 닮았지만 전혀 다르다. 붓으로 그리지 않았다. 무엇인가로 찍어 그렸다. 점묘화처럼 작은 글씨들이 박혔다. 나무나 돌도장으로는 벽에 먹질 않을 것이다.

"고무로 글자를 새겼나요?"

"와~~~ 정말 모르는 게 없어. 학교 앞 문방구에서 산 지우개로 팠어요. 중학생 때 쓰던 조각도로요. 어때요?"

색으로 보아 지우개도장은 세 종류다. '사랑해요' 두 종에 '덤덤끈끈'이 하나 더. 남녀가 포옹하고 있는 자세는 〈키스〉와 유사하다. 남자 쪽은 파란색의 '사랑해요'를, 여자 쪽은 빨간색의 '사랑해요'를 찍었다. 배경은 '덤덤끈끈'으로 벽면의 흰 틈 없이 촘촘히 채웠다. 손바닥을 펼쳐 지우개도장을 보인다. 두 개다. 손가락 하나만큼 작고 긴 흔한 고무지우개다. '사랑해요'가 하나, 이것으로 색만 바꿔 찍은 듯하다.

"선택의 여지가 없었어요. 불변잉크라는 게 있더라고요."

빨강과 파랑, 그리고 검정색. 배경은 빨강과 파랑에 검정색을 함께 묻혀 찍은 듯 색이 섞였다.

"잉크가 불변이래요."

그런데 '덤덤끈끈'은 왜냐고, 그전에도 내게 한 말 같다 하니,

"분별력 있는 열정!"

짧게 끝을 맺고 손을 내밀어 의자로 이끈다. 나란한 의자에 앉으니 등 뒤 김현숙의 〈키스〉가 앞에 또 보인다. 등 뒤 벽의 그림과 비슷하지만 다르다. 가까이 가서 보려고 일어나려니 내 윗옷을 잡아 앉힌다.

"멀리서 봐요. 내가 들인 시간만큼 기다려서 봐줘요."

보고 있으라며 잔을 가져온다.

"밤카페라테."

프림 대신 밤을 갈아 넣었단다.

"더 고소할 거예요."

알아낸 이현해 학생에 대해서다. 서울의 예술중학교인 예원중학교를 가고 싶었다. 그림을 좋아했다. 7년 전쯤이다.

"얘가? 그림은 나중에 취미로 하면 되잖아? 전문의 다 따놓은 뒤에나. 왜 그 뛰어난 머리를 썩히려 드니?".

이 말을 들려주면서도 학생의 어머니는 김 박사도 동감할 것이라 믿었다.

"그렇잖아요? 의사선생님. 선생님처럼 의사가 돼야지. 얼마나 멋지세요. 더구나 여자가."

어머니는 표정도 말투도 확 바뀌었다.

"요즘 또 그 병이 재발한 것 같습니다. 미대병 말입니다. 선생님이 그러셨나요?"

한 아래 낮춰서 의대를 가면 되지, 말하는데 부모병이지 학생이 앓는 병이 아니란 걸 알았다. 그러나 어머니께 이런 말을 할 수도 없고 난감했다. 그것을 병으로 알고 있는 부모는 한 명도 없다. 사랑이라고 한다. 끔찍한 자식사랑.

"이게 사랑 맞아요?"

"사랑이 맞긴 하지요. 부모가 뭘 원해서 그런 것도 아니고 딸이 똑똑하니 더욱 욕심을 낼 만하지요. 이런 지극한 사랑에 갇힌, 이런 지독한 사랑에 묶인 딸을 많은 학생들은 부러워도 하겠지요. 그런데 당사자인 그 이현해 학생은 가엾네요."

단지 미대를 가고 싶다고만 했느냐고 내가 묻는다. 종이 한 장을 내게 보인다.

"어머니가 갖고 왔어요. 구회만의 작품?"

괴테의 뒷모습을 그린 그림, 학생이 마지못해 들고 간 그림이다.

"이게 왜요? 학생은 거들떠도 안 보고 내버려두고 가려 했었는데요."

"이 아래 글요. 회만의 작품이지 뭐. 이 글을 스무 살, 이 어린 애가 이해할 수 있을 거라고 썼어요? 지나치게 추상적이거든요."

쓰면서도 그런 생각을 했다. 그러나 어설픈 위로의 글이나 충고 따위의 글은 쓰고 싶지 않았다. 학생의 무례한 행동은 단순한 반감이나 비틀어진 성격장애에서 비롯된 것이 아니라, 또 다른 이유가 만약 있다면 어린 나이에라도 받아들일 수 있을 것, 이런 생각이었다.

"아, 그 순발력. 그 못되게 굴었을 이현해를 믿었던 거로군요. 학생을 만난 게 두 번? 몇 분이나 만났어요?"

두 번, 다 합쳐 10분?

"그런 거 있잖아요. 동병상련? 이때 적절한 말인지 모르겠으나 내가 앓아봤으니 가능한 거였겠지요. 이래 줬으면…… 이런 걸 많이 품은 때였거든요. 나한텐 없었어요. 아무도, 한 번도. 잠재된 무의식이…… 아마도 그런."

현숙이 딴 대답을 한다. 이녀의 의도된 방향전환.

"맛있죠? 이 밤카페라테. 구수하고 쓰면서도 달콤하기도 한, 무엇보다 내가 제조한 나만의."

이 말을 하며 자리에서 일어난다. 앞쪽 〈키스〉로 다가간다.

"보이죠? 이건 찍은 게 아니에요. 하나하나 물감 묻혀 썼어요. 사랑해요, 사랑해요, 무진장 쓰다 보니 사랑해지더라 이겁니다. 형식이 내용을 지배한다더니…… 내 마음이, 구회만 님, 보이세요?"

나같이 사랑의 감정에 콱 막힌 여자의 가슴을 어떻게 열고 있는가.

"대단하세요. 덤덤끈끈 님. 이런 가슴 삭막하고 차가운 여자를. 이제부터 덤끈 님이라고 부를까? 구회만, 회만? 왠지 조선시대, 그것도 마당쇠 같은 느낌이 물씬하게 풍긴단 말이지. 본인도 싫어한다니 뭐."

이현해 학생의 방을 보고 싶다고 했더니 학생 어머니가 고개를 저어댔다. 그 뒤 사진을 찍어 보냈다며 스마트폰을 눈앞에 들이민다.

"보이죠?"

보인다. 헨리 무어*의 〈가족〉을 그대로 본 뜬 조각상. 책상맡의 조각은 작다.

"학생이 만든 것 같은데 언제? 어머님도 알고 있던가요?"

초등학생 때라고, 아빠 옆에서 엄마가 안고 있는 딸.

"진흙이지만 우리 가족의 단란한 모습이라 놔두게 했어요. 엄마·아빠가 우리 딸을 얼마나 사랑하는지 공부하다가 보면……."

말썽 한 번 피우지 않고 칭찬만 받아온 딸. 대학입시로 이렇게 힘들게 할 줄은 몰랐다. 그 어머니가 울었다.

"서울대 의대가 아니라도 연대, 고대도 있잖아요. 의대만 가게 해주세요. 꼭 보답하겠습니다."

"여긴 병원이지 입시학원이 아닙니다. 그리고 딸의 입장에서 생각을 해보셨는지요?"

울던 어머니가 정색을 했다.

"그동안 상담료는요?"

"흐리멍텅하지 않아서 좋네요."

이건 내 말이다. 바로 운전기사를 시켜 한라봉을 보내왔다.

"상담료 대신?"

가난한 의사인지 이젠 알겠느냐며 그 한라봉은 다 드려야 하지만 반절만 샀단다.

"버스 타고 오셨죠? 한 박스는 무거울 것 같아서."

버스 안이다. 문자를 넣는다.

'무어의 가족 모작. 어머니의 생각과는 달리 이현해 학생이 버리지 못하고 있던 미련이네요.'

'OK. 이번 겨울이 춥질 않았나? 한라봉이 달지 않고 시큼하기만 해요. 그렇다고 버리진 마세요. 비타민 씨!'

사랑이 버거울 때가 있다. 감당하지 못하고 수용해야 할 때 더 힘들게 할 수도 있다. 사랑이다. 사랑은 힘이 아니고 작용이다. 짝사랑이나 외사랑으로 더 아름다울 수 있다. 폭력이 될 수도 있는 사랑.

'사랑은 완전한 고통이다. 무엇으로도 그 아픔을 견뎌낼 수 없다. 이 고통은 오랫동안 남는다. 가치 있는 고통의 사랑일 때만이 그렇다.'

에밀리 디킨슨*이 그랬던가. 가치 있는 고통의 사랑? 누구에게 가치나 의미가 있을까? 이현해 학생에 대한 부모님의 자식사랑은? 고통만 있는 아픔이 있다. 자식도 부모도. 목소리가 듣고 싶어 전화를 넣는다.

"문자만 하시더니 웬일로?"

김현숙의 목소리가 들떠 있다.

"소로★ 아시죠?"

뜬금없이 왜? 하면서,

"월든, 그 옛사람? 왜요? 그 옛사람의 추억을?"

"그가 이랬대요."

'사랑을 치유하기 위한 유일한 방법은 더없이 사랑하는 것이다.'

"그 옛사람, 사랑은 해봤대요? 못해 본 것 같던데."

현숙의 반응이 시큰둥하다.

"이 밤, 늦도록 그 학생 생각만 했군요?"

더없이 사랑한다는 게 뭘까요? 내게 묻는다.

"답을 못 찾겠어요. 분명히 답은 있는데. 학생은 답을 찾았어요. 문제는 그 부모인데…… 나는 손 뗐어요. 생각지도 않은 한라봉으로 끝! 더 부모자식 간의 관계를 악화시키고 싶지 않은 게 내 솔직한 심정이에요. 내 딸이 그런다면? 이런 생각도 해봤는데…… 생각일 뿐이지요. 딸은커녕 자식 하나 없는 주제에."

다시 소로 이야기로 전환한다. 대화의 전환에 빠져드는 재미가 쏠쏠하다. 한국에선 《월든》으로만 더 알려진, 사후 유명인. 에세이 작가인지 스님인지 두 번인가 그 월든 호수를 찾아갔다. 고작……
그 스님의 글이 유치하고 현학적인 건 바로 그거라고.

"소로 모방인이 많아요. 자연인이라는 것인데, 그거 다
쌩……. 에구, 그는 월든에서 기껏 이 년 살았나? 시골서 이 년
이 시간이겠요? 그는 자연인이 아니라 세속인이었어요. 정말
세속적인 사람이었어요. 나쁜 의미가 아니에요. 그 반대. 세상을
바로 바꿔보려 했지요."

노예해방운동, 인두세 납부거부, 이후 간디도 킹 목사에게도
지대한 영향을 줬던 그의 시민불복종을 현숙의 말에서 떠올리게
한다.

"다 아실 테니…… 그 옛 세속인의 사랑치유법은 이상이었을
테니까요. 어쩌면 세상 다수보다 한 사람에 대한 사랑이 더 힘들
수 있지 않겠어요?"

더없이 사랑하는 것, 더없이 사랑하는 것, 이 말을 두 번이나
내놓으며 탄식한다.

"학생 부모님에게 더없는 사랑이라고 하면 어떤 결과가 나올
지 확실해 보이네요. 선명해 보이지요? 그 사랑…… 그들은 더
없을지 모르지만 난 덧없어만 보이거든요."

나는 한참 듣고만 있다.

"선생님, 내가 또 앞서고 말았네요. 그 학생 일로 절망스러웠고 나의 한계? 무력감까지 들어서요. 이런데 내가 무슨 전문가, 이런 거."

하며 깔깔깔 웃는데 미친 듯이 웃어댄다.

"이럴 때 당신, 구회만이 곁에 있어 줘서, 고마워서 웃었어요. 미쳤다고 하지 마세요. 미치기 일보 직전이지 미친 건 아니니까요. 덤덤끈끈 님."

한참 만에야 내가 입을 뗀다.

"그 소로의 유일하다는 사랑치유법, 그거 내가 얘기하려던 참이었는데. 학생의 경우가 아니라."

잠깐 침묵한다.

"앞으론 덤덤 버리고 *끈끈만*……. 남에겐 덤덤, 나에겐 끈끈. 나는 그럴 만한 여자."

환희의 울먹임

보내온 한 장의 그림, 사진으로 찍었다.

'다녀올게요.'

서울중앙지검으로 가면서 보내온 문자다.

'최후의 만찬은 다 빈치 것만 있는 게 아니에요.'

필립 드 상파뉴★도 〈최후의 만찬〉을 그렸다.

'최후의 만찬 같은 거, 있었겠어요? 그림의 그 얼굴들 좀 보세요. 다 빈치나 상파뉴나 허여멀건한 지네들 화상이지. 예수도 열두 제자도 유대인, 중동인은 하나도 없어요.'

최후의 만찬? 검찰청으로 가는 마음…… 얼마나 아프면 이럴까. 또 얼마나 가소로우면 이럴까. 나도 일주일 후 검찰청으로 나오라는 출두명령을 받았다. 나는 현숙에게 미국 일리노이대학의 교수가 그린 예수의 초상을 복제해 그것으로 답글을 대신한다.

이천 년 당시의 유대인, 중동인의 얼굴로 고증한 그림이다.

'당신과 함께 할 수 있었어요.'

새벽 1시, 문자가 들어온 건 그 한참 후다.

'삼빙 길 준비 완료.'

아침 10시에 들어가 15시간 만이다.

'만나요, 우리.'

내가 문자를 보냈지만 '아니'라고 이내 답이 돌아온다. 이어 들어오는 문자.

'당신과 15시간 함께 했어요. 지금 역시. 지금 보면 나 울고 말 거야. 뭐, 이런 개 같은 경우가 있어.'

당신 앞에 추해질 수 없고 그딴 놈들로 우는 모습, 보이고 싶지 않단다.

'그딴 검사따위 앞에서 울 내가 아니고 그놈들을 하는 수 없이 봐야 할 땐 당신을 보고 있었거든요, 뭐. 웃는 당신.'

15시간 사람 붙들어 잡아놓고 기껏 물어본다는 게…….

"의사가 의료행위할 수 없는 사람을 고용했다, 했지요?"

뒤의 ~요는 들릴동말동, 했지? 반말로 들렸다. 수사관은 현숙보다 나이가 더 들었지만 검사는 30대 중후반?

"환자로부터 참여확인서를 다 받았고 환자 편에서 내담자 중심

치료, 법 전문가라 아실란가?"

현숙도 말끝을 흐렸단다.

'아마 ~란가용이라고 했을 것 같은데…… 왜 못해? 요. 그쵸?'

환자 편에선 치유가 목적이니 여느 예술치유처럼 사진을 활용
하려 했다. 욕이 목젖을 넘어왔지만 참았다. 이미 서면으로 제출
한 두 명의 참여확인서를 보고도 의사의 일방적인…… 어쩌구
저쩌구…….

'묻기는 왜 묻는지. 원하는 답이 나오지 않으면 끝까지…… 물고
늘어지는 도사견도 아니고. 한 놈은 그렇게 생겼더구만.'

연극하고 왔어요, 근데 무려 열다섯 시간을. 일인극인데 내가
주인공이 아니라 그들이 주인공인 양. 우리 같은 진문가들이라면
10분이면 묻고 답을 얻을 수 있는 것을 15시간…… 이건 저의를
깔고 있는 것이며, 악의가 분명하며 겁주는 것이며…… 공갈이
아닐 수 없었다. 협박이었다. 까불라고 했어요.

근데. 열다섯 시간을 갇혀 있으려니 겁이 덜컹 나긴 하더라고요.
바로 감방으로 보낼 것같이 설쳐대니. 나 혼자이고 그들은 여럿이
돌아가며, 수사관, 검사…… 검사란 자는 어쩌다 나와서는 왜? 이것
만 물어요. 수사관한테요. 죄가 있는 것같이 돼버리더라고요. 조폭
은 못 봤지만 영화에서 그러잖아요. 두목은 별말 없이 한 마디만.

그거 겁주자는 거, 공갈협박으로 보게 되지요. 관람자들은요.'

　15시간 후에 내보내면서, 새벽에 내보내면서 매우 후한 선처나 베푸는 양, 오늘은 그냥 보내주지만 다음엔 이러면 이익될 게 하나도 없습니다. 다음엔 협조해주실 것으로 알고 오늘은 일단 돌려보냅니다. 이게 겁주는 거지……. 나도 명색이 전문가다. 검사 아래 수사관이 이러기에, 검사는 나와 보지도 않느냐며, '다음에 또 부르시려고요? 열다섯 시간이면 취조할 것 다 한 것 아닌가? 더 할 말 없으니 오라 가라 하지 말고 그냥 판사, 재판관 앞에서 보자. 당신네들 바쁘면 남들도 바쁘단 걸 제발 좀 헤아려라. 헤아리진 못해도 생각은 해라. 이러면서 내가 그랬어요. 얼마나 화딱지가 나던지. 검사는 무진장 바쁜가비네. 사람 열다섯 시간 붙들어 놨으면 얼굴 코빼기라도 비치고 인사라도 해야잖아. 인사성도 모르는 것이 인사 때엔 별짓 다하겠지.'

　녹음한다면서 보여주며 녹음했단다. 그러기 전 민주주의 국가에서 자신을 보호할 의무는 본인 자신에게 있다 뭐, 이러면서……. 보아하니 검찰수법이던데, 딴말로 바꿔 언론에 풀기 전에…… 말 안 하는데 기자가 무슨 수로 듣냐며. 입이 열려야 들을 수 있는 거라고.

　여기가 어디라고, 수사관이 제지하려 들기에 국민을 위해 일하는 곳, 이라고 일침을 놔줬다.

'스마트폰 좋던데요. 스마트폰의 힘.'

'정말 그랬어요?'

걱정이 돼 문자로 물었다. 의심을 한 건 아니다. 이내 전화벨이 울린다.

"선생님, 아니 구회만. 당신 정말 구회만 투입되는? 그럼 좋아. 그럼답게 구원타자여야 하잖아! 나, 김현숙이거든요. 남도 타인도 아닌. 그리고 감방 갈 준비가 돼 있는 여자라고 했잖아요."

화낸 목소리에서 웃는 소리가 작게 들린다.

"뭐라도 엮어서 부를 테지요. 그러라고 해요. 고소 · 고발인의 하수인이 검사가요? 기자 해봤으니 알 거? 꼭 그렇게 보였어요. 검사가 왜 고소 · 고발인의 대행업소 직원처럼 구는지⋯⋯. 검찰이 대행소, 대행사라도 되나요? 털어 먼지 안 나오나⋯⋯ 청소대행을 하더니 이젠⋯⋯ 하수인에 똘마니. 어떻게 그럴 수 있는지, 겪어보니 알겠더라구요. 고소 · 고발이 남발되는 이 나라의 실체를 경험하고 왔답니다. 검찰체험담 이만 끝."

숨소리조차 들리지 않는 시간이 전화 사이로 흐른다.

"당신이 왜 지금 내 곁에 있는 거지요?"

잘 자요, 끊으려다가 더 할 말? 묻는다.

"더할 말? 음⋯⋯ 현숙, 사랑해요."

또 숨소리조차 전해오지 않는다. 한참 후 톡, 하는 소리가 들려온다. 잠이 올 리 없다. 뜬눈으로 밤을 샌다. 역경이 서로를 더 돈독케 한다는 저릿하고 찌릿한 가슴, 얼마 만인가. 한 번, 있기나 했나?

다음 날 이른 아침이다. 전화벨이 울린다. 현숙이다.

"어서 병원으로 오세요. 와서 직접 보셔야 해요. 바로 이런 거잖아요."

흐느낌이 잔뜩 섞였다.

"바로 이런 거잖아요. 바로 이런 거요. 우리가 바라는 거요. 우리가 바라는 세상요. 우리가 사는 이유잖아요."

검찰에 불려가 심한 모멸감을 겪고 치욕적인 죄인 취급을 받고 왔다고 노여워하던 이녀가 대체 무슨 일로. 병원문을 열 시간이 아니다. 우리가 바라는 것, 우리가 바라는 세상, 우리가 사는 이유라는 바로 이런 것, 김현숙의 바로 이런 것이 도대체 무엇일까? 버스를 기다리는 것도 체증일 것 같아 차를 몰고 달린다.

직접 와서 봐야 해요.

현숙은 울먹였고 분명 어세와 같은 분노나 소롱은 절대 아니었다. 환희의 울먹임이고 흐느낌이다.

병원, 그 담벽을 두 손으로 더듬고 있는 현숙이 보인다. 벽을 마치 안고 있는 듯하다. 달려가자 나를 확 끌어안는다. 또 몸을 떤다. 전율한다. 가슴이 들썩인다. 울고 만다. 나를 안은 채로 몸을 돌린다. 내 눈이 그 벽을 향할 수 있게…… 회전을 멈추며 엉엉 소리 내어 또 운다.

"어떻게 하면 좋아요. 우리가, 우리가 어떻게 하면 되나요? 무엇을 그 어린애에게 해줄 수 있나요? 너무너무 가여워요, 그 어린 것이 혼자……."

우리가 그려넣지 못한 눈, 아기의 눈과 침팬지의 눈. 눈만 그려놓은 게 아니다. 팔을 뻗어 잡고 있는 손처럼 두 눈은 서로 마주 보며 얘기하듯 그렸다. 눈길도 담았다. 미소까지. 두 눈길을 이으면서 학생은 무엇을 바라보고 있었을까.

"아픔이 느껴져요."

현숙이 엉킨 몸을 풀며 나를 보고 웃는다. 세수도 안 했는데, 흐느끼다 소리내 울던 이녀가 웃는다. 눈물은 두 눈에서 걷잡을

수 없이 흘러내리고 있다. 나는 손으로 눈물을 닦아주려 한다.

괜찮아요, 이대로…… 좋아요, 너무.

"살아 있잖아요. 저 그림도 우리도. 현해만 살리면 돼요, 현해

만요."

검찰에 가 있는 15시간 동안일 것이라고, 고문과도 같은 시간은 이 벽에선 전혀 다르게 흐르고 있었다고. 공권력이라는 이름 하에 폭력과 다름없는 위압감과 죄 없이도 불안해할 위기감에 막막했던 그 시간에, 공갈과 별반 다르지 않은 공포감에 갇혀 있을 시간에……

"그 어린애가 어떻게 알았을까요? 어떻게 그 시간에? 어제를 다 잊게 해주네요. 저 몇 점의 붓질이요."

손으로 가리킨다. 아직 미처 못 본…… 벽 아래춤에 날짜가 적혀 있었다. 어제다. 날짜 아래 한자도 적었다.

"무슨 말이에요?"

"김정희를?"

"김정희? 그 추사?"

是我亦我 非我亦我(시아역아 비아역아).

'나인 것도 나이고 나 아닌 것도 나이다.'

"아직은 너무 이르지 않나요?"

달관 같지만 어린 나이에라면 체념 같이도 들린다며 현숙이 또 울먹인다.

"어떻게든 해야 해요. 이대로 놔뒀다간……."

추사 선생이 긴 유배시절 쓴 게 아니냐고, 이런저런 일을 다

겪고 나서 할 수 있는 말이 아니냐고, 그러기 전엔…… 이건 아니잖냐고.

"스무 살이에요. 체념하게 할 수 없어요. 포기하게 할 수 없어요. 우리가 뭘 어떻게 해야지요?"

지나치던 아주머니가 돌아서서 다가온다.

"어제 여학생이 그리고 난 뒤 벽에 기대어 한참 앉아 있다 갔어요. 학생 얼굴에 근심이 얼마나 가득하던지 염려돼서 내가 지켜봤는데…… 그래도 씩씩하게 엉덩이 탁탁 털고 뛰어가던대요. 웃는 게 보였어요, 그 여학생 얼굴에서요."

병원으로 들어와 주전자에 물을 끓인다.

"됐어요, 이젠. 어린아이의 힘, 느껴지지요? 회만?"

배고프고 허기진단다.

"너무 힘을 뺐어요. 속을 너무 비워냈어요. 채워야 하지 않겠어요?"

잔치국수를 끓여달란다.

"잔치국수? 이 아침에?"

"싫어요? 사랑한다지 않았나? 내가 잘못 들은 거? 이왕이면 달걀 두 개를 풀어서 두 개!"

피하듯 돌아서 주방으로 가는데 걸음이 빠르다. 힘차다.

'씩씩하게 뛰어가던데요.'

이현해 학생이 그랬듯 김현숙이 씩씩하다. 어린아이의 힘, 믿고 싶고 믿어야 한다. 그건 순수의 힘이다. 국수를 말면서 아는 변호사가 있다고 선임하자 한다.

"오늘은, 오늘만은 그 지긋지긋한 얘기하고 싶지 않아요. 이렇게 좋은데. 이렇게 살맛 나는데."

덤덤끈끈 담담깐깐

변호사를 대동하면 그쪽에서 아무래도 좀 덜할 거라고, 심리적으로 위안은 좀 되지 않겠느냐고, 만약 법적으로 불리한 증언을 할 때는 이를 사전에 차단해줄 수 있으니…… 변호사를 선임하는 게 유리하다는 한 기자 후배의 말을 듣고 있으려니 법이 아니라 인맥 따위로 거래를 해야 한다고 들려 더 부아가 치밀어 오른다.

"왜 그런 일을 했어? 선배가 직장 그만두고 오래 쉬더니 궁했구만. 의사한테 사례는 받았지? 그렇다면 법적으로 문제가 될 수 있는 소지는 충분해. 그 의사보다 선배가 덤탱이 쓸 것 같은데, 선배도 잘 알잖아. 법조인과 의료인들은 한통속이라는 거. 가진 자들끼리의 식탁에선 서로가 좋고 좋은 게 먹거리니까. 상부상조, 무슨 장례대행사 같지만."

이래서 빠져나온 언론사인데 나도 검찰출두가 겁이 나긴 하는가 보다. 그나마 좀 낫다는 후배의 염려와 배려를 듣자니 술한잔하다가 기분만 더 망치고 만다. 집에 돌아와 누워 천장을 올려다보니 나보다 김현숙이 훨씬 당당하다. 웃는지 우는지, 천장의 현숙을 보다가 잠깐 잠이 들었나 보다.

"내일이지요? 건너 아는 사람 소개로 변호사를 선임해 놨어요. 나는 혼자 대비할 겁니다. 선생님은 애꿎게 나 때문에 이런수모와 고초를 당하셔야 하니 내 말대로 해주세요. 조금 후에 변호사가 연락할 겁니다. 내일 함께 가세요. 그 지옥에요. 회만, 회만, 미안해요."

죄수만 있는 감옥이 오히려 낫겠단 생각을 그곳에서 했단다. 취조한다는 것들이 하는 짓을 보면 죄수보다 못하면 못했지 더나을 게 하나도 없다며, "죄수가 죄수를 심판해?" 성을 내면서도활달하게 웃는다.

"짓이 맞죠? 동물행동을 사람의 그것과 구별해 짓이라잖아요. 그죠?"

비웃음일 테지, 같잖단 걸 테지. 괜찮다고, 나도 혼자 응대해줄 거라고 했지만,

"내 말대로 해주세요, 이것이 나를 생각해주고 위해주는 거예요⋯⋯."

간절히 부탁한다.

"잘, 아니 즐겁게 랄랄랄랄 다녀오세요. 열다섯 시간의 여행? 수행? 더 걸릴라나? 배울 점도 있어요. 절대 상대하지 말 것들을 보면서 앞으론 절대…… 이런 다짐도 갖게 해주더라고요. 하루도 안 되는 여행, 그 안에서 평생 일해야 하는 그 신세들을 불쌍히 여기시옵고, 가여이 여기시옵고. 불쌍히 가엾게. 가련하잖아요? 그것이 권력이랍시고 누리려 드는……. 너그러운 마음으로! 단 회만, 구회만이다. 구회로 끝내는 거다. 연장전 없기!"

병원은 이틀 쉬고 잠시 다녀올 데가 있다며 전화를 끊기 전 남긴다.

"당신은 덤덤끈끈남, 난 담담깐깐녀라우."

덤덤끈끈이 분별력 있는 열정이라 했던가. 담담깐깐은? 침착한 깍쟁이? 동요 없는 철저? 평온 속의 냉정? 넓되 깊음…… 김현숙을 다 닮았단 생각을 한다.

10시 30분 전에 서초동 서울중앙지검 서문에서 변호사를 만났다. 대충 사정은 들었으며, 말은 자기를 통해서만 하라고 부탁인지 명령을 한다. 대충 알고서 나를 무엇으로 변호해줄 수 있단 말인가. 법에 대해 모르는 나를 보호해주려는 선행이겠지, 감사하다며 약간의 오르막길을 오른다.

"사진가가 병원에서 어떻게 일하게 되었는지 이 점이 궁금합니다. 이것이 풀려야 이번 고소사건에 대해 대처할 수가 있을 텐데 아직 변호해야 할 나마저도 모호하다 이겁니다. 변호하러 온 거지 변명하러 온 게 아니니까요."

변호사를 쳐다보며 어디서부터 이야기를 풀어야 하나 머릿속으로 정리하고 있자니,

"김 박사로부터 들었습니다. 환자 편에서…… 치료하기 위해서는 맞습니까? 그렇다면 매우 곤란해질 수 있습니다. 고소·고발인, 아시죠? 고소 건만 있는 게 아니라 고발 건도 여러 개 묶여 있다는 것 말입니다. 고소·고발인이 그 점을 고소·고발했다는 겁니다. 의료인이 아닌 비의료인이 의료행위를 했고, 그로 인해 병이 더 심해졌다고 주장하고 있습니다. 그들이 검찰에 제출한 사진, 그러니까 치료받은 여자의 사진을 보면 누구나 상태가 심각하다는 걸 대번에 알 수 있습니다. 사진가, 비의료인이 맞지요?"

한나연을 떠올린다. 만난 지 4개월쯤 됐다. 병이 더 심해졌다고? 김 박사에게 써서 넘긴 보고서를 되새겨 보지만 그보다 그

녀의 변화하는 모습이 시간대로 눈에 선하고도 생생하다. 시간
대로 거슬러서 되돌려본다. 처음 병원에 오게 된 건? 한나연 스
스로가 아니다. 그녀 스스로 자신의 정신이상을 치료하기 위해
서 온 것이 아니다. 상식을 깨야 그 이유에 접근할 수가 있다. 정
신이상으로 보는 쪽이 어디냐 하는 시점이다. 무엇을 정신이상
으로 보느냐 하는 관점이다. 이쯤에서 변호사의 질문에 답한다.

"의료인으로서, 그리고 치료자로서 내가 환자를 만난 게 아닙
니다. 못 보셨습니까? 김 박사가 이 일을 맡기기 전에 환자들에
게서 받아둔 서약서."

"봤습니다. 검찰에 서류제출을 했더군요. 그러나 그건 두 분
만의 거래로밖에 볼 수 없습니다."

"거래라고요?"

"법은 그렇게 봅니다. 돈을, 수고비를 받았지요?"

"환자의 치료비에서 따로 떼어준 게 아닙니다. 순전히 김 박
사의 사비에서, 환자를 어떻게든 좋아지게 해야 한다는 소명에
서 비롯된 것입니다."

어느 누가 그걸 믿어주겠느냐며 변호사가 내게 묻는다.

"두 분 사이는 어떤?"

대답할 가치가 없고, 마침 검찰청 입구다. 신분증을 보이면서

도 나에게 나를 묻는다. 두 분 사이? 며칠 전 김현숙이 내게 전화로 한 말이 들린다. 바로 앞에서 또 직접 들었다.

"바로 이런 거잖아요. 바로 이런 거요. 우리가 바라는 거요. 우리가 바라는 세상요. 우리가 사는 이유잖아요."

이현해 학생이 벽에 그리고 간 아기의 눈과 침팬지의 눈으로 흥분해서 한 말, 또 들린다. 김현숙의 말.

"됐어요, 이젠. 어린아이의 힘, 느껴지지요?"

이런 것들이 무시될 곳으로, 내 편일 줄 아는 사람마저 이런 것을 이해하기보다는 의심하려 들면서 그것이 보편이란다. 남들이 다. 그를 따라 검찰청 안으로 발을 들인다. 여길 혼자 들어갔었구나. 어깨를 뒤로 한 번 젖힌다. 사람 위해 법이 있다는 상식보단 사람 위에 법이 있단 몰상식으로 불길하다. 마음을 다잡고 자세를 더 곧추세운다. 10시 5분 전, 검사실 앞에서 문자 들어오는 소리가 들린다. 조용한 건지 엄숙한 건지 쫄아선지 소리가 더 크다.

'당신과 함께 있어요. 담담깐깐이가. 하니 하이팅!'

변호사가 꺼두지 않냐며 눈을 흘긴다.

"여기가 클래식 음악연주회장이라도 된답니까?"

검사나 수사관보다 내 변호사랑 먼저 삐걱댄다. 일주일 전 여길 혼자 왔는데 난 그래도, 그쪽에서 아무래도 좀 덜할 거라고, 심리적으로 위안이 될 거라고 하는 변호사와 동행해야 한다. 그래도 난, 미안하다 현숙에게.

열다섯 시간…… 저 안에 갇혀 있어야 한다. 또 변호사가 밀어서 연 문으로 그를 따라 들어간다.

'당신과 함께 있어요.'

입구의 여직원이 일어나더니 인사한다. 그 옆의 뒤쪽에 앉아 있던 50대 수사관도 일어나 인사한다. 초면의 나에게 그럴 리가. 앞의 변호사가 오른팔을 흔들며 왼쪽을 가리킨다. 보이진 않지만 수사관이 안쪽을 가리키는 것으로 보아,

'어디?'

'안에'

변호사가 방 속의 또 다른 방으로 들어가자,

"소 변"

소리와 함께

"자주 보네."

들려온다. 통성명도 하지 않았다. 변호사는 날 알지만 난 변호사 이름도 모른다. 소 무슨 변호사려니. 이러며 서 있는데, 내 나이쯤 되는 수사관이 손가락으로 내 뒤쪽을 가리킨다. 뒤로 가서 앉으라는? 가만 서 있자,

"안 보여?"

역시 반말이다. 나는 내 주변을 두리번거린다. 물론 서서. 우두커니 서서.

"뒤에 가서 앉으라고."

나도 입을 뗀다.

"저를 보고 하시는 말씀이십니까? 저는 강아지가 이 방에 들어왔나 찾아보고 있었습니다."

"저 인간이."

"고맙습니다. 예, 인간. 이제 사람으로 봐주시니 감사합니다."

뒤돌아서 불편해 보이는 의자로 가 앉으려니 그 수사관이다.

"여기 왜 온 거야? 저 인간. 감히 시비를 걸어?"

방 속 방안에서 그 소 변이 나오고 또 다른 남자, 비슷한 나이의 남자가 나온다. 검사일 것이다.

"왜 이렇게 시끄러워."

"여기선 내 입을 통해서만 말하라고 했지요? 근데 왜 수선을

떱니까. 참, 상황을 그리도 파악 못 합니까? 여기가 어디라고."

"멀쩡한 입을 놔두고 침묵을 하라는 겁니까? 묵비권? 침묵하면 오히려 불이익을 받을 거라고 신문에서 떠들던데요. 요즘 신문 방송을 노배하고 있는……."

이러는 내게 뭐야? 하며 검사가 다가온다. 아주 천천히. 쇼를 하는구나. 보고 웃는다, 난. 연극배우를 하지, 할 수도 없게 생겼다. 엑스트라나? 이걸 혼자서 견뎌내야 했구나, 또 현숙이다.

"당신 교수요?"

"강삽니다."

"강사. 어디?"

비위가 상해 속이 다 뒤틀린다. 또 반말.

"에스 대."

변호사를 보며 검사가 말을 받는다.

"선배? 설마 법대는 아닐 테고."

법대 나와서 사진사 할 리 없지, 로 들린다. 20여 년 전, 사촌 형이 한 말이 불쑥 튀어나온다.

"경제학과 나와서 어떻게 사진기자를 하냐?"

그 형은 고대 법대를 나왔고…… 그러고 보니 우리 집안에도 변호사가 있네. 속으로만 했을 뿐이다. 뭐 잘난 거라고.

"경기도에 있는 에스댑니다."

검사가 그럼 그렇지, 하는 양 기린이 고개 흔들듯 늘어지게 고개를 끄덕이며 또 묻는다. 아니다. 동물원의 덩치 큰 흑곰이 제 머리를 흔들듯…….

"이 고소사건과 다른 거 하나 물어봅시다."

대학강사도 학생들에게 표창장을 내줄 수 있느냐고. 서울지검이지, 여기가.

"표창장 같은 거, 관심 없어 모르지만 강사라고 못 해줄 게 있겠습니까? 근데 말이죠. 이 앞 큰 문구점에도 표창장은 쌔고 쌨습니다, 종류별로. 직인이 문제일 텐데……. 그 흔해 빠진 표창장인 걸, 서로 알고 지내는 동료며 관계자들끼리 직인 하나쯤이야. 별로 어려울 게 없겠지요. 그걸 왜 숨어서 위조하고 있답니까?"

이번 사건과 관계없는 것을 물었으니 나도 하나? 이런 생각이 들 때 자리에서 기다리란다. 앉아서 묻지도 못한, 입도 벙긋해보지도 못한 말을 머릿속에서만 다시 한 번 꺼낸다. 내가 나에게 한심해진다.

나이 마흔? 그쯤으로 보인다. 그 나이 되도록 허구한 날 처박혀 살지 않았느냐. 죄인이나 죄인 취급받는 나 같은 사람들만 종일 이 안에 처박혀 보고 지내지 않느냐. 밤새워 열다섯 시간 이상도 더. 밖에선 접대받느라 또 좁은 데 갇혀…… 룸살롱. 아무도 못 보는 곳에서 지낼 것이고, 여기 들어오기 전엔 사법고시 준비하느라 0.6평 그 좁은 고시방에 처박혀 있었을 것이고, 그전엔 그 좋은 대학 법대에 들어가자니 또 밀폐된 학원과 독서실에 처박혀 있었을 것이고……. 세상물정을 아나? 얼마나? 처박혀 사는 이곳을 몇 발자국만 나가 보면 수없는 표창장들이 문구점마다 깔려 있다. 처박혀만 살지 말고 나가 봐라. 사람들 죄를 묻기 전에.

꺼내지 못한 말들을 고작 혼자…… 공명심이라도 되는 양. 수사관 앞에서 포승에 묶여 있던 20대 후반의 남자가 고개를 살짝 내려 내 쪽을 흘끗 보고 다시 수사관 쪽으로 얼굴을 향한다. 웃어 보였다, 내게. 그 웃음의 의미는? 수사관이 내민 담배를 받아 피우고 있다. 침착하라고? 더 흥분하라고? 그 담배연기가 내 코로도 흡입된다.

담배 끊은 지 15년, 그 냄새가 역겹다. 구역질이 난다. 뇌물일 텐데. 자신을 옭아맬…… 그 한 개비의 담배가 절대로 필요한 당신이겠지만.

기자일 적에 전과 18범을 취재한 일이 있다. 온몸의 문신을 보여주며 공갈을 친다.

"문신으로 보이나?"

그자도 반말을 했다. 상대를 제압하려는 도구려니, 폭력배, 수사관, 검사가 따로 있겠나. 공용이지. 문신 아래엔 숱한 상처가 깔려 있었다. 찔리고 긁힌 것도 있지만 자해한 상처도 있다.

"내 몸이 바디페인팅용 마네킹도 아니고, 난 문신 같은 조잡물은 아주 혐오하지만 내 구린 과거를 지우기 위해 예술을 택한 거요, 예술을. 새겨서 가린 거지."

좀 시간이 지나니 말투부터 순화되었다. 오락가락하지만. 당시 노태우 정권에서 조폭과의 전쟁을 선포, 검사들을 앞세워 전국 조폭소탕령을 펼치며 언론플레이를 하고 있던 때였다. 십수 년 전에 일본이 야쿠자와의 전쟁, 일본 여당 자민당이 하던 쇼를 그대로 따라 한 것이다. 10월유신이나 1981년 국풍같이.

"검사들은 제 손 안 대고 코 풀려는 자들이지. 꿩 먹고 알 먹고 국물까지 후루루룩. 다 뒤에서지. 그러려면 누군가를 앞세울 수밖에. 우리지. 누이 좋고 매부 좋고. 우리도 나쁠 건 없어. 다음에 감면·사면 따위로. 누군가 감방에 들어오면 손을 보는데 우리의 의사로만 그런 양아치 짓은 안 해. 아무리 우리지만. 같은 감방동룐데 왜? 우린 양아치는 아니거든. 양아치 알지? 양다리 걸치고 요리 아부하며 저리 협박하며 왔다리 갔다리.

치사하지. 말 안 듣는 놈을 그들이 지목해. 감방 안에서 벌어지는 일은 어느 누구도 모르거든. 알 턱이 있나. 감방이잖아 그래서. 군대에서 그런 것처럼. 다 자살이라고 하면 만사 오케이인 곳, 죽인 뒤에 총을 쏘면 다 자살이지. 총은 쌔고 쌨잖아 군대 안엔. 그러니까 말도 요상한 의문사지. 다를 게 없어. 감방은 더하면 더 했지. 군대는 휴가라도 있잖아. 손 안 대고도 코 풀려는 양아치들. 지 코 풀 때도 우리 손을 빌려요. 그런데 그러니까. 어떻게든 감옥에 처넣고 봐야 하는 게 그 양아치들의 생리야."

이걸 써달라고 했다.

"아직 형이 확정 안 된 사람을 감옥부터 처넣고 나면 그들이 원하는 대로 다 되거든. 안 돼? 그럼 우릴 코 푸는 배우로 활용하지. 많이 봤어요. 억울한 사람들. 엄청 봤습니다. 웬만치 않고는 버티지 못해요. 법이요? 그게 법입니다. 이 나라."

법이요? 이러면서 웃었던 전과 18범의 웃음.

'너도 감방에 들어와 봐라. 지금같이 기고만장할 수 있을지.'

포승에 묶인 수사관 앞의 20대 웃음이 그때를 떠올리게 한다.

'내가 이들에게 해주고 싶은 걸 당신이 지금 해주네.'

무슨 의미의 웃음일까. 마냥 기다리고 있는데 지루하다. 한없이, 하릴없이, 끝없이, 한정없이…… 없이의 낱말 이어가기.

하품이 나온다. 하염없이. 하염은 하품의 전라도 사투리던가? 둘러보며 염치없이, 뜬금없이. 뜬금은 무거운 금이 물 위에 뜰 일이 없으니 그래서? 그럴까? 핸드폰의 사전앱으로 확인하니 아니다. 시세변동이 심한 물건의 값이 뜬금이란다.

정말 뜬금없군. 어처구니없다. 터무니없기도 하다. 어처구니는 알겠는데 터무니? 흔히 쓰는 말이라 생각 없이 그저 해댔던 말들이 꼬리에 꼬리를 문다. 터무니는 터를 잡은 흔적이나 자취라나? 터의 무늬. 고개를 끄덕인다. 수사관도 여직원도 나를 흘끗 본다. 이 지루한 시간들을 김 박사는 어떻게? 나처럼 터무니없이, 어처구니없이, 하릴없이, 한없이, 한정 없이……

없이가 길어지고 늘어지니 불안하고 불길해진다. 잡아두는 방법. 전과 18범이 부탁한 이것 취재, 기사로 써달라 한, 현행범이 아닌 미확정된 사건에 대해 관련자를 구속시켜서는 안 된다는 것. 그 조폭은 기자가, 언론이 기사로 막아달라고 했다. 20년 전이다. 동행한 사회부기자는 매우 정중한 그의 부탁에도 불구하고 묵살했다.

"전과 18범 주제에 입만 살아서."

다 알고도 다 취재해놓고도 글 하나 올릴 수 없는 사진기자란 게 그 18범에게 너무나 미안하고 죄송하고…… 내 자신이 싫었다. 힘이 없어 침묵을 해도 공범이 된다.

20년이 지나도 세상은 달라진 게 없다.

나는 세 시간도 안 돼 검찰청을 나올 수 있었다. 지루하게 기다린 시간까지 다 합쳐도 세 시간이다. 변호사 덕분? 느낌이란 게 있다. 이미 기소는 정해놨고 그 전과 18범이 한 말처럼 '이런 놈 감옥에 처넣고 난 뒤에.' 손 안 대고 코 푸는 법이 그들의 법이다. 그래서 15시간이 아닌 3시간이면 족했던 것이다. 수사관이 내민 조서에 엄지로 지장을 찍으란다.

읽어보니 절대 응할 수 없는 글만 적혀 있었다. 내가 방금 전 한 말과 전혀 상반된 글들이다. 내 말은 전혀 반영이 안 된 시나리오를 인정하라니? 변호사가 옆에서 거든다. 이래야 덜 불리하다, 이래야 자기가 손을 쓸 수 있다.

왜 쓸데없이, ~~없이…… 아, 쓸데없이도 있었구나. 쓸데없이 입을 열어서 긁어 부스럼을 상처나게 했느냐……. 자기를 죽이면 이익이 된다는 논리, 참으로 어처구니없다. 터무니없다. 터무니는 정당한 근거나 이유의 뜻도 가지고 있다. 정당한 근거나 이유가 바탕이 돼야 하는 법을 집행하는 기관 그런 터, 터무니를 나오면서 나는 터무니없네, 터무니없네, 한숨을 푸욱, 내쉰다.

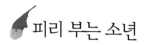# 피리 부는 소년

"선생님이 두문불출병에 걸리셨어요?"

아쉬람2의 전화다. 당분간, 지금은 만나기 힘들다, 하니 이정민은 알아요, 안다구요, 다 봤어요, 한다. 어느 정신과의원에서 사진사를 고용, 불법의료행위로 고소당함.

"기사에는 병원이름도, 의사도, 사진사도 누군지 나오지 않았지만 난 바로 알았어요. 내가 당사자잖아요. 불법의료 피해자?"

그러니 만나야 한단다. 불법의료 피해자란 말에 가슴이 뜨끔, 덜컹 내려앉아야 하는데 그렇지 않다, 전혀. 포기해서가 아니다. 헤아림이 느껴져서다. 그래도 부담을 주기 싫어서 다음에, 하고 끊으려 했다.

"김 박사님, 엊그제 만났어요. 자신은 괜찮은데 선생님이 걱정된대요. 이 말하시는데…… 김 박사가 당차잖아요. 그런데 목소리가 울고 있더라고요. 병원은 십 일 넘게 열지 않고 있고요.

만나지 않으시려는 걸 어제 종일 그 앞에서 기다리다가 밤늦게 오는 걸 봤어요. 모르시죠?"

나를 선생님께 소개해주면서 김 박사가 한 말, '그분을 만나는 것만으로도 좋아질 거다.' 대학 본과 3학년 무렵 아직 전공을 결정하지 못하고 있을 때 다른 대학에 가서 도강을 한 적이 있었다.

"소나기* 알죠? 황순원 교수의 강의를 들었나 봐요."

그때 연세가 일흔을 훨씬 넘었는데 그런 노인에게서 소년의 모습을 봤다. 빠트리지 않고 일주일에 한 번 도강을 했다. 의대 강의는 빠트리면서. 종강 때다.

"맨 뒤의 여학생, 강의 끝나면 나 좀 보고 가요."

황순원 교수와 처음으로 얘기를 나눴다. 다른 대학의 의대생임을 밝혀야 했다. 그때 고민도 털어놨다.

"내 강의를 몰래 들었으니 내 말도 좀 참고해주세요."

앞으로 점점 세상은 차가워질 거라고. 소나기 같은 내 소설은 구시대유물로 박물관에나 박제돼 진열품으로 전락할 거라고. 소설은, 글은 그렇게 갇혀 있어서는 안 되는 거라고. 시대가 바뀌어도 살아서 그 시대와 대화해야 한다고. 먹고살기 좋아지니 자기 몸 하나 편한 것만이 최고의 덕목이 되는 세상, 자기만 아는 세상이 되면서 정신은 더욱 피폐해가지만 이조차도 느끼지 못하는, 못하게 하는 세상이 될 거라고. 다 그것을 호도하고 왜곡하고 오히려 더 멋진 듯, 아름다운 것인 양 포장해대는 미디어 때문이라고. 문학도 거대 미디어에 부역하며 따라 죽을 것이라고. 이런 멀티미디어의 세상에 더 절실하게 요구되는 게 있다며.

"나는 이미 죽고 없을 때지만 학생은 의사가 되어 그때 나를 좀 생각해준다면 도강을 용서해줄 수 있을 것 같아요."

해맑은 표정으로 세상을 예리하게 비판하고 용서라는 말을 쓰면서도 웃으셨던 그 작가를 보고 있는데 소년과 얘기하고 있는 것 같았다. 그 후 정신과로 결정을 했다.

"더 듣고 싶지 않으세요?"

병원 앞 느그시봄에 와 있단다. 기다리는 동안 떠올리다가 그렸다며 연필로 스케치한 그림을 내놓는다.

"아시죠? 전혀 달라도 아시겠죠?"

마네의 〈피리 부는 소년〉★

"피리를 부르지 못하더라도 피리 부는 소년이에요, 선생님은요. 참, 난만이 무슨 뜻이에요? 천진난만의 그 난만요. 김 박사가 선생님한테서 이 천진난만이 전염될 거라고 했었거든요, 내가용."

황순원 교수에게서 느낀 걸 내게서 느꼈단다. 김현숙이다. 도리어 남들에게 소년인상은 남을 무조건 믿고 나잇값 못하고 철딱서니 없고 세상에 어두운, 그래서 만만하니 사기당하기 좋은 그런 거였는데.

난만? 한자로는 빛나고 어지럽고? 산만이란 단어와도 유사해 헷갈린다.

"나도 생각해 보지 않아 잘…… 찾아보죠 뭐."

"찾아봤지요. 이미 벌써. 어지러울 정도로 빛이 영롱하여 맑음? 그래서 꾸밈없는 것? 비슷한 뜻으로 쓰일 문구도 찾아봤는데 더 어려웠어요. 그래서 내 나름대로 정의해 봤어요. 구린 게 없는, 맞죠? 소년이잖아요. 전염된 것 같아요. 내 병이 나아질 것 같아요. 지난 봄에도…… 근데 뭐라고? 불법의료? 남들이 왜 저러쿵이러쿵 떠들어대냐구요. 당사자가 좋아졌다는데."

내가 고개를 젓는다.

"아닙니다. 아직 다 나으신 건 아니잖아요."

"예, 맞아요. 내가 나를 모르니까요. 하지만 이거 하나는. 지난 봄…… 또 떠올리게 될 거구요, 선생님이 지워주고 가신 빈 벽화도 기억할 겁니다. 비우고 지우니 더 기억되는 것. 두문불출은 해도 이런 기억은 살아있으니까요. 참, 이젠 알뿌리를 불암산 말고도 우리집 근처 공터란 곳엔 다 심을 거예요. 우리 동네의 내년 봄, 내 병이 낫지 않을 수가 없겠지요. 감사합니다, 선생님."

전염병을 옮겼으니 불법의료행위를 한 건 맞다. 이 사실을 불법의료행위에 대해 일방적으로 검찰 얘기만 듣고 쓴 신문의 기자에게 제보할 거다.

"어떻게 신문이란 데가 그럴 수 있어요? 나 같은 무식쟁이도 아는데……. 양쪽 얘기를 다 듣고 써야지 않나요? 어떠세요?"

"난 못 봤는데 어느 신문이었나요?"

그 어느 신문을 알려준다. 나는 고개를 설레설레 저어야 했다.

"왜요?"

그건 내가 알아서 할 거라며 김 박사에 대해서 얘기한다.

"김 박사님이 요즘 어딜 찾아다니시는 것 같아요. 카메라가방, 확실해요. 카메라가방이었어요. 그냥 여자들이 옆구리에 차고 다니는 가방이나 핸드백은 아니었어요. 카메라를 매일 들고 어딘가 다닌다는 건데…… 십 일도 넘게요."

"카메라를요?"

저녁을 사야 한다고, 무식한 그런 자들과 싸우려면 잘 먹어야, 든든히 먹어둬야 한다며 우겨서 이정민과 저녁을 먹고 헤어졌다.

나는 김박사에게 문자도, 전화도 며칠째 못하고 있다. 김 박사 역시 나에게 그런 일을 뚝 끊고 있다. 마지막 문자는,

'당신과 함께 있어요. 임마누엘이 그 뜻이래요. 그 교회이름이에요. 임마누엘, 구회만!'

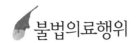

불법의료행위

나는 구속영장이 청구됐고 바로 구속됐다. 다행히도 김 박사는 불구속으로 함께 재판을 받는다. 한나연과 내가 나눈 문자도 검찰측 증거다.

'선생님 덕분에 내 병이 다 나았습니다.'

그녀는 내게 이런 문자도 보냈다.

'30여 년간 벗어나려고 몸부림쳐왔던, 내게 덧씌워진 올가미를 스스로 벗겨내려 했지만 이런저런 이유로 못했던 것들을 선생님 덕분에 다 씻어낼 수 있었습니다.'

그녀는 병원에 오기 전부터 스스로 자신의 문제를 해결해보고자 노력했다. 하지만 이것이 남편인 목사의 눈에는 정신이상으로 보였다. 그를 따르는 교인도 달라져가는 그녀의 행동을 이상하게 보았다. 이것이 서로 다른 시각이며 관점이다. 정상이 이상이 될 수 있고 비정상으로 보일 수 있다. 기존에 하던 대로 30년 고분고분 순응하고, 순종하고 살아온 대로 살아야 정상이다. 이런 정상에서 벗어났으니 이상할 수밖에 없었고 그래서 정상으로 돌려놓기 위해 치료를 해달라고 정신병원에 보낸 것이다. 남들의 시각과 관점에 그녀 자신, 한나연은 없다.

이현해 학생의 어머니가 보내온 한라봉 역시 검찰측 증거다. 치료비로 받았다는 것이다. 어머니는 끝내 딸을 이해할 수 없었다. 낮춰서라도 의대를 가면 되는 것을. 딸은 달랐다. 부모와 딸의 시각이나 관점이 다르다. 부모의 사랑이라 해도 딸은 받아들이기 힘들었다. 희생적인 사랑이 타인에겐 부담을 넘어 압제가 될 수도 있다. 그러나 부모인 것을, 자식인 것을.

딸은 착했다. 부모 말을 들어야 했다. 부모는 꺾지 않았다. 희생, 무조건 다 주는 사랑이기에 이를 꺾을 수 없었다. 꺾는다면 사랑은 저버림, 자식포기가 되고 만다. 사랑이 이리 깊은데 그럴 순 절대 없다. 하지만 딸은 부모를 따르면서도 자신의 꿈을 접기가 힘들었다. 그런데 병원을 드나들더니 딸이 달라졌다. 다시 미대를 가겠다질 않나. 병원이 문제였다. 사진사가 문제를 촉발시켰다.

그 그림, 괴테의 뒷모습이 딸을 망가트렸다. 돌아보라니? 돌아보고 달라지라니? 그러자고 병원엘 보냈나? 그래도, 하며 한라봉을 사례로 보냈다. 검찰은 이 점을 끈질기게 물고 늘어졌다. 상담이 아니다. 치료에 해당되도록 엮어내야 했다.

"치료비 조로 보낸 거지요?"

고마운 사례는 치료비 조로 단어교정이 됐다.

"예. 그렇게 된 셈이지요."

치료비 조는 치료비로 바뀌며 범법적 용어로 둔갑했다.

내가 구속되기 전 한 신문에 '불법의료행위, 어디까지 용납할 수 있나' 라는 기사가 실렸다. 나는 보지 못했다. 이정민이 다른 신문에 제보한 것으로 추정되는 기사였다. 김 박사가 복제해온 사진으로 기사를 읽었다. 거기서 이정민은 자기 이름을 내세워 인터뷰에 응했다. 그녀의 말을 기사 말미에 실었다.

'소년의 마음이 병원에서 치료해주지 못하는 나의 불치병을 낫게 해줬어요.'

기사는 여기서 끝내지 않았다. 기자의 생각을 담아냈다.

'상당히 애매하다 하지 않을 수 없다. 이러한 합법적 치료 외의 각종 치료들이 범람하고 있는 작금에 우려되는 것은 환자들의 또 다른 피해이다.'

구속된 지 며칠 후 김현숙이 구치소로 나를 면회왔다.

"내가 감방에 들어갈 준비가 돼 있다고 했지, 왜 구회만 당신이 그 안에 들어가 있는 거야?"

둥근 모양으로 동그란 구멍 수십 개가 자잘하게 뚫려 있는 투명창을 사이에 두고 나와 김현숙이 마주하고 있다.

"다행이잖아요. 남자인 내가 들어와 있는 게 그래도 낫잖아요."

현숙은 울먹이다 말고 웃는다.

"요 빼기. 앞으론 평생이다, 너와 나야! 이 바보야."

감방에 들어와 보니 밖에서와는 다르게 따뜻하다. 한 감방동료는 내가 구치소 밥에 마가린을 비벼먹는 걸 보고 따로 사식을 들여와 내게 주며 더 많이 먹으라고 했다. 조폭이라면서 처음엔 협박하던 자가 자기 감방으로 나를 안내했다. 그는 큰 방을 혼자 쓰고 있다. 야한 여자사진들로 벽을 가득 채웠다. 그는 교도관처럼 늘 복도를 자유롭게 돌아다녔다. 그의 방에서 그가 권하는 담배도 피웠다. 감옥에선 불법이다. 십오 년 만에?

"당신 기자였다며? 근데 내가 아는 기자놈들과는 다르게 구네. 쪼다기자였지? 그렇지 않고서야? 그러니 감방에 들어왔나?"

이랬던 그다.

"내용을 들어보니 엄청나게 억울하겠는데. 고쳐줬더니 불법이라? 내가 우리애들 풀어 그 교회를 싹……."

이내 내 입으로 그 입을 막았다.

"아닙니다. 절대 그래선 안 됩니다. 여기도 좋네요. 당신 같은 따뜻한 분도 만나고요."

그는 40대 초반쯤 됐다. 꼬박꼬박 존댓말을 해야 했지만 나쁘진 않았다. 검사나 수사관과 비교돼서였다. 더 낫다. 너희들이 훨씬 더. 인간미도 있고.

"내가 따뜻해요? 이러니 감방에…… 십 대 때부터 칼을 가슴에 묻고 살아온 놈을? 십 대 땐 자신 보호용으로, 이십 대엔 상대 공갈용으로, 삼십 대엔 내 뱃속 채우기 용으로, 사십 대엔 다시 자신 보호용으로, 이러다가 또 여길 들어왔지요. 이 기자양반 참, 바보로구만 바보."

이후로 그는 나에게 잘해주었고 그 진심이 느껴졌다. 이 말을 듣더니 현숙이,

"좋겠다. 그럼 난 손 떼야겠네. 그 안이 그렇게 좋다는데야 뭐. 거기서 잘살아. 영영."

정말 바보야, 바보 한다.

"나도 그 좋은 감방에 들어가야겠어. 자진 감방행, 그 검사에게 부탁해야겠어. 그러면 우리 감방에서 합방할 수 있는 거지?"

하면서 구멍난 그 투명 아크릴 창으로 손을 내민다. 안아는 봤지만 손을 잡아보진 못했다. 나도 손을 내밀어 이녀의 손을 처음 만진다. 손이 차갑다.

"손이 차갑네. 든든히 먹고 따뜻한 국물도 주지? 꼭 잘 견뎌야 해. 내가 얼마나 잡아보고 싶었던 손인데…… 이렇게 처음 만져보다니. 이렇게 잡지도 못하고 만져보다니."

접견시간이 끝났다고 뒤쪽의 교도관이 잡지도 못한 손을 떼라고 알린다. 현숙이 투명창을 집게손가락 등으로 톡톡 친다.

"바보, 잘 지내야 해. 약속, 또 올게. 다음엔 내 따뜻한 손 많이 많이 잡아줘야 해. 나도 회만이와 그 치기오 손 꼭 따뜻하게 해줄게."

나는 먼저 일어나 내 등을 이녀에게 보인다. 차마 뒤를 돌아볼 수가 없다. 다음 날 또 면회를 왔다.

"이현해 학생이 검찰측 증인으로 나온다네. 아무렴, 착한 학생인데 부모를 거스르겠어."

우리, 대비 단단히 하자. 회만이의 진짜 따뜻한 손을 얼른 잡아봐야 하니까. 하고 이번엔 이녀가 등을 보이고 먼저 떠난다. 등이 운다. 내가 우는지 이녀가 우는지.

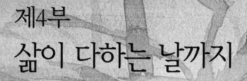

제4부
삶이 다하는 날까지

괴테의 뒷모습
동행
상상대로 하는 자

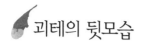

괴테의 뒷모습

너와 나, 김현숙과 구회만은 지금 인천공항 제1터미널에 있다. 이스탄불행 터키항공의 티켓 발권을 막 마쳤다.

"지하에 커피점이 있는데, 갈까?"

"조기."

현숙이 가리키는 창 쪽을 본다. 긴 의자가 있고 그곳에 나란히 앉아 투명창 밖을 내다본다. 차들과 여행객들이 유리창 너머로 꽤 분주하다.

"일주일 전만 해도 우린…… 저런 유리창을 사이에 두고 있었는데. 창 안에 있는 회만이나 밖에 있는 현숙이나 둘 다 갇혀 있던 공간이고 시간이었지. 그런데 지금은? 지금…… 지금 우린."

투명하지만, 서로 훤히 다 바라볼 수 있지만 손조차 잡을 수 없는 유리벽이었다고 현숙이 담담하게 말한다.

"지금, 지금이 올 줄 알았어."

"그러게, 암담했지. 암울했던 시간들이었어."

현숙이 내 말을 부정하기라도 하듯 세차게 얼굴을 젓는다.

"함께 있었어, 당신과 더 밀착하고 더 밀접하게. 우릴 이렇게 해줬으니 고마워, 그 검사들마저. 당신, 구회만과 떨어져 있으면서 막막함, 절박함, 절절함, 뭐 이런 게 있었지. 시간이 흐르면서 더 깊어졌고. 당신이 없다는 것. 적막함에도 든든했고, 외로움에도 따뜻했고, 막막해도 희망이었어. 하지만 더 길었다면 미쳤을지도 모르지. 딱 칠십 일? 어쩜 그렇게 딱 맞아줬을까. 당신이 나를 미치게 하고 당신으로 미쳐 있는 내가 참 좋더라. 그런데 그 칠십 일도 돌아보는 거잖아. 돌아보니 칠백 일도 뭐 괜찮을 것 같단 생각도 들어. 지금은 오니까. 지금 이렇게 당신과 불과 몇 개월 전에 생각은커녕 예상이나 상상조차 못했던 동행을 하게 되다니, 지금 말이야."

"지금은 온다."

"그런데 왜 이스탄불이야? 우리의 첫 여행지로? 분명 구회만이 머리를 굴렸을 것 같은데…… 조화? 나는 이 단어가 먼저 떠올랐어. 아시아와 유럽, 황인종과 백인을 잇는 곳, 숱한 전쟁터에 왜 이 곱디고운, 소중히 간직된 여자를? 종교는 어떻고. 아마

조로아스터교에서 기독교로, 다시 이슬람국가로, 성당이 모스크가 되고 모스크가 성당으로 입혀지던 곳. 뒤죽박죽의 땅인데…… 성 소피아성당은 그래서 종교에서 벗겨내 박물관으로 현재한다. 문명공존? 좋게 보면 아우르는 곳, 나쁘게 보면 제 고유가 없는 곳? 보스포러스는 걸어서 넘고 싶었어.”

현숙이 터키 땅에 대해 많이 알고 있다.

“기독교 유물이 가장 많이 남아 있는 곳이래. 그리스문화도 그리스보다 더 많은 것을 품고 있는 곳이고.”

왜? 이곳이야? 묻는 현숙에게 내가 알고 있는 짧은 지식을 들려준다.

“그곳의 최대 신문사는 유대인 소유래. 이슬람국가 무슬림들이 유대인신문을 가장 많이 본다는 건데 이것이 내 머리로는, 한때 우리나라 언론에 몸담고 있던 사람으로서 상상이 안 됐어. 우리 언론? 가능하겠어? 절대. 그 유대인들은 라마단 때 무슬림들의 단식을 보며 자기들도 그 동안 먹는 것을 자제한다는 거야. 우리는? 뜯어먹느라고, 헐뜯느라고, 그것도 근거 하나 제대로 밝히지 못하면서…… 카더라…… 이것으로 얼마나 많은 사람들이 피해를 봤는지…….

패키지여행으로 8일간 터키여행을 했을 때 자유시간은 마지막 날 고작 한 시간이었어. 그때 이스탄불 시내에 퍼져 흐르던 '아잔'이란 코란낭송을 듣고 멈춰 서서 핸드폰으로 녹음했지. 여행 7일째가 되어서야 비로소 터키를 느낄 수 있었다고 할까. 이 낭송은, 하루에 다섯 번 울린다는데 지금도 그걸 여기 한국에서 듣고 있어. 내겐 이슬람의 시나 음악으로만 들리지 않거든. 우선 평온하고 평화로워, 듣고 있으면. 평온·평화가 특정 종교의 소유는 절대 아니잖아. 현숙을 만나면서 더 많이 듣게 됐는데 들으면서 내 맘에서 그랬어. 함께 들을 수 있다면. 함께 여행하며 함께 들을 수 있다면."

If가 Through가 됐다며 '한다면'이 '서로 더불어 함께'가 됐다며 덧붙인다.

"그래서 지금이네. 우리가 지금."

이슬람과 이스라엘, 거기에 불이란 글자까지 이스탄불이란 도시 이름 속에는 세계 3대 종교가 다 들어 있다면서, 갑자기 질문을 던진다.

"근데 이스탄불의 탄은 뭘까? 생각해 봤어?"

"탄?"

고개를 젓는 것으로 대답한다.

"탄호이저밖에 떠오르는 게 없던데 난. 바그너의 그 오페라.

회만이가, 괜찮지 회만? 이라고 이름만 부르는 거. 이제 난 당신에게 무례하지 않거든. 무례할 수도 없고, 이젠. 무례하지 않으니 이렇게 자연스럽네."

또 웃으며 끄덕이는 것만으로도 대답이다.

"좋아. 듣기 참 좋아. 내 이름, 참 싫었는데. 이런 생각도 했다니깐. 왜 구냐. 왜 구 씨냐. 이나 사나 오나 육이라면 그나마…… 왜 구회만이냐고. 이젠 웃을 수가 있네, 이런 내 이름으로도. 구회만, 마지막의 의미를 담고 있고, 그러니 더더……. 아무려면 더더? 많겠지. 하나로 더더."

"그래? 그렇지? 물어볼 게 있어. 나이 많이 의식했지? 의사란 것도…… 대답은 안 들어도 돼. 지금 함께 있으니까. 회만이가 순례를 떠나자고 해서 이스탄불로 가자고 할 줄 알았어. 탄호이저의 그 순례. 사죄하기 위해 떠난 순례, 알지?"

베누스와 관능적, 육체적 쾌락에 빠졌던 탄호이저가 그 죄를 사함 받기 위해 떠났다는 순례.

"난 그런 사죄 받을 일은 안 했는데. 범생이잖아. 그래, 난 현숙에게 마음과 같이 행동할 수 없게 나를 붙잡는 게 있었어. 그래, 나이도 그랬고 의사? 의사라기보다는 난 백수나 다름없으니 암튼 의식했겠네. 그러나 무엇보다도 난 결혼했던……."

"아들에겐 사죄했어? 엄마랑 헤어진 거, 그건 자식에겐 죄잖아. 엄마야 남녀문제고 자신들이 선택한 거지만…… 자식은 아니잖아. 아무 의지 없이 세상에 나와서 그런 황당한…… 무슨 가정이라고 하지? 그거 아주 못된 말인데 쓰고 있더라.

결손가정? 아주 못 됐어, 세상이. 결손이라니? 온전한 부모 아래서 더 심한…… 이현해 학생의 경우도 그런 거잖아. 아, 그럼 그 감방에서 조폭인가 하는 죄수에게서 들었다는 그 바보? 그렇지 이거겠어. 바그너가 그랬던 것처럼 탄호이저도 종교적 금기를 어긴 사람…… 종교에 묶여 살도록 태어난 게 우리의 원죄일진대 무종교지? 무신론자지? 회만은. 그래서 이스탄불?"

현숙은 탄호이저 연구자처럼 이야기를 줄줄이 풀어낸다. 바그너는 연이은 좌절로 경제적으로도 힘들었을 때 탄호이저 서곡이란 오페라를 작곡했다. 그는 자신의 예술을 이해하며 자신과 같이 그 어려움을 함께해줄 여인을 찾아 헤맸다. 그것을 탄호이저에 담아냈다.

"어느 음악평론가의 글을 보니까 바그너의 탄호이저를 여성의 헌신과 희생을 통해 예술가를 구원하는 하나의 서사극이라 썼던데. 나의 희생과 헌신을 바래, 회만?"

또 웃어 보이며 말한다.

"덤덤아저씨. 좋아. 벌써 하고 있잖아. 나도 당신도. 일방통행은 안 돼. 쌍방통행이어야 해. 나만 너만 아니라 ㅣ도 너도아."

지금이 돌아보기 시간이라며, 새롭게 시작하려면 다 떨쳐 내버려야 한다는 말을 덧붙였다.

환자 중에 한나연의 그 교회 교인이 있다. 그녀로부터 들었다.

"사모님에 대한 이상한 소문이 교회에 쫙 퍼졌어요."

무작정 교회를 찾아갔다. 임마누엘 교회. 그때 임마누엘의 뜻을 그 교인으로부터 듣고 알았다. 신과 함께 있다. 멀리서 오 목사를 보고 피해 도망치듯 나와야 했다. 병원에 와서 아내의 정신병을 치료해달라고 했던, 제 입으로 옆에 있는 아내를 정신병이라 했던 그 오 목사다. 그 뒤 치료비를 돌려받아 간 사람, 그리고 김현숙과 구회만을 고소한 사람이다.

"기도원에서 봤대요."

넋이 완전히 나간 사람이었다는 소문, 한나연은 기도원에 있다는 얘기다. 충청북도에 있다는 기도원의 이름은 '평온하리라'라고 했다. 평온하리라 기도원? 또 무작정 찾아떠났다. 처음엔 그녀를 만나 그동안의 얘기만이라도 듣고 싶었다. 좋아지고 있는데 악화됐다니? 관계자 외엔 출입금지. 철문은 굳게 닫혀 있었고 문을 흔들어도 기도원은 보이지 않고 깊이 숨어 있으니 들릴 리 없다. 양옆의 담도 매우 높았다. 형무소가 이럴 것이다. 구회만도 저런 곳에 갇혀 있다. 끝내 열리지 않는 철문 위로 평온하리라 기도원의 간판이 가로로 뉘어져 있다.

다음 날 또 기도원으로 향했다. 카메라를 챙겼다. 건넛산 위에서 종일 몸을 숨기고 철책 안의 평온하리라를 주시했다. 두 번 버스가 오갈 때만 열리는 철문. 미리 연락을 하고 드나드는 것 같았다. 외부와 완전 폐쇄된 곳임을 알 수 있었다. 그들만의 장소, 기도에 전념하려면 그러려니, 예수의 40일 기도 장소도 그런 곳이었을까? 탁 트인 사막이 아니었나?

며칠째 되던 날, 분명 한나연이었다. 철문 쪽으로 걸어 나왔고 곧이어 남자 두 명이 뒤쫓아 와서 그녀를 낚아채듯 데리고 들어갔다. 순간, 예상도 못한 순간이 눈앞에서 휙, 지나가고 말았다. 그녀가 걸어오는 모습이 너무나 충격적이어서, 천천히 걸어왔더라도 카메라를 들어 찍을 생각을 못 했을 것이다. 그녀는 완전 넋이 나가 있었고 얼도 빠져 있었다. 몸을 주체하지 못하고 흐느적거리는 걸음이 아흔 노인처럼 보였다.

그 사이 무슨 일이 있었기에 저 지경이 되었나? 그 사이 어떤 일이 벌어졌기에 저리 변할 수 있을까? 그 사이, 무슨 일? 변하게 한 것은 분명 그녀가 아니었다. 그녀 스스로 병원을 찾아오지 않은 것처럼.

경찰에 신고할까? 찾아갔지만 한나연과의 관계를 묻는다. 가족 등 관계자 외엔 신고불가. 찾아야 할 확실한 근거가 있어야 한다. 채무관계 등. 다시 기도원을 찾아갔다. 무작정이다. 어떤 대책도 없었다. 하지만 그 우연을 이젠 놓치지 않으리라. 다행히 한나연은 또 나타났고 두 남자에 의해 다시 끌려 들어가고 있었다. 연속해서 셔터를 눌렀지만 집에 돌아와 확인하니 그녀는 사진에 보이질 않았다.

필름카메라로 찍은 사진. 인화돼 나오기까지 꽤 긴 시간 얼마나 긴장을 했던가. 결정적 순간은 포착에만 있는 게 아니었다. 포착하는 그 순간도 며칠을 꼬박 기다려야 기회를 얻을 수 있다. 또 결정적 순간은 촬영 뒤 필름에 담겼을 장면을 눈으로 직접 보기 전까진 조마조마하게 기다리는 시간도 엄청 길었다. 필름엔 결정적 순간은 없었다. 눈으로 본 기억밖에 없다. 이 기억을 또 그 경찰에? 아무 소용 없단 걸 알고 포기했다.

다시 찾아나섰다. 한 번 더 똑같은 일이 벌어졌지만 찍는 순간 알 수 있었다. 사진으로는 잡아내지 못했어. 너무나 순간적이었기 때문이다. 구회만이 더 생각났다. 전문가가 필요해. 그러나 그는 저 안보다 더 높은 벽과 더 많은 사람들에 갇혀 있다. 내가 해야 한다. 내가 해낼 수밖에 없다. 이렇게 안타까울수록 회만이 더 그립다. 한나연과 같은 처지와 신세의 구회만. 어떻게든 구해야 한다. 구회만도 한나연도.

"마치 그 두 남자가 날 보고 있는 듯 한나연을 가리더라니까. 그런데 내가 해내고 말았지."

그런 일은 계속되었다. 셔터 소리가 날 때마다 주변을 둘러봐야 했다. 겁이 났다. 나도 저 안으로 끌려 들어가지 않을까. 바깥에도 CCTV가 설치돼 있을 것 같았다. 돌아와서 그 사진을 보고 또 보았다. 이렇게 세워놓고 찍는 거야 누군들 못해.

베를린장벽 앞의 그 흑인사진. 하지만 보면 볼수록 그런 사진이 더 힘들겠단 생각을 하게 되었다. 어떻게 베를린장벽 앞에서 흑과 백의 장벽을 생각해낼 수 있었을까. 내 일은 더 쉬운 거야. 그 흑백사진이 나를 다독이고 격려해주었다. 오늘 안 되면 동영상으로 찍을 캠코더라도 구입해 가야겠단 생각을 하던 그날, 그녀가 또 나타났다. 어제 상황과 똑같았다. 나타나야 할 두 남자는 달려오지 않았다. 그런 일이 번번이 있다 보니…… 그리고 나갈 수 없을 만큼 벽은 높고 철문은 굳건하다. 그녀는 거의 몸조차 가누질 못한다. 그러니 내버려두지 않았을까.

"그 사진이구나. 망원렌즈로 찍어야 했을 텐데…… 그 렌즈나 카메라는 어디서 났지?"

"아버지꺼. 아버지가 남기고 가신 카메라."

어머니는 전북 진안 사람, 아버지는 경남 함안 사람이다. 어머니와 사별 후 아버지는 사진에 빠졌다. 그런 아버지도 3년을 더 살지 못하고 어머니 곁으로 갔다.

"난 고아가 됐지. 그때 내 나이가? 그러네. 본과 3학년 때네. 내가 방황하던 때. 부활은 이렇게도 하는 건가 봐. 아버지가 남긴 카메라로 우리 둘을 살려냈잖아."

"그렇더라도 어떻게 그런 완벽한 사진을 찍을 수 있었지?"

현숙이 집게손가락으로 내 가슴을 톡톡 친다.

"내가 구회만 사진사의 수제자잖아. 아주 못돼먹은."

그날 정말 못돼먹게 굴었다. 내 진면목이었지. 지가 제일 잘났고 앞에 보이는 게 하나도 없었다고나 할까. 당신의 그 천진난만성을 난 이미지 메이킹? 수법으로만 봤거든. 카메라 들고 다니는 애들 다 그렇잖아?

문화센터 수강생은 대부분 중년의 여자들이다.

"수강생들끼리 하는 말을 들었어. 뭐 하나 보잘것없이 생겼으니 순수한 척이라도 해야 수강생 정원이라도 채울 게 아냐. 그런데 저 나이에…… 역겹지 않나? 지가 십대 소년이나 된 듯이……."

그래서 그날 더 당돌했는지 모른다. 현학적인 걸 글이든 말이든 가장 혐오스러워했는데, 그런 건 줄 알았다. 마침 유명하다는 외국사진으로 수강생들에게 소견을 묻는데, 그땐 그게 왜 그렇게 고까웠는지. 내가 많이 비틀어져 있을 때였지만. 그때 정신과 병원을 때려치우고 의사라는 직업도 버리고 싶었을 때였다. 그 사진, 베를린장벽 앞 흑인병사의 그 평범한 사진, 기념사진으로나 보이던, 거기에 영문 캡션인가 뭔가로 나를…… 고까울 수밖에. 왜? 당신이 문제가 아니라 내가 문제였거든. 난 정신과 전문의인데도 그걸 남 탓으로만, 당신에게만 덧씌워댔으니. 눈에 콩깍지가 씌었단 말이 있던가? 마음에도 그런 게 씌워지나 봐. 전문가가 그걸 모르고…… 영문의 사진캡션을 번역해보라고 했다. 그러기 전에 구회만이 그 영문을 읽어주는데 가보진 않았지만 미국의 텍사스나 뭐 사우스캐롤라이나 사투리나 되듯 읽었다.

"이 대목이었지? dividing us, whether we meet. I am white and he is black. 그때 당신 목소리에 울음이 섞였었어. 울먹거

리더라고. 또 쑈하네 했지, 내가. 난 바로 뛰쳐나왔고 저렇게도 여자를 꼬셔대는구나, 여자들이 한 말. 그래야 수강생 정원이라도 채우지. 정말 울먹인 거야, 그때?"

"모르지 나야. 늘 감동적이긴 했으니까⋯⋯. 쑈는 아니었어. 그건 틀리지 않아."

바로 사진책과 그림책만 파는 충무로의 비주얼 전문서점으로 갔다. 《BLACK》이라는 그 사진집을 찾아냈다. 다시 사진을 보는데, 이 사진가가 백인이 아니고 흑인이었다면? 주장이나 강변으로 끝날지 모른다. 사진가 프리드는 백인이고 병사는 흑인이다. 사진가의 인종차별에 대한 강한 항거가 보였고 따뜻한 마음까지 들게 했다, 사진이. 백인의 진심 어린 사죄도 보았고 그의 인종차별 철폐의 함성도 들렸다.

"나는 후회했어. 당신에게 무례하게 군 걸. 그후, 당신이 사진 캡션을 읽을 때 울먹이던 게 쑈가 아닐 거라는 것. 당신은 따뜻한 마음을 가졌을지도 모른다는 것. 그러나 강의실에 더 나갈 수가 없었어. 지나치면 안 되는 게 미안함도 해당되나 봐. 못남도 그렇고. 당신에게 미안하고 나에게 못나고. 그러다가 다시 만나 사과 정도는 해야 할 것 같아서 암실을 부탁한 거야. 그 핑계로. 핑계 좋지? 핑계도 괜찮네 뭐. 지금이니까, 그래 지금이니까 털어놓을 수가 있네. 지금, 지금이니까."

지금은 꼭 오게 돼 있어 그치?

한나연을 보는 순간, 그 사진을 떠올렸다. 철책대문의 굳건한 벽, 그 사이로 나와 그녀는 가로막혔고 아이러니하게도 대문 위로 '평온하리라'는 글귀가. 절묘하게도.

"사진도 반어법을 쓸 줄 알더라."

사진으로 다시 본 그녀로 울컥하지 않을 수 없었다. 경찰서로 뛰어가 그 경찰관을 만났다.

"평온해 보이세요, 경찰관님?"

바로 이분입니다, 라고 했지만 딴소리만 하더란다. 사진 같은 건 난 몰라. 그때 젊은 친구가 지나가다가 사진을 기웃하며 들여다봤다. 뭡니까? 기자였다.

"절대 다른 신문사나 방송국에 노코멘트. 기자가 경찰에게 엠바고를 답니다."

기자가 서두르자 경찰도 마지못한 듯 따라나섰다. 며칠 뒤 그 사진이 신문 1면에 크게 실렸고 연이어 방송에서도 보도했다. 담당판사의 눈과 귀에도 들어갔다. 목사가 구속되었다는 말까지만 들었다. 한나연의 소식은 더 듣지 못하다가 그녀의 번호가 아닌 다른 번호로 문자가 왔다. 그녀다.

'당신 두 분과 늘 함께 있었어요. 곧 찾아뵙겠습니다.'

"당신에 대한 원죄를 그 사진으로 일부 갚은 기분이 들어, 쫌."

"원죄?"

"싸가지 없게 군 것."

색안경 끼고 믿지 못한 죄, 못되게 군 죄, 그리고 죄 갚으려다가 덧씌운 가중죄, 나 대신 감옥 가게 한 죄, 하나로, 싸가지 없게 군 죄.

"그런데도 판사가 고소건은 그 사건과는 별개라고 했지? 당신도 들었잖아."

"응."

이해할 수 없는 일들이 세상엔 많다. 조금만 생각하면 풀릴 일을 이렇게 더 꼬이게 만든다. 그런 알량한 판단 하나로 얼마나 많은 사람들이 피해를 보고 고통을 받고 목숨까지. 현숙이 한숨을 내뿜는다.

"나는 이번 일로, 상식이 되지도 못하는 법이 집행된다는 걸 절대 이해하지 못하겠어."

"그래. 난 신문사에 있으면서 정말 많이 목격했어. 그들의 잣대만 있을 뿐이지. 나도 그들의 공범으로 십수 년을? 할 말 없네."

"그 어린 현해가 그들보다 훨씬 낫지?"

우리의 구원타자는 불행하게도 구회만이 아니라 이현해였다며,

"지금이니 말이지, 그땐 얼마나. 검찰측 증인석에 앉아 있는 연애를 보니 앞이 깜깜해지더라고, 이제 돌아보니 웃고 있네. 그래 맞아. 돌아볼 날은 있게 마련이야, 그치 회만아?"

나이를 잊게 해줄 거야, 회만아. 상식이 통하지 않는 법 앞에서 포기하고 체념하게 되더라니깐. 우리의 증인이 되어야 할 현해가 검찰측 증인이라니…… 난 그거 안 날 엄청 울었다. 문 다걸어 잠그고 엉엉 울어댔다. 부모에 갇힌 현해도 가엾고 감옥에 갇힌 회만에게 너무너무 미안해서. 그 아이가 증언한다는데 우리가 뭘로 그 아이를 상대해줄 게 있겠어.

현해가 오른팔을 어설프게 올리고 판사가 읊는 대로 따라 말한다.

"위증을 했을 땐 위증죄로 처벌을 받게 된다."

이거 협박 아냐? 누가 제대로 말을 할 수나 있겠느냐고?

검사가 스무 살의 어린 현해에게 물었다

"증인은 사실대로만 말하면 되니 겁먹을 필요없습니다."

겁주고 겁먹을 필요가 없다? 이게 무슨 언어도단이야?

반말을 일상도구로 삼고 있는 그들이 재판장에서 깍듯하다.

양복까지 차려입었다.

'겁먹을 필요없습니다'

그럼에도 불구하고 떨고 있는 현해가 보였다.

"증인은 김현숙 정신과의원에서 정신치료를 받았지요?"

입을 꾹 다문 얼굴이 끄덕이다 말고 이내 젓는다.

"치료받았지요?"

"치료가 아니라 상담을 받았습니다. 엄마가 그래 보라 해서요."

"좋습니다. 치료나 상담이나 별다르진 않으니까요."

듣고는, 치료와 상담을 구별 못 하면서 검사라니…….

"의사선생과 또 누굴 만났지요? 그 사람들이 여기에 있습니까?"

"예."

"의사선생 말고 다른 사람은 누구지요? 누군지 지목해보겠습니까?"

"사진사 아저씨입니다."

"증인은 방금 전 그 사람이 여기에 있다고 했지요? 어디에 있지요?"

현해는 나를 피했다.

"어디 있지요?"

판사가 되물었다.

"저기 가운데 앉아 계십니다."

"사진사를 몇 번 만났습니까?"

"두 번 만났습니다. 하지만……."

"두 번요? 두 번이나 치료를 받았단 말인가요?"

현해는 고개를 떨궜다.

"만나서 무슨 얘기를 나눴습니까?"

현해가 고개를 저었다.

"얘기가 없었단 말인가요? 얘기할 게 없었나 보군요. 그럼 강제로 나간 것입니까? 일테면 의사의 권유나 부탁으로?"

구회만의 변호사는 이의제기조차 하지 않고 듣고만 있었다. 현해가 고개를 들더니 재판장을 둘러본다. 엄마를 찾는 것 같았다. 그리곤 입을 앙다물더니 굽혔던 허리를 세웠다. 각오하고 뭔가 말하려는 자세였다. 여기까지구나, 현숙이 고개를 떨궜다. 저 어린아이를 재판장에 끌어들인 것만으로도 죄를 지었다는 생각이 들었다.

"전혀 얘기를 나누지 않았다면, 왜 그 자리엔…… 다시 묻겠습니다."

현해가 검사의 입을 막았다.

"예. 아무 얘기도 하지 않았습니다."

"증인이요? 아님 사진사가요?"

"저는 아무 말도 안 했고, 사진사 아저씨가 묻는데도 대답도 안 했습니다. 사진사 아저씨도 별 얘기가 없었습니다."

"그런데 왜 한 번 더 만났지요?"

잠깐 재판장에 침묵이 흐른다.

"왜 만났지요?"

"의사선생님이 만나보라 하셨습니다."

"그렇지요? 그랬을 겁니다. 어린 학생이 뭘 알겠어요. 의사는 왜 사진사를 만나라고 했는지, 어떤 말을 의사가 했는지 기억납니까?"

현해의 두 눈에 눈물이 고이며 반짝였다. 참으려고 애쓰는 모습도 보였다.

"기억납니까?"

검사의 눈에 보일 리가 없다. 어찌 안 보였겠는가. 보지 않으려 들면 안 보이는 것이니.

"예."

고인 눈물 한 방울이 현해의 앳된 볼을 타고 흘러내린다.

"말씀해보시지요. 사실 그대로. 기억나는 그대로 마음 편하게 갖고 말씀해보세요."

검사는 성인군자가 된다. 전세를 잡았다고 생각했으리라. 더 정중하게 더 신사 같아야 했으리라.

"의사선생님께선 미대를 들어가셨다가 포기하고 다시 시험 봐서 의대로 들어가셨다고 했습니다."

현해가 입을 열었기만, 검사가 다시 끼어든다.

"아니, 그런 것 말고요. 학생의 치료에 관한 얘기, 사진사를 왜 만나라고 했는지 그 말만 하면 됩니다."

말씀에 말에, 듣는 사람, 종잡을 수 없이 왔다 갔다 했다. 말하는 사람은 분명 의도가 있었으리니 종잡혔겠지만.

"상담하라고 엄마가 나를 병원에 보내셨고, 그래서 의사선생님도 선생님 얘기를 들려주시려고 했을 테고……. 더 말해도 되나요?"

판사가 그러라고 한다.

"증인의 말을 더 듣도록 하지요."

증인, 저 어린아이에게 증인이라니? 더 죄를 지은 것 같아 다시 얼굴을 내려 감췄다. 현숙의 그것이 내 눈에 보였다.

"의사선생님은 의대에 가셔서도 또 포기하고 싶었다고 하셨습니다."

검사가 끼어들어 다그쳤다.

"의사 얘기가 아니라 증인의 얘기만 하면 됩니다."

현해는 판사를 본다. 판사가 끄덕인다.

"돌아보면 이런 포기하는 과정이 삶에 도움이 된다고 의사선생님이 말씀하셨습니다. 내가 겪고 있을 고민을 잘 알 것 같다고 말씀하셨습니다."

"그래서 뭐라고 대답했지요?"

"듣고만 있었습니다."

"대답할 필요를 느끼지 못했다는 것이지요?"

"아니요."

이제 현해의 목소리가 당당해지는 듯 들려왔다.

"아니라뇨? 상담이나 치료답지 못하다고 느낀 건가요?"

"아니요. 그 뒤 의사선생님께서 저와 비슷한 경험을 한 분이 계시다면서 소개해주겠다고 하셨습니다."

"그래서 응했습니까?"

"아니요. 필요없다고 했습니다."

검사가 증인신문을 마치겠다고 판사에게 말했다. 변호사의 신문이 있느냐고 판사가 구회만의 변호사에게 물었다.

"사진사를 만났지요? 두 번이라고 했습니다. 맞지요?"

"예."

"왜 만났지요?"

"저도 잘 모르겠어요. 너무나 답답해서…… 의사선생님께 만나보겠다고는 했습니다."

"저 사진사를 말이지요?"

"예, 저분이십니다."

"두 번이나 만나고도 아무 말이 없었다고 했습니다."

"예. 제가 아버지보다 나이 많으실 어른에게 아주 못되게 했었습니다. 의사선생님한테도요."

"못되게 했다는 게 무엇인지 짧게 구체적으로 얘기해보시겠습니까?"

"대꾸도 안 한 거요. 그런데 이런 제게 사진사 아저씨가 그림을 보여주셨어요. 저는 안 보려고 했어요, 처음엔."

"어떤 그림입니까? 사진이 아니고 그림입니까?"

"예. 분명 그림입니다. 탁자에 놔두고 제가 일어나려 하는데 어느 나이든 여자분이 오셨어요. 사진사 아저씨를 잘 아는 분 같았어요. 그냥 가려 하니까 그분이 그림을 집어서 제게 주시더라고요. 할 수 없이 받아서 들고 왔습니다. 그 그림을."

현해가 눈물을 흘리며 흐느끼기 시작한다.

"여기까지 변호인측 증인신문을 마치겠습니다."

다 끝났구나 했다. 현숙이 나를 보았고 나는 고개를 옆으로 돌려 웃음을 보였다. 괜찮아 난. 현해가 팔꿈치로 눈물을 훔친다.

"더 좀 남았습니다. 더 말하게 해주세요, 판사님."

판사가 짧게 끝내라고 한다.

"그림 밑에 글이 있었습니다. 사진사 아저씨가 제 앞에서 쓰시는 것을 봤습니다. 제게만 써주신 겁니다. 이런 내용이었습니다.

'뒷모습이라 해도 마주하지 않고 볼 순 없단다, 나도 남도. 과거 돌아보기도 같아서 나를 마주볼 때 내가 더 잘 보이지 않을까?' 그 그림은 괴테의 뒷모습을 그린 거였습니다."

검사가 증언을 마치게 하려고 일어나자 판사가 제지한다.

"더 들어봅시다. 증인은 하고 싶은 말을 다 해보세요."

높은 자리에 앉은 판사에게 고개를 든 현해가 이내 고개 숙여 절하듯 인사한다. 그리곤 재판장의 방청석으로 고개를 돌린다.

"엄마."

방청석을 향해 엄마를 부른다.

"엄마, 엄마가 가라는 그 의대 꼭 갈게. 그동안 내가 다른 데 신경을 쓰느라 공부에 집중을 못 했어. 이제 공부에만 집중한다면 어떤 의대도 자신 있어. 엄마가 나를 믿어주듯이 나도 엄마를 믿게 해줄게. 그리고 전문의 자격증 따서 엄마한테 선물할게. 그 뒤에 엄마, 내가 정말 하고 싶은 그림을 그려도 되지? 엄마도 된다고 했잖아. 엄마, 그렇게 꼭 할게. 약속 지킬게.

엄마, 사진사 아저씨 만나던 날, 그날! 나 죽으려고, 자살하려고 진짜 그러려고 했어. 내 허리끈까지……. 근데 사진사 아저씨가 주신 그림 한 상이 나를 구했어. 저분은 나를 구해주신 분이야. 근데 왜 죄인으로 저기 앉아 계셔야 하는지 모르겠어. 난 어려서 어른들 일 잘 모르지만 그래도 이건 아닌데 싶어, 엄마. 절대 아닌데 싶어, 엄마.

나 같은 재수생과 대학 떨어진 애들은 다 정신병자여야만 해? 나를 병원에 보낸 엄마가 미웠어. 그래서 의사선생님과 사진사 아저씨한테 아주 못되게 굴었던 거야. 내 진심은 아닌데, 엄마."

현해가 잠시 말을 멈추고 위쪽의 판사를 올려본다. 옆의 검사도 본다. 판사가 고개를 끄덕인다. 목례를 하고 난 뒤 말을 이어갔다.

"엄마, 난 병원 앞에서 벽에 그림을 그리고 계신 의사선생님과 사진사 아저씨를 봤어. 내가 돌아왔을 땐 안 계셨어. 벽에는 애기와 원숭이가 그려져 있었는데 나도 모르게 붓을 들게 되었고, 아직 덜 그린 아기 손과 원숭이 손을 그려서 두 손을 잡게 해줬어. 며칠 뒤엔 이 아이들 눈을 그려줬는데…… 붓이랑 물감이랑 그대로 길가에 놔두셨더라고. 나는 생각했어. 두 분이 나를 위해서…… 엄마."

소리 내어 운다. 스무 살 학생이 어른들 앞에서 운다. 울지만 말은 또박또박하다.

"엄마, 내 손을 잡아주는 사람은 누군가? 아이와 침팬지가 손을 잡는 그림을 그리면서 난 이런 생각을 했어. 내 손을 잡아줄 사람은? 엄마, 의사선생님과 사진사 아저씨가 내 손을 잡아주신 거야. 나를 구해주신 거야. 며칠 후 병원 벽에 아이와 침팬지의 눈도 그려놓고 온 다음 날, 의사선생님한테서 문자가 왔어. 문자가 아니라 음악을 보내주셨어. 엄마, 엄마가 나 때문에 지금 많이 힘들 텐데 이 노래 엄마랑 꼭 같이 듣고 싶어, 꼭."

판사가 자리에서 일어난다.

"증인. 수험생이라고 했지요? 이현해 학생, 그 노래를 지금 갖고 있습니까? 일테면 스마트폰에?"

"예. 그후 꼭 지니고 다니며 자주 듣고 있어요."

"그래요? 그럴 것 같습니다. 어디 지금 들어봅시다. 어떤 노래이길래."

"켜도 되나요?"

"그래요. 그래야 듣겠지요, 우리가?"

꺼놓은 스마트폰을 눌러 연다. 법정이 고요하다. 판결을 기다려서가 아니다. 다른 고요함, 이 적막감은 두근거리는 심장의 침묵이다. 삼엄한 법정에 잔잔한 음악이 흐르기 시작한다. 천리향의 향기처럼 은은하게 법정 안에 퍼진다. 음악을 배경하며 남자의 목소리가 들린다. 그가 가사를 읊는다.

전쟁 같은 삶 속에서 약자는 잠시 희망을 품지만
.
.
.

아직 사랑할 수 있고 매번 다시 살아서 돌아올 수 있어

산다는 건 살아낸다는 건 두려움을 치료하는 거야.
.
.
.

살아있음을 느끼는 삶을 사는 거야.
.
.
.

산다는 건 산다는 건

너 자신을 이해하고 새로운 모습을 보여주는 거야

너보다 더 잘 해내는 사람은 없어.
.
.
.

나와 약속했잖아. 마음이 시키는 대로 삶에 미쳐보는 거야.
.
.
.

너보다 더 잘 해내는 사람은 없어.

우리에게 허락된 삶이 끝날 때까지.

법정은 숙연하다. 법정에 따뜻한 온기가 깔린다. 흐느끼는 소리로 채운다. 판사가 일어난 그 자세 그대로 서서 같이 노래를 듣는다. 노래가 끝나자 방청석의 누군가가 박수를 치니 한두 사람이 따라 박수로 호응한다. 박수 소리가 노래가 끝난 자리의 공간을 채우며 법정은 다시 한번 뜨거워진다. 판사가 자리에 앉는다. 현해는 얼굴을 가슴에 파묻고 계속 눈물을 뚝뚝, 바닥에 떨어트린다.

"학생, 할 말이 더 남았을 것 같은데…… 지금 여기서 다 털어내세요. 다. 그리고…….."

또렷하던 판사의 음성마저 흐려진다. 애써 감정을 누르고 있는 게 목소리에서 들린다. 현해가 오히려 또박또박하다.

"그리고 엄마를 생각했어. 엄마 뜻대로 해드리자고. 분명히 기억하는데 조기사 아저씨한테 무슨 과일상자를 병원에 갖다 주라고 엄마가 그랬잖아. 받지 않아도 두고 오라고. 내가 곁에서 다 들었잖아. 그런데 수사관들이 그 과일이 치료비라고, 나더러 대답하라고 하더라고. 치료비 맞아? 엄마가 나를 상담만 받아보자고 했고, 과일은…… 조기사 아저씨가 돌아와서 안 받으려는 걸 놔두고 왔다고 했지? 엄마가 그때 그랬는데, 이래야 후에 탈 날 일이 없지. 이것도 난 들었어. 치료비는 아닌 게 확실해서 난 아니라고 했는데도, 수사관들이 그러면 엄마가 곤란해진다나? 그래서 여기 나오게 된 건데…… 엄마가 더 잘 알잖아, 엄마가. 난 몰라, 어른들 하는 거. 하지만 무엇이 옳고 그른지 판단할 나이는 됐어.

그리고 내 방에 들어와 보니 책상 앞에 붙여둔 괴테 뒷모습 그림이 없어졌더라고. 엄마, 왜 그랬어? 그 그림을 보며 정말 열심히 공부해서 엄마 웃는 모습을 보고 싶었는데, 정말이야. 정말. 의사선생님이 이탈리아 가수가 부른 노래를 보내주셨어. 엄마도 그 노래를 나랑, 그래 나랑 함께 들을 수 있으면 좋겠다는 생각을 했어. 〈림포시빌레 비베레〉라는 노래야. 살아야 한다는 노래야. 너만큼 잘 해내는 사람은 없을 거라고 부르는 노래야. 방금 전에 들은 노래야.

엄마, 의사선생님과 사진사 아저씨는 나같이 힘들어하는 우리를 손잡아 주시는 분들이지 죄인은 아니야. 이분들이 죄인이라면…… 엄마, 엄마의 딸도 죄인이 되는 거야. 정말 죄송해요.

의사선생님, 사진사 아저씨, 정말 죄송해요."

판사가 한 시간 휴정한다고 히자 방청석에 있던 몇 명의 기자들이 이현해 학생에게로 몰려갔다. 현해가 현숙과 나를 번갈아 쳐다본다. 눈물을 주룩주룩 흘리면서. 낙타가 하듯이 목례로 계속 위아래 고개를 흔들면서 용서해주세요 용서해주세요……, 들리지 않아도 들렸다.

한 시간 후에 판사는 더이상 재판을 진행할 수 없다며 김현숙과 구회만에게 증거불충분으로 무죄를 판결했다.

"무죄라니? 선심 쓰듯 무죄라니? 봐준다는 투로 석방이라고? 가둘 때는 언제고. 검사를 감방에 넣어야 하는 거 아냐? 그래야 공평하고 평등한 나라 아냐? 이게 민주주의 아냐? 그게 안 된다면 우리에게 표창장을 줘야지. 표창장, 안 그래 회만?"

아니다, 나는 아니다. 구회만만 표창장 받을 자격이 있다면서도 목소리는 여전히 격앙돼 있다. 투명 유리창으로 밖을 내다본다.

"여행객들의 모습은 다 자유로워 보이네. 우리도 그렇게 보이겠지? 남들에게."

유리창 너머를 눈짓으로 가리킨다.

"배고프지?"

요한 하인리히 빌헬름 티슈타인 〈창가의 괴테〉를 저자 오동명이 커피로 재현한 그림

"응. 어떻게 알았어?"

"배에서 꼬르륵, 하던대?"

"정말. 들었어? 아, 좀 있으면 방귀소리도 듣겠네 이런. 같이 붙어 있으면 안 되는 이유 하나 발견. 아~ 나, 방귀 잘 뀌는데……."

"우리 지난 일로 많이 떠들었잖아. 이젠 지금모드만……."

"돌아보는 것도 지금이니까 가능하지. 지금 이렇게. 그래 이제 안 돌아볼 거야. 그까짓 과거. 너랑 나랑 앞으로만…… 가자!"

forward!

전에 미국 오바마가 유세 때 한 구호를 현숙이 외친다.

내 손을 잡는다. 내 손이 잡힌다.

"이렇게 따뜻한 손을……."

"또 그까짓 과거다."

"아, 뭐 먹으러 갈까?"

"응, 여기 싸왔지."

"뭐? 싸왔다고?"

가방에서 도시락을 꺼낸다. 노란색의 납작한 양은 도시락.

"옛날 매일 엄마가 싸주던 그 옛날 도시락이네. 정말 이 안에 밥을?"

빼앗아 뚜껑을 연다.

"호호호, 어쩌면 좋아. 달걀, 계란까지. 두 개 후라이네. 보고 있는 것 같아 우릴. 두 눈이지?"

노란 계란처럼 눈을 동그랗게 뜨고 쳐다본다.

"응. 당신, 十회만 참 예쁘네. 이 계란들처럼, 어디 그 아래엔?"

반절은 잡곡밥, 반절은 김밥이다. 와락, 나를 안는다. 안은 그 대로 무슨 말이 더 필요해. 말은 군더더기야. 인천공항 제1터미 널에서 도시락을 까먹으며 이 도시락은? 묻는다.

5년 전 지방의 국립대학에서 미디어 관련 강의를 했다. 첫 강 의 때 학생들에게 하늘로 띄워 보내기 위해 헬륨을 넣은 풍선을 들고 오게 했다. 단체로 구입해도 되냐고 과대표가 물었다. 이렇 게 학생들은 합리적 인간으로 굳어 있다.

"각자 해보자. 각자 들고 정문으로 들어오는 거야. 두고두고 기억나지 않겠니? 창피해? 그러니 더 기억나겠지?"

미디어란 매개, 매체다. 매개란 무엇과 무엇을 이어주는 소통 인데 그 수단으론 말이 있을 테고 글이 생겨났고 편지가 있다. 전보도 있었고 그렇게 주고받았다. 지금은 멀티미디어라고 미디어가 넘쳐난다. 하지만 하나로만 넘쳐나도록 발전? 하고 있다. 빠르게만. 속도로만. 스피드로만. 더구나 거의 일방향 미디어들이다. 방송으로 송신하면 불특정 다수가 수신한다. 풍선도 미디어다. 풍선 아래 줄을 달고 그 끝에 메시지를 담아보자. 어딘가로 날아가 어디쯤 올라가면 풍선은 기압에 의해 터질 것이다. 풍선 끝에 달린 쪽지 메시지는 어디론가 바람을 따라 흘러가다 땅으로 떨어지겠지.

"이번 학기 동안 함께 기다려보는 거야, 답장을. 누군가의 손에 그 쪽지가 전해진다면?"

메시지와 함께 주소나 메일이나 핸드폰 번호도 적었다. 제자들과 같이 하늘로 풍선을 띄웠다. 하늘로 메시지를 날렸다. 누가 받을까?

"나도 제자들처럼 똑같이 했지."

"그랬겠지, 바본데."

"뭐라, 아니 누구에게 썼을 것 같아?"

"어떤 모르는 여자지 뭐. 난 못 받았는데, 그거."

잡고 있던 손을 꽉 쥔다.

"북한으로 날아갈 것 같았어. 아니, 그래주길 바란 거겠지. 그랬을 거야. 그러니 아직 연락이 없지."

"북한여자가 예쁘다는 선 일이/서, 칫."

"통일이 되면 그때 연락이 오지 않을까? 누군가 아직 품고 있을 것 같아."

현숙이도 내 손을 꽉 쥔다.

"그래서…… 그 품은 마음…… 언젠가…… 그 기다림이구나. 메시지에 담긴 의미는 바로 자기에게 보낸 메시지네. 구회만답다, 정말. 쓴 내용은?"

"우리 판문점에서 만나요."

비나 빛에 지워지지 않게 유성매직으로 또렷하게 썼다.

"메일을 열 때마다 매번 확인해보거든. 왔나? 지금도."

"그럼 이 도시락도 미디어수업 때?"

"응, 기말고사 과제였지. 한 여학생한테서 받은 거야. 기존의, 기성 미디어 말고 자기만의 미디어를 제출하는 과제였거든. 도시락에 편지를 넣었더라고. 결혼하면 자기애들에게 할 거라며."

"근데 왜 회만이가 갖고 있어?"

"돌려주니 교수님 꺼라네. 교수님에게 보내는 미디어라며. 내

꺼가 됐지, 이젠. 당신과 여행을 떠난다니까 불현듯 이 도시락이 딱 떠오른 거야. 누군가와 이런 여행을 하면 꼭…… 당신이네, 그 누군가가."

꼭 잡는 손길이 느껴져 온다.

"도시락을 까먹으려면 음악이 필요해."

현숙이 핸드폰을 꺼내 노래 하나를 튼다. 내가 보내준…… 현숙을 만나 한없이 들었던 그 노래다.

"매일 들었다. 하루에도 여러 번. 당신 감방에 있을 땐 하루에 아마 수백 번은 들었을걸? 이제 지금 우리 함께 있으니 우리만 듣지 말고 누군가도 듣게 볼륨 업? 함께 하지 못하는 사람들을 위해서…… 이것도 미디어지, 구 교수님?"

교수? 하며 이심전심, 그 교수이름 같네, 그 가족들도 듣고 지금 억울하게 고통을 겪고 있을 수많은 분들과 함께 듣잔다.

〈당신은 나의 소중한 사람〉

"노르웨이 민요던데? 이제 출국할 시간이 다 왔습니다요. 이 빈 도시락은 내가 접수. 다음엔 내가 쌀 거야."

하며 현숙이 쪽지를 내 얼굴 앞으로 쭈욱, 내민다.

1. 함께 방은 쓰지만,

2. 손은 잡고 자지만,

3. 뽀뽀는 하지만,

"지킬 수 있겠어?"

"지킬 수 있다면 난 신이든가 바보든가 둘 중 하나겠지. 난 이미 바보니깐 결정됐네. 두 개 중 하나만 골라야 해?"

"응. 신이냐 바보냐 이것이 문제로다."

임마누엘은 '신과 함께 있다' 라는데……

"나의 신은 당신, 유일한 나의 유일신. 당연한 나의 신. 그니까 당신."

일어서려니 잠깐 다시 앉아보란다.

"네 개의 사랑 중에 쓸모 있는 사랑은 전에도, 방금도 통과! 열정적인 사랑은 음…… 그러네. 분별력 있는 열정, 덤덤끈끈…… 또 하나 통과! 소유의 사랑은? 진작 감방에 있을 때 이미 넌. 이도시락까지 챙겼으니 또 통과! 이젠 하나 남았나? 마지막으로 불변의 사랑은? 55년 살도록 바보였고 앞으로 그만큼도? 바보 소년 관성의 법칙이란 게 있어. 정신심리학 교재 어디에. 통과네. 다 통과네. 됐어. 이쯤 돼야 내 남자지. 웃지마, 또 웃기만 해봐라. 터키여행이고 뭐고 토낄 테니까. 플라스틱사랑 다 채움!"

동행

별들을 마주 본다. 별들이 내려다 보인다. 지상에서 본 별들보다 훨씬 많다. 너무 많아서 보기 쉬운 북두칠성도 찾지 못한다. 찾지 못하는 건 없어서가 아니다. 다르다, 세상이 다르다. 현숙이 내 어깨를 톡톡거린다. 이녀의 어깨를 따라 이녀의 눈을 따라 그 별들을 맞대한다.

"불과 몇 분 만에 세상이 이렇게 달라지다니."

현숙의 말에 공감하다 천천히 고개를 젓는다.

"세상이 달라진 게 아니라 우리가 보려고 하는 것만 봐서일 거야."

"응. 보여주는 것만 봐서. 벗어나니……."

"벗어나지 않고도 볼 수 있고 느낄 수 있으면 얼마나 좋을까?"

"우린 지금 벗어나고 있는 건데?"

"어딜? 어디로?"

좁은 자리에서 몸을 오른쪽으로 돌려 앉으며 현숙이 한참 쳐다만 보다가 묻는다. 현숙은 종종 이랬다. 쳐다만 보는 것.

"우리, 이거 여행이야 취재야?"

나도 이녀를 따라 웃으며 몸을 왼쪽으로 돌려 마주 앉는다. 마주 바라본다. 거울 보기. 내가 비친 이녀의 얼굴에서 이녀가 비쳐 있을 나를 읽는다. 함께한다는 것.

사흘 전 한 출판사로부터 연락이 왔다. 이탈리아 북부 베네치아의 산 마르코 성당 앞 '산 마르코 광장'에는 2020년이면 문을 연 지 꼭 300년이 되는 카페가 있다. '플로리안 카페'다. 그 카페는 문을 연 오랜 기간만큼 이곳과 인연을 맺은 예술인들이 많다. 바그너, 토마스 만, 앙드레 지드…… 그 중 괴테도 있다. 괴테가 38세 생일에 이탈리아로 떠났고 그때 베네치아의 그 플로리안 카페에도 들렀다.

"괴테의 이탈리아기행 일정을 따라 취재해주시면 됩니다."

취재의뢰였다. 3년 전부터 혼자라도 이때, 개업 300년이나 된다는 카페에서 차 한잔을 마시고 싶었다. 때마침 맞게 취재라니…… 하지만 취재라서 자유롭지 못할 것 같아 거절하려다가 김현숙을 떠올리며 곧 연락을 주겠다 하고 전화를 끊은 뒤 현숙에게 바로 걸었다.

"함께 갈래요?"

손을 내밀면서도 자신이 없다. 이녀는 또 병원을 오래 비워둘 순 없을 것이다. 그럼 그렇지, 고개를 젓는 게 전화 너머로 보인다.

"함께 갈래요?"

내가 한 말을 그대로 따라 하며 묻는다. 불평 섞인 목소리다. 3년 전 이 여행을 상상하며 혼자 가게 되겠지, 하면서도 그 누군가와의 동행은 꿈꿨다. 그러다 미루고 미루다가 끝내 가지 못할 여행. 누군가와의 동행, 막연한 그 누군가는 정말 막연했다. 막역해야 할 그 누구, 어떤 사람이어야 하는 걸 내가 잘 안다. 그러니 불가능하지.

현숙의 목소리가 들려온다.

"갈래요? 이 말 취소하고 가자, 함께 가자, 하면 내가 좀 생각해볼 순 있지. 함께 가자."

어떤 뜻인지 처음에는 알아듣지 못했다. 기대가 큰 만큼 절망도 깊어서 그 절망은 귀와 눈을 다 무디게 한다.

"회만인 내게 아직도 확신이 없나 보다. 이쯤 되면 덤덤은 내게선 떨쳐내야 하는 거 아닌가? 언제까지 덤덤하기만 할 건데? 이제 *끈끈*해야만 하는 거 아닌가? 내가 착각? 오해?"

알아차리는 데도 시간이 좀 걸렸다. 알아차리는 기다림의 시간에 머리보다 두 눈에서 먼저 알아챈다. 눈물이 고인다. 어찌해볼 수 없이 두 눈에선 눈물이 울컥, 가슴을 치고 올라온다. 뚝뚝. 굵은 눈물, 무게가 실린 눈물이다.

"뭐해? 뭘 그리 오래 걸려?"

멀리 전화 밖의 현숙이 눈물을 닦아준다.

"생각해볼 겨를도 안 주는구나. 그렇게 좋아?"

취재를 수락하는 조건으로 사진가 한 명과의 동행을 잡지사에 제안했다.

"정신과의사라고요? 그럼 그분이 글을 쓰시고 사진은 구회만 씨께서 맡아주시면 딱이겠는데요."

출판사에 바로 사진 한 장을 보냈다. 평온하리라 현수막 아래 앉아 있는 한나연의 그 사진.

"이 사진을 정신……정신과…… 의사가 찍었다고요?"

"김현숙은 나와의 단순한 동행여행이 아니라 사진가로서 당당히 취재동행하는 겁니다요."

"내가 취재보조?"

"취재보조라니? 엄연히 사진담당이십니다요. 여행에선 사진이 얼마나 중요한지 잘 아실 텐데?"

"난 당신의 보조가 더더 좋은데. 선생님의 보조가 되고 싶었던 한때의 꿈도 이뤄지고. 하나에 구속된 나그네가 되는 것이 내

꿈이거들랑."

'나그네가 되십시오'

예수의 12제자 중 유다 토마스가 쓴 〈도마복음〉에 나온다. 예수가 한 말이란다. 어느 것에도 구속되지 말고 현재에 안주하지 말라는 뜻으로 한 예수의 말이다.

"구회만, 당신도 나그네, 나! 김현숙도 나그네가 되어 같은 일을 함께한다는 것, 더불어 좋지 않아? 이것을 결코 구속이라고 할 순 없지. 좋아, 행복한 구속. 현재에 안주하려는 나를 일어나게 했고, 현재를 무조건 박차기만 하려는 나를 붙들어 줬으니…… 당신, 구회만이."

현숙의 손을 잡은 나는 언젠가는 한 번 꼭 써먹을 날이 있겠지, 하며 오래 묵혀둔 짧은 인사말을 꺼내 쏟아낸다.

"차오, 벨라."

"어, 그거, 나 무슨 뜻인지 아는데. 이탈리아어잖아."

'안녕, 아름다운 여인'

"그곳으로 떠나면서 내가 듣고 말다니……. 차오 벨라? 차오…… 벨라."

플러스? 덤을 주겠다던 내가 다 받고 있네, 또.

"차오, 벨라!"

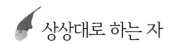 상상대로 하는 자

이스탄불에서 가장 번화한 거리인 탁심광장의 저녁에는 다양한 버스킹을 볼 수가 있다. 패키지여행 때, 나도 언젠가는 보는 자가 아니라 하는 자로 버스킹의 주체가 되어보리라, 상상했었다.

못할 것 없잖아? 잘 하는 자들만의 버스킹은 아니잖아? 왜 그런 걸 빼앗겨. 빼앗기지 말아야지, 이런 상상.

현숙과 이곳을 곧 걷게 된다. 나는 그때 혼자 맘대로 해본 상상대로 하는 자가 되어 그 탁심광장 거리에 서 있게 될 거다. 보는 자는 현숙? 아니 함께. 또 떨면서도 씩씩하기만 하려나? 아니야. 이번엔 제대로 잘해볼 거야.

그 거리를 함께 걷다가 저기다, 불쑥 버스킹을 하게 되겠지.

이녀를 위해. 왜 못하겠어. 당신과 함께 있는데. 그래서 자그마한 블루투스 스피커와 현숙의 병원사진사로 첫 인연이 되게 해준 〈You raise me up〉 반주곡을 집에서부터 준비했다. 여기에, 감청색 양복과 가느다란 빨간 넥타이도 따로 준비했다. 이 복장으로 탁심 거리를 걷는다.

"왜? 뭔 일 있어?"

"응? 응!"

탁심광장, 물을 보내는 곳이라 근처에 수도교가 있다. 물을 보내는 거리에서 난 내 온전한 마음을 보내겠지. 현숙의 어깨에 내 손을 얹고 걷다가 이럴 거야.

"기다려봐."
.
.
.
I am strong
when I am on your shoulders
You raise me up
to more than I can be

노래를 끝내자 유일한 관객인 현숙이 내게로 다가와 손을 내민다. 내가 아직 붙잡고 있는 마이크를 달라며.

"기억해? 소원이 성취되는 정원? 고르키 작품을 모사한 안방 벽화 앞에서 내가 이런 말을 했는데. 그땐 우리 관계가 무지 모호하고 아주 애매하고 그래서 어수룩하고…… 어설펐던 때였지. 오늘 같은 이런 날이 올 거라곤 전혀 예상 못 했으니 절대 기대조차 할 수 없었던 때."

현숙은 거리에서 더 말을 잊지 못하고 나를 쳐다보고 있다. 그런 이녀에게 이번에 내가 손을 내민다. 가슴 앞에 껴안듯 붙안고 있던 마이크를 내게로 넘겨준다. 난 고개를 끄덕이며 허리 굽혀 이녀에게 인사한다. 이녀의 온기로 따뜻한 마이크를 입에 갖다 댄다.

"기억해! 세속적이지 못하고, 지나치게 순수했기에 그림으로도 예술로도 삶을 채울 수 없었던 고르키에 대해 얘기했었지. 예술은 가장 세속적인 속물이어야 하는데, 고르키는 그 예술조차 순수했다고 했었지."

탁심 광장 한가운데에 있는 우리 마음은, 이미 해발 1800미터 고산지역에 있는 고르키의 고향, 아르메니아의 향수가 담긴 〈소원이 성취되는 정원〉 한복판에 서 있었다.

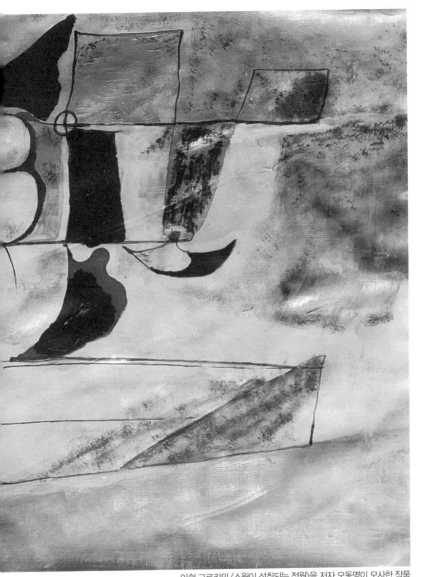

아쉴 고르키의 〈소원이 성취되는 정원〉을 저자 오동명이 모사한 작품

P. 24 루치안 프로이트(Lucian Freud 1922~2011)

독일에서 태어난 영국의 화가. 정신분석학자 지그문트 프로이트의 손자로 11세 때인 1933년 나치의 탄압을 피해 가족을 따라 영국에 정착한 뒤 귀화했다. 유명 가문 출신이지만 대중들 앞에 나서기를 꺼려 했다. 1951년 〈Interior in Paddington〉으로 상을 받으며 현대미술가로서 세계적인 명성을 쌓았고 사실주의 화가로 초상화와 누드를 많이 그렸다. 풍만한 여성이 소파에 누워 자고 있는 모습을 그린 누드화 '베너피츠 슈퍼바이저 슬리핑(Benefits Supervisor Sleeping 1995)'은 2008년 뉴욕 크리스티 경매에서 3,360만 달러(약 353억 원)에 낙찰되어 생존작가의 예술품 중 최고가 거래기록을 세우기도 했다. 대표작으로는 〈Girl with a white dog, 1952〉〈Factory in North London, 1972〉〈Reflection(self portrait), 1985〉 등이 있다.

P.30 조맹부(趙孟頫 1254~1322)

중국 원나라의 관료이자 서예가로 자는 자앙(子昻), 호는 송설도인(松雪道人). 송 태조의 아들 진왕 덕방(德芳)의 자손으로 세조 23년 강남의 인재를 구할 때 천거되어 벼슬은 한림학사(翰林學士), 승지에까지 이르렀다. 사후 위국공에 추봉되었고 문민이라는 시호를 받았다. 서(書)에 능통했고 특히 해서 · 행서 · 초서의 품격이 높았다. 그의 서실 이름이 송설재(松雪齋)였다 하여 그의 글씨를 송설체라 한다. 그의 아내도 묵죽(墨竹)에 뛰어났고, 아들도 산수 · 화조(花鳥) 화가이며 서예에도 탁월했다. 저서로 《송설재문집松雪齋文集》이 있다. 醉眼 看山 百自由(취안간산 백자유)는 조맹부가 이나저나 다 자유라고 하는 세태를 비판하며 '취한 눈으로 산을 보면 모두가 다 자유다'라고 비유적으로 꼬집었다. 그의 아내 관도승(趙孟頫)과의 문답으로도 유명하다.

P. 37 아쉴 고르키(Arshile Gorky 1904~1948)

아르메니아 출신의 미국 화가. 추상 표현주의 운동의 개척자로 다른 화가들에게 가장 큰 영향을 미쳤던 화가다. 15세 때인 1920년 미국으로 망명하여 뉴욕에서 디자인과 공예를 배워 미국 화단에 뛰어든다. 피카소, 칸딘스키 등의 영향을 받았고 입체주의와 초현실주의적 요소를 추상적 양식으로 혼합한 자신만의 독특한 작품세계를 확립했다. 1946년 화재로 인한 작품 소실과 암수술, 교통사고, 부인과의 이별 등 불행이 겹치면서 마흔넷의 젊은 나이에 목을 매어 생을 마감했다. 〈소원이 성취되는 정원〉은 여전히 혼란한 고국 아르메니아와 여동생을 떠올리며 그가 죽기 4년 전 그린 그림이다.

P. 39 파울 클레(Paul Klee 1879~1940)

독일의 화가 · 판화가. 초기에는 선화나 동판화를 중심으로 사회 풍자를 내용으로 한 캐리커처를 그렸고, 말기에는 아동화 같은 단순한 기호로 이루어진 작품을 선보였다. 1940년 예순한 살의 나이로 사  망할 때까지 스위스에 머물며 평생 9천 점이 넘는 다양한 작품을 남겼고 그의 다양한 시도는 표현주의, 입체파, 추상미술, 초현실주의에 널리 걸쳐 있다. 주요 작품으로 〈세네치오, 1922〉〈새의 섬, 1938〉〈항구, 1938〉 등이 있다. 그림은 파울 클레 〈항구의 물고기〉 1916년 작품.

P. 50 니엡스의 〈그라 저택의 창〉

프랑스의 화학자이자 사진술 발명가인 조셉 니세프로 니엡스(Joseph Nicephrore Niepce 1765~1833)가 완성한 세계 최초의 사진. 금속판 위에 감광제를 바름으로써 빛을 이용해 풍경을 담아낸 것으로 그는 이것을 헬리오 그라프(Helios: 태양) + (Graphos:그림)'라고 했다. 1826년 프랑스 중부의 작은 도시 샬롱 쉬르 손 주변의 그라에 있는 자신의 별장 작업실 2층 창에서 촬영한 것으로 백랍판 16.5×20cm 크기로 제작되었다.

P. 51 발로통(Felix Vallotton 1865~1925)

프랑스의 화가, 판화가. 스위스 출신으로 17세 때 파리로 이주하여 미술학교인 쥘리앙 아카데미에서 그림을 배우고 나비파(Nabi)의 일원으로 활동하면서 많은 초상화와 풍경화를 남겼다. 일본 판화에서 영향을 받아 전통을 지키면서도 상징성과 장식성이 강한 목판화 작품을 제작하여 20세기 목판화 발전에도 크게 기여했다. 그림은 발로통의 〈고양이에게 우유를 주고 있는 여인〉 1919년 작품.

P. 56 캘러헌(Harry Callahan 1912~1999)

미국의 사진작가. 역사상 최고의 사진 교육자 중 한 사람으로 형식과 내용을 가장 완벽하게 조화시킨 사진가다. 그의 주된 주제들은 야외풍경, 도시풍경, 관습에서 탈피해 자유롭게 찍은 그의 아내와 딸의 초상사진 등 다양하다. 뉴욕 현대미술관은 1976년 그의 생애를 되돌아보는 대규모 전시회를 주최했고, 1980년에는 두 권의 작품집 《물가 Water's Edge》와 《해리 캘러헌:색 1945~80 Harry Callahan:color 1945~1980》이 발간되었다. 등장하는 모델 'Eleanor 엘리노어'는 그의 아내 이름이다. 엘리노어는 프랑스에서 유래한 여성이름으로, 라틴어로 '다른'의 뜻인 'alia'를 붙인 이름의 의미를 캘러헌은 '엘리노어'에 다중촬영기법으로 이를 반영했다.

P. 65 에곤 쉴레(Egon Schiele : 1890~1918)

우스트리아의 화가. 16세 때 빈 미술 아카데미에 들어가지만 보수적인 학풍과 교수와의 갈등으로 학교를 그만두고 몇몇 친구들과 '신미술가그룹'을 결성한다. 1907년 클림트를 만나 그의 우아한 장식적 요소에 영향을 받으며 그래픽적이고 드라마틱한 양식을 선보였다. 그러나 점차 급진적인 표현주의자로서의 독자적인 스타일을 발전시켜 나갔다. 죽음에 대한 공포와 내밀한 관능적 욕망을 주제로 다루었던 그는 20세기 초 빈에서 큰 논란을 일으켰다. 〈죽음과 소녀〉는 쉴레의 걸작 중 하나로 꼽힌다. 임신중이던 아내가 당시 유럽을 휩쓸던 스페인 독감에 걸려 사망한 뒤 그 자신도 감염되어 28세의 젊은 나이에 생을 마쳤다.

P. 65 커닝햄(Imogen Cunningham 1883~1976)

미국을 대표하는 여류 사진가. 도로시아 랭, 마가렛 버크화이트와 더불어 세계 3대 여류 사진가로 손꼽히는 인물이다. 유럽 회화주의 전통에 뿌리를 둔 그의 대표작은 추상성을 부각하며 이중노출로 선보인 식물 사진들이다. 1932년에는 에드워드 웨스턴, 안셀 애덤스 등과 함께 '1/64' 그룹을 결성하고 극사실적 형태의 이미지를 추구하는 형식주의 미학을 통해 당시 미국 사진계에서 가장 진보적 사진 경향을 보여주었다. 70여 년간 뛰어난 감성과 재능으로 사진을 통해 소통한 작가로 그녀의 작품은 현재 미국 뉴욕현대미술관, 구겐하임미술관을 비롯해 세계 각국 유수의 기관들에 소장돼 있으며, 그의 후손들이 운영하는 이모젠 커닝햄 트러스트재단을 통해 관리되고 있다. 사진은 커닝햄의 〈카라 두송이〉 1928년 작품.

P. 65 스티글리츠(Alfred Stieglitz 1864~1946)

미국 근대 사진의 개척자로 회화주의에서 벗어나 리얼리즘 사진을 시작한 사진가다. 16살 때 부모를 따라 독일로 이주한 뒤 베를린 공대에서 전기기계공학을 전공했으나 소형 카메라에 관심을 가지면서 사진술을 배우게 된다. 1902년 사진 분리파를 창시하여 아마추어 사진가들에게 큰 영향을 끼쳤다. 연출하거나 합성하는 기술적 사진을 배격하고 육안의 한계를 뛰어넘는 정밀묘사를 실제 있는 그대로 옮겨놓은 듯한 사진을 추구했다. 1924년 화가 조지아 오키프와 결혼했으며 그녀를 모델로 한 수백 점의 연작 인물사진을 남겼다. 1946년 세상을 떠난 뒤 그의 작품 및 근대미술 수집품은 유언에 따라 미국 국립도서관에 기증되었다. 현대미술을 주도한 유럽예술품을 미국에 소개함으로써 미국 현대미술운동에 기여한 바가 크다. 조각가 로댕과 화가 앙리 마티스, 앙리 루소, 폴 세잔, 파블로 피카소 등의 유럽 예술가들을 미국에 처음 소개했다. 그는 '291'이란 이름의 전시관을 설립해 브랑쿠시 등 수많은 유명 예술가를 미국에 알리며 발굴하기도 했다.

P. 65 조지아 오키프(Georgia O'Keeffe 1887~1986)

꽃과 자연을 주제로 그림을 그렸던 미국의 화가. 일찍이 유화 작품으로 윌리엄 메리트 체이스 정물화 상을 수상한 오키프는 자신을 지원해주던 사진작가 스티글리츠와 결혼한다. 그녀를 모델로 스티글리츠가 찍은 수백 점의 초상사진은 주목할 만한 연작 인물사진으로 널리 알려졌다. 서유럽의 모더니즘과 직접적인 관계없이 추상과 구상이 교차하는 자신만의 추상환상주의적 이미지를 개발한 오키프는 20세기 가장 독창적인 화가로 평가받는다. 말년의 10여 년은 눈이 나빠져 그림 작업 대신 도자기 작업을 하면서 창작열을 이어갔다. 미국인이 가장 사랑하는 화가 중 한 명인 오키프의 작품은 싼타페의 조지아 오키프 뮤지엄 외에도 뉴욕 메트로폴리탄 뮤지엄, 브루클린 뮤지엄, 보스턴 뮤지엄, 휴스턴 뮤지엄 등에도 전시되어 있다.

P. 71 폴 델보(Paul Delvaux 1897~1994)

벨기에의 초현실주의 화가. 이탈리아의 조르조 데 키리코의 작품에 영향을 받았고, 같은 벨기에 화가인 르네 마그리트에게 감명을 받아 1935년 초현실주의 대열에 합류했다. 근대 미술 작품의 대가였던 델보의 세계는 '마술 같은 리얼리즘'이었다. 그는 신화만 바꾸면서 계속해서 같은 장면을 그렸는데, 이는 달빛이 쏟아지는 황량한 풍경 속에서 엄숙하면서도 에로틱한 분위기의 나부(裸婦)가 창백한 얼굴에 무관심한 표정으로 있는 모습이다. 그의 전시회는 유럽뿐 아니라 남·북미와 아프리카에서도 열렸고, 이탈리아와 벨기에에서 큰 상을 받았다. 1982년 북해 연안에 있는 신트이데스발트에 그의 작품만 소장하는 '폴 델보 박물관'이 문을 열었다. 델보는 아내와 함께 세인의 이목을 피해 플랑드르의 벽촌인 뵈르네에 은거하면서 1980년대 말 시력을 잃을 때까지 계속 그림을 그렸다. 대표작에 〈불안한 거리, 1941〉 〈메아리, 1943〉 등이 있다. 그림은 폴 델보 〈잠자는 비너스〉 1944년 작품.

P. 79 매이플소프(Robert Mapplethorpe 1946~1989)

미국의 사진작가. 1970년대 회화와 조각을 전공한 메이플소프는 전설의 펑크록 가수 패티 스미스와 첼시 호텔에 살며 당시 뉴욕 문화계를 이루는 예술가들의 초상사진을 남겼다. 그는 당대 사회에서 금기시되던 흑인 남성누드, 사디즘, 마조히즘 및 퀴어 하위문화를 그대로 사진에 담아내어 끊임없는 논란의 중심에 있었던 시대적 아이콘이었다. 1989년 에이즈로 사망하기까지 메이플소프는 2천여 점 이상의 초상, 꽃, 누드, 풍경, 광고, 정물 사진을 남겼다. 세상을 떠난 뒤에도 그의 죽음 직후 펼쳐졌던 순회사진전 '메이플소프 : 완전한 순간'이 취소되는 사건과 1990년 신시내티에서의 외설 시비재판 등 논쟁이 끊이지 않았다. 2021년 2월 국내에서도 로버트 메이플소프의 첫 개인전이 서울과 부산에서 동시에 열렸다. 사진은 메이플소프의 〈튤립〉.

P. 85 도스토예프스키(Fyodor Mikhailovich Dostoevskii 1821~1881)

러시아 문학을 대표하는 세계적인 대문호이자 소설가, 비평가, 사상가. 페테르부르크 공병학교를 졸업한 뒤 문학의 길로 들어선 그의 첫 작품은 《가난한 사람들, 1846》로 당시 비평계의 거물이던 벨린스키에게 '새로운 고골'이라는 평가를 받는다. 도스토예프스키는 구질서가 무너지고 자본주의가 들어서는 과도기 러시아의 시대적 모순을 작품에 투영했으며 20세기의 사상과 문학에 큰 영향을 끼쳤다. 대표작으로는 《죄와 벌, 1866》 《백치, 1868》 《카라마조프의 형제들, 1879》 등이 있다.

P. 90 인생사 고왕독맥人生事 孤往獨驀

인생이란 홀로 외롭게 와서 혼자 달리다가 끝내는 것.

P. 97 유섭 카슈(Yousuf Karsh 1908~2002)

터키 출신의 캐나다 사진작가. 16세 때인 1924년 숙부가 살던 캐나다로 이주하여 국적을 캐나다로 바꾸었다. 사진관을 운영하던 숙부와 당시 캐나다에서 인물 사진가로 활동했던 존 가로에게 사진술을 배운 뒤 1932년부터 전업 사진가로 활동하게 된다. 1941년 캐나다를 방문한 윈스턴 처칠을 찍은 사진이 '라이프'지에 실리면서 국제적 명성을 얻기 시작했다. 처칠을 촬영할 때 특유의 카리스마를 찍기 위해 그가 물고 있던 시가를 낚아채 인상 쓰며 화를 내는 순간 처칠의 표정을 포착한 일화는 유명하다. 그외 버나드 쇼, 아인슈타인, 헬렌 켈러, 오드리 햅번, 피카소, 헤밍웨이 등 한 시대를 풍미한 유명 인사들 1만5천여 명을 사진에 담았다. 가장 위대한 인물 사진작가로 평가받고 있는 그는 93세의 나이로 세상을 떠날 때까지 5만여 장의 인물사진을 남겼다.

P. 97 잉그리드 버그만(Ingrid Bergman 1915~1982)

스웨덴 출신의 배우. 3살 때 어머니를, 13살 때는 아버지를 여의고 숙부 집에서 자랐다. 17세 때 스웨덴 최고명문 왕립 드라마 스쿨(Dramatens elevskola)에 입학했으나 자퇴하고 영화계로 투신해 스웨덴과 독일에서 활동했다. 헐리우드로 진출하여 1942년 출연한 〈카사블랑카〉로 일약 스타가 되고, 이듬해 헤밍웨이의 〈누구를 위하여 종은 울리나〉를 영화화할 때 헤밍웨이가 직접 주인공 마리아 역으로 버그만을 지명했다고 한다. 1944년 출연한 〈가스등〉으로 아카데미 여우주연상을 받았으며 통산 아카데미에서 3회, 에미상 2회, 토니상 1회를 수상했다. 그 밖에 대표작으로 〈잔 다르크, 1948〉 〈아나스타샤, 1956〉 〈오리엔트 특급살인, 1974〉 등이 있다. 사진은 유섭 카슈 〈잉그리드 버그만〉 1946년 작품.

P. 100 모딜리아니(Amedeo Modigliani 1884~1920)

이탈리아의 화가, 조각가. 유태계 집안에서 태어나 풍족한 유년시절을 보낸 모딜리아니는 아버지의 파산으로 가난에 내몰린다. 예술적 소양이 깊었던 어머니 덕에 미술학교에 입학해 정식으로 회화를 배우고 세잔, 모네, 고갱이라는 이름에 이끌려 큰 꿈을 품고 파리로 온다. 그러나 자신의 화풍을 개척하지 못한 모딜리아니는 주목받지 못한 채 술과 연애에 빠져 지낸다. 이러한 그의 예술세계가 한 단계 발전할 수 있도록 도운 인물이 한때 로댕의 조수였던 조각가 브랑쿠시다. 1909~1914년 브랑쿠시의 권유로 조각에 입문하여 예리한 조형감각을 보였던 모딜리아니. 하지만 이것도 선천적으로 병약한 체질에 경제적인 이유로 단념하게 된다. 1917년 한 모임에서 만난 잔 에뷔테른과 사랑에 빠진 모딜리아니는 그녀를 모델로 수많은 작품을 남긴다. 첫 딸을 낳고 두 번째 임신이 되었을 때 잔의 부모는 가난에 찌든 모딜리아니 곁에서 딸을 떼어 놓는다. 결국 그는 결핵성 뇌막염으로 세상을 떠나고 이틀 후 잔도 뱃속에 든 둘째아이와 함께 4층 창문에서 뛰어내려 남편의 뒤를 따라간다. 불운했던 예술가답게 사후 재조명받은 모딜리아니는 2015년 뉴욕 크리스티 경매에서 작품 한 점이 약 2천억 원에 낙찰됐다. 잔이 자신을 그린 작품을 보고 모딜리아니에게 물었다. "왜 눈동자를 그려 넣지 않은 거죠?" 모딜리아니가 대답한다. "당신의 영혼을 보게 되면 그려 넣을 것". 그러나 눈동자 없는 잔 외에도 눈동자를 담은 잔도 있다. 처음엔 눈동자를 넣어 그렸지만 후에 몇 점이 눈동자가 없다. 시간이 지날수록 그들의 사랑은 영혼이 사라져가고 있었던 걸까? 그림은 모딜리아니 〈앉아 있는 누드〉 1916년 작품.

P. 102 미켈란젤로(Michelangelo Buonarroti 1475~1564)

이탈리아 르네상스 시기의 조각가이자 화가, 건축가, 시인. 다방면에 걸작들을 남긴 그는 〈피에타 상〉 〈다비드 상〉 등의 조각 작품을 통해 사람 몸의 아름다움을 잘 표현했다. 회화에서는 로마 시스티나 성당의 천장화 〈천지창조〉와 벽화 〈최후의 심판〉 등을 그렸고, 건축에서는 성 베드로 대성당의 설계를 맡았다. 그 밖에 많은 시작(詩作)도 남겼다.

P. 102 기를란다이오(Domenico Ghirlandaio 1449~1494)

15세기 르네상스 시기의 화가. 본래 금세공사 일을 배웠지만 정식으로 회화를 배워 화가로 전업한다. 세련된 화풍에 섬세한 묘사 등이 돋보여 피렌체에서 잘 나가는 화가로 인기도 많았고 시스티나 예배당의 벽화 제작에 참여했다. 가장 대표적인 작품은 명망과 권세를 누리던 메디치가의 은행가 조반나 토르나부오니의 의뢰로 성모마리아와 사도요한의 일생, 4복음서 기자, 성인 및 기부자들을 피렌체의 산타마리아 노벨라 성당에 프레스코화로 그린 대작이다. 토르나

부오니 집안 사람들을 모델로 그린 스물한 점의 초상을 작품 스토리 곳곳에 배치해 그들을 빛나게 하고 있다. 미켈란젤로는 당시 피렌체에서 큰 공방을 운영하던 기를란다이오에게 1년 남짓 도제수업을 받았다. 금세공사의 정밀함이 그의 그림에 반영됐다고 할 수 있다.

P. 102 〈조반나 델리 알비치 토르나부오니의 초상〉

도메니코 기를란다이오가 그린 작품(1489~1490)이다. 초상화의 주인공 조반나는 1486년 피렌체의 명문가 토르나부오니 가문의 아들 로렌초와 결혼하지만, 결혼 2년 만에 둘째아이를 임신한 상태에서 세상을 떠난다. 조반나 초상화 뒤에 써 있는 문구에 대한 해석은 다음과 같다.

ARS V TINAM MORES ANIMUM QVE EFFINGERE POSSES PVLCHRIOR IN TERRIS NVLLATABELLA FORET

만일 예술이 관습과 영혼을 묘사할 수 있다면,

지상의 어떤 그림보다 아름다울 텐데

P. 108 리처드 도킨스(Richard Dawkins 1941~)

세계적인 진화생물학자이자 작가. 영국 '프로스펙트'지에서 선정한 세계에서 가장 영향력 있는 지성인이자 과학자, 베스트셀러 저술가로 영국 왕립학회의 회원이다. 1959년 옥스퍼드에 입학하면서 동물학으로 과학 연구를 시작했고 동물행동학으로 박사학위를 받았다. 1976년 동물은 유전자의 생존 기계이며 운반자라는 내용을 골자로 한 《이기적 유전자》를 출간하면서 널리 알려졌다. 이후 다윈의 진화론을 옹호하는 《확장된 표현형, 1982》《눈먼 시계공, 1986》에 이어 ;2006년에 발표한 《만들어진 신》에서 초자연적 창조자가 거의 확실히 존재하지 않으며, 종교적 신앙은 굳어진 착각에 불과하다는 주장으로 종교계와의 거친 논쟁을 이어갔다. 2020년 현재 옥스퍼드대 뉴칼리지 명예교수로 있다.

P. 154 로버트 퍼시그(Robert M. Pirsig 1928~)

미국의 작가. 화학 분야에서 재능을 보였으나 궁극적인 의미를 찾는 데 실패하고 학업을 중단한 뒤 군에 입대했다. 이때 한국에서 근무하며 동양철학에 관심을 갖게 되고 인도의 바라나시 힌두대학에서 동양철학을 공부했다. 이후 저널리즘을 공부했고 다양한 집필 활동을 이어가며 몬태나 대학에서 영작문을 가르쳤고 시카고 대학에서 철학을 공부했다. 1960년 심각한 우울증 증세를 보이기 시작한 퍼시그는 정신과 치료를 받기도 했으며 우울증에서 회복된 뒤인 1968년 아들과 모터사이클 여행을 떠났다. 이 여행이 삶의 가치와 내면의 탐구를 명상적으로 다루고 있는 소설 《선과 모터사이클 관리술 1974》의 모태가 된다. 이 책은 출간 직후부터 종교의 본질과 인간 영혼의 탐구에 관한 기념비적인 작품으로 꼽히고 있다. 후속작으로 1975년 허드슨 강을 따라 여행한 경험을 토대로 한 두 번째 철학서 《라일라-도덕에 대한 탐구, 1991》가 출간되었다.

P. 160 칸트(Immanuel Kant 1724~1804)

비판 철학을 통해 서양 근대 철학을 종합한 독일의 철학자. 경험론과 합리론을 통합하는 입장에서 인식의 성립 조건과 한계를 확정하고, 형이상학적 현실을 비판하여 비판 철학을 확립했다. 칸트를 가리켜 합리론과 경험론을 비판하고 종합한 철학자라 하는 것은, 그가 인식의 형식(또는 능력)은 본래부터 갖고 있으나 인식의 내용(또는 재료)은 경험으로 얻을 수밖에 없다고 보았기 때문이다. 마구(馬具) 장인인 아버지와 독실한 기독교인 어머니 사이의 11자녀 중 넷째로 태어난 칸트는 평생 독신으로 살았고, 고향 쾨니히스베르크(오늘날 러시아 칼리닌그라드)를 벗어난 적이 없었다. 대표작으로 《순수이성비판》《실천이성비판》《판단력비판》《윤리형이상학》 등이 있다.

P. 163 피카소(Pablo Picasso 1881~1973)

스페인에서 태어나 프랑스에서 활동한 입체파 화가. 초기
우울하고 고독한 느낌의 화풍인 청색 시대와 감상적이고
로맨틱한 장밋빛 시대를 거쳐 입체주의 미술양식을 창조했
다. 회화뿐 아니라 도기 세직과 조각에도 정열을 쏟고 석판
화 제작도 하는 등 다양한 분야에서 새로운 기법을 시도했
다. 1936년 스페인 내란 이후 프랑코 체제에 반대하며 스페
인을 떠났지만, 1963년 바르셀로나의 피카소 미술관 개관
을 승낙하며 자신의 많은 작품을 기증했다. 주요 작품으로《아비뇽의 아가씨들,
1907》《게르니카, 1937》 등이 있으며 1951년작《한국에서의 학살》은 6·25 전쟁
당시 미군이 저지른 한국 양민학살과 전쟁의 참혹함을 알린 대작이다. 그림은
피카소《우는 여자》 1937 작품.

P. 165 에큐메니칼(ecumenical)

'사람들이 살고 있는 온누리'라는 뜻의 그리스어 오이쿠메네(οικουμενη,
oikumene)에서 유래한 말로 교회연합 또는 교회일치운동을 의미하며 기독교
의 다양한 교파를 초월하여 모든 교회의 보편적 일치 결속을 도모하는 신학적
운동이다. 1910년 영국 에든버러에서 열린 세계선교회의가 발단이 되어 교회연
합운동으로 활발히 전개되고 있다.

P. 166 캘빈 쿨리지(Calvin Coolidge 1872~1933)

미국의 정치가. 제29대 부통령이자 제30대 대통령(재임기간 1923~1929). 버
몬트 주 플리머스의 한 마을 잡화상의 아들로 태어나 애머스트 대학을 우등으
로 졸업한 뒤 매사추세츠 노샘프턴에서 법률과 정치에 입문했다. 시의원부터
시작하여 매사추세츠 주 상원의원과 주지사 등을 거쳐 워런 하딩 대통령 때 공
화당 부통령을 지냈다. 1923년 하딩 대통령의 갑작스런 사망으로 인해 대통령

직을 승계했으며 이듬해 선거에서 재선되었다. 미국 역대 대통령 중 유일하게 독립기념일에 태어난 인물로, 시치미떼고 툭 던지는 양키 유머와 지독한 과묵함은 백악관에서 전설이 되었다.

P.172 레오나드 프리드(Leonard Freed 1929~2006)

사진가. 뉴욕 브루클린에서 노동 계급인 유대인 부모로부터 태어났다. 화가가 되기를 꿈꿨던 그는 1953년 네덜란드에서 사진을 찍기 시작했다. 이듬해 유럽과 북아프리카 여행을 마치고 미국으로 돌아와 사진과 디자인의 관계를 연구한 알렉세이 브로도비치의 '디자인 연구소'에서 공부했다. 1958년 암스테르담으로 이주하여 그곳에서 유대인 공동체를 촬영했고, 독일 사회와 유대인의 뿌리를 탐색하며 수많은 책과 영화로 이 문제를 다루었다. 1972년 이후부터 매그넘에 합류하여 사회폭력과 인종차별을 사진에 담았다. 1988년에는 KKK단, 1989년에는 베를린장벽에 대한 기획사진으로 화제를 모은 바 있다. 그의 대표 작품집으로 《Black》이 있다.

P.175 존 레논(John Lennon 1940~1980)

세계적인 영국의 록 밴드인 '비틀스'의 멤버. 영국의 항구도시 리버풀에서 태어나 네 살 때 부모의 이혼으로 이모인 메리 스미스 집에서 자랐다. 고등학교 시절 쿼리멘(the Quarymen)이라는 스키플 밴드를 결성하여 공연했고, 1957년 초대된 한 교회 행사에서 폴 메카트니를 만나 음악활동을 함께했다. 이후 조지 해리슨이 합류하면서 1960년 밴드 이름을 '비틀스'로 지었다. 이듬해 리버풀의 캐번이라는 클럽에서 첫 무대를 가진 비틀스는 2년간 이곳에서 300회 이상 라이브 공연을 했고, 음반 기획자 브라이언 엡스타인(Brian Epstein)을 만나면서 본격적인 비틀스의 역사가 시작되었다. 1969년 지브롤터에서 일본인 전위 예술가 오노 요코와 결혼한 그는 오노와 함께 자신의 밴드인 플라스틱 오노(Plastic Ono)를 만들어 1970년 첫 솔로 앨범 《John Lennon / Plastic Ono Band》

를 내놓는데, 이는 존 레논이 발표한 앨범 중 최고의 걸작으로 평가되고 있다.
1980년 오랜 재충전 끝에 내놓은 앨범《더블 판타지 Double Fantasy》를 유작
으로 사진사였던 마이클 채프먼이 쏜 총에 맞고 생을 마감했다.

P. 182 괴테

요한 볼프강 폰 괴테(Johann Wolfgang von Goethe 1749~1832)

독일의 작가, 철학자, 과학자이다. 바이마르 대공국에서 재상
직을 지내기도 하였다. 프랑크푸르트 암마인 태생으로 어려서
부터 그리스어, 라틴어, 히브리어, 불어, 영어, 이탈리아어 등을
배웠고, 그리스 로마의 고전 문학과 성경을 읽었다. 라이프치
히 대학에서 법학을 공부했고, 법률사무소 견습생일 때 약혼자
있는 샤를로테 부프와 사랑에 빠지는데, 이때 체험을 1774년
《젊은 베르테르의 슬픔》으로 완성한다. 1794년 실러를 만나 독
일 바이마르 고전주의를 꽃피우며 1796년《빌헬름 마이스터의
수업시대》를 썼다. 1829년《빌헬름 마이스터의 편력시대》 1816
년 《이탈리아 기행》 등을 집필했다. 바이마르공국 법무부장관이던 38세 그의
생일날, 현재에 안주함에 심한 불안을 느끼며 파티에서 빠져나와 홀로 이탈리
아 여행을 떠나 완성한 작품이 《이탈리아 기행》이다. 24세 때부터 소설을 구상,
1832년 생을 마감하기 바로 전해에 불후의 역작 《파우스트》를 친구 실러의 격
려와 고무로 완성할 수 있었다. 그림은 요한 하인리히 빌헬름 타슈타인 〈창가
의 괴테〉 1787년 작품.

P. 213 헨리 무어(Henry Moore, 1898~1986)

헨리 무어의 작품 대부분이 와상인 것과 달리 〈가족〉은 엄마와 아빠, 아이가 매
듭처럼 묶여 있는 형태를 띠고 있다. 현대 영국 조각의 개척자라 불리는 헨리
무어, 2차 세계대전 이후 청동 조각상들을 제작해 국제적인 명성을 얻은 그는

가족 해체 위기에 놓인 현대사회에 상실된 가족의 의미를 일깨워주고 있다. 무어는 "엄마와 아빠의 팔이 아이의 몸에 3개의 매듭을 짓는 모양새이다. 3개의 매듭은 가족 간 단결을 의미한다"고 설명했다고 한다.

영국 요크셔의 캐슬퍼드에서 탄광부의 아들로 태어난 그는 한때 초등학교 교사직으로 있었으며, 제1차세계대전 당시 자원 참전했다. 전후인 1919년부터 조각을 배우기 시작, 1921년까지 리즈 미술학교에서 배웠다. 1925년 유학생으로 이탈리아를 여행한 뒤 귀국하며 왕실 미술학교에서 조각을 가르쳤다. 1928년 런던에서 첫 개인전을 열어 주목받았고, 1931년부터 1939년까지 첼시 미술학교에서 교편을 잡았으며 전후에는 모교인 리스 미술학교의 명예교수로 추대되었다. 1945년 이후 베네치아 비엔날레를 비롯한 많은 국제전에서 상을 탔고, 세계 각지에서 작품 전시회가 개최되며 현대 영국조각의 제1인자로서 자리매김한다. 유럽의 전통 조각을 거부하고 원시미술과 고고미술에서 이상적인 조각 모델을 발견, 추상적이고 초현실주의적인 작품을 제작했다. 인체의 형상을 왜곡하고 조각에 새 기법을 도입했지만, 1930년경부터 가로누운 자태의 인간상을 중심 테마로 삼았다. 대표작으로 〈어머니와 아이들〉〈기댄 인물〉〈가족〉 등이 있다. 사진은 헨리 무어의 〈가족〉 1949년 작품.

P. 214 에밀리 디킨슨

에밀리 엘리자베스 디킨슨 (Emily Elizabeth Dickinson 1830~1886)

1830년 미국 매사추세츠 주의 앰허스트(Amherst)에서 출생. 어릴 때는 매일 들판을 떠돌며 동네아이들과 노니는 활기찬 성격이었으나 성장하면서 외출을 극도로 자제하고 은거한 시인으로 알려져 있다. 1886년 55세의 나이로 사망하기 전까지 2000편에 달하는 시를 썼으나 살아생전 대중에게 인정받지 못하고, 소수의 시인과 몇몇 지식인들만이 그녀의 탁월한 재능을 인정했다. 주로 사랑,

죽음, 이별, 영혼, 천국 등을 소재로 한 명상시가 대부분으로 그녀의 천재성이 널리 인정받은 것은 사후, 여동생 라비니아 노크로스 디킨슨 (Lavinia Nocross Dickinson)이 에밀리의 시를 모아 시집을 낸 이후부터다. 누나 허난설헌의 작품을 중국에 먼저 소개해 세상에 알린 허균이 떠오른다.

P. 215 헨리 데이빗 소로(Henry David Thoreau 1817~1862)

1817년 미국 매사추세츠 주 콩코드에서 태어나 1862년 미국 콩코드에서 사망한 소로는 미국의 철학자·시인·수필가이다. 《자연》의 저자 에머슨과 함께 위대한 초월주의 철학자로 손꼽히며 미국 르네상스의 원천이었다. 하버드대학 졸업 후 교사, 연필 제조업, 측량 업무 등에 종사했지만 평생 일정한 직업 없이 학문에 매진했다. 1854년 대표작 《월든 Walden》은 2년 2개월간(1845~1847) 친구인 에머슨 소유의 월든 숲에서 작은 오두막집을 짓고 혼자 생활하며 기록한 글을 정리한 것이며, 그 사상은 이후 시대의 시인과 작가에게 큰 영향을 주었다. 일생 동안 노예해방운동에 헌신했고, 멕시코전쟁을 반대하거나 인두세 납부거부 등으로 투옥되기도 했다. 그의 이러한 정신이 담긴 '시민 불복종' 정신은 훗날 마하트마 간디의 인도독립 운동과 마틴 루터 킹 목사의 시민권운동 등에 사상적 영향을 주었다. 직업없이 사는 그를 보고 이웃들은 모두 비웃었지만, 물질만능으로 치닫고 있는 세상을 비판하며, 그 대안으로 "살아가는 데에 기본적으로 필요한 것만 있다면 그 이상의 불필요한 것을 더 갖고자 하는 데 애쓰지 말고 이러한 불필요한 노동으로부터 벗어난 삶의 모험에 뛰어들자"고 주장했다.

P. 218 필립 드 샹파뉴(Philippe de Champaigne 1602~1674)

1602년 벨기에 브뤼셀의 가난한 집안에서 태어나 1621년 파리로 이동하면서 니콜라 푸생과 함께 뤽상부르 궁전의 장식을 담당했다. 프랑스 바로크시대를 대표하는 화가로 1648년 왕립 회화조각 아카데미의 창립 멤버가 되었다.
샹파뉴의 〈최후의 만찬〉보다 레오나르도 다 빈치의 작품이 더 유명하지만, 샹

파뉴 작품이 보다 '성체성사'의 제정에 초점을 맞추고 있다는 해석이다. 주 예수가 손에 빵을 들고 강복을 하고 있고, 제자들이 놀란 표정을 짓고 있거나 골똘히 생각하는 모습 등 다양한 표정을 짓고 있다. 예수 왼편에는 사도 요한이, 오른편에는 머리가 벗어진 사도 베드로가 앉아 있고, 바로 왼쪽 전면에는 돈주머니를 쥐고 앉아 있는 유다의 냉소적인 표정이 잘 드러나 있다. 그림은 필립 드 상파뉴의 〈최후의 만찬〉 1652 작품.

P. 245 황순원 《소나기》

소년 소녀의 순수한 사랑을 담은 《소나기》는 1960년부터 2021년 현재까지 초등학교와 중학교 국어 교과서에 수록되고 있는 한국 단편소설 중 서정성 넘치는 수작이다. 1953년 5월 《신문학》에 먼저 발표했지만, 소나기 원제가 '소녀'였다는 연구결과도 제기된 바 있다.

황순원은 시인이자 소설가로 1915년 평안남도 부유한 지주계급에서 태어났다. 부친 황찬영은 평양 숭덕학교 교사로 있으면서 3.1운동 당시 태극기를 배포하다 체포되며 옥살이를 하기도 했다. 와세다대학 영문과에서 수학하면서 이해랑 등과 '동경학생예술좌'에서 활동했다.

1930년부터 신문에 시를 발표했고, 1931년 16세에 불과한 나이에 문학지 동광에서 〈나의 꿈〉을 발표, 정식으로 등단했으며, 1940년 〈늪〉을 발표하며 본격적으로 소설창작을 시작했으나 1942년 일제의 한글말살정책이 시작되자 평양의 빙장리로 낙향하여 1945년까지 작품을 발표하지 않는다.

1945년 해방 이후 〈목넘이 마을의 개〉 등을 발표, 1950년 이후에는 〈카인의 후예〉 〈나무들 비탈에 서다〉 〈일월〉 등의 장편소설을 주로 썼고, 서울중·고등학교 등에서 교편생활을 했다. 1957년부터 1980년 정년퇴임 시까지 경희대학교 국어국문학과 교수로 강단에 서서 후학들을 가르치고 활동하다가 2000년에 별세했다. 아들이 황동규 시인이며, 손녀 황시내도 소설가로 활동하고 있는, 3대에 걸친 문인 집안이다. 《소원이 성취되는 정원》의 저자는 대학 4학년 때 황순원 교수의 '수필작법'을 수강했고 황교수의 격려로 글을 쓰게 되었다.

P. 246 마네 〈피리부는 소년〉

〈피리 부는 소년〉은 마네가 1805년경 스페인을 여행한 후 그린 작품으로, 그림에는 근위병인 피리 부는 소년 외에 그 어떤 배경도 존재하지 않는 특징을 지닌다. 파랑–하양–빨강 등 색의 구성이 돋보이는데, 마네가 앙리 팡텡라투르에게 보낸 편지에 의하면, 벨라스케스로부터 배웠던 기법을 적용하고 있다는 추정이 가능하다. 작품이 공개된 초기에 이 작품이 1866년의 살롱에서 거부당하자 작가 에밀 졸라가 적극 변호하고 나섰다는 일화가 존재한다.

에두아르 마네(Edouard Manet, 1832∼ 1883)는 할아버지, 아버지 모두 판사이던 유복한 집안에서 태어났다.

화가가 되길 희망했지만, 집안에서 허락해주지 않자 17세에 남아메리카 항로의 견습사원이 되었다. 그뒤 해군사관학교에 지원하다 낙방하고, 1850년 역사화가 쿠튀르의 아틀리에에 들어가지만, 학구적 화풍을 추구하는 쿠튀르와 맞지 않아 이후 루브르 박물관 등에서 고전회화를 모사하며 F.할스나 벨라스케스 등 네덜란드·에스파냐화파의 지대한 영향을 받았다. 이 시기 이탈리아·독일·네덜란드·벨기에로 여행이 잦았다고 한다. 1859년부터 살롱에 출품해 낙선이 잦았지만, 고티에나 보들레르로부터 주목을 받게 된다. 살롱에는 1861년 겨우 수상한 적이 있으나, 1863년 낙선한 〈풀밭 위의 점심식사〉는 많은 이들의 관심과 함께 조롱을 받았던 작품이다. 내상을 눈에 보이는 그대로 재현하려는 소위 인상파의 대표적 화가로 모네, 르누아르와 함께 이를 발전시켰다. 그림은 마네의 〈피리부는 소년〉 1805년 작품.

"아이에서 어른까지 …
"이제 걱정마세요"
어느 흉터 치료제 광고에서

내가 비친 이녀의 얼굴에서
이녀가 비쳐 있을 나를 읽는다
함께한다는 것…… 본문 중